Sonja Rudorf

Stromaufwärts

Sonja Rudorf

STROMAUFWÄRTS

Frankfurt-Krimi

SOCIETÄTS
VERLAG

Satz: Bruno Dorn, Societäts-Verlag
Umschlaggestaltung: Bruno Dorn, Societäts-Verlag
Umschlagabbildung: fotolia.de
Druck und Verarbeitung: CPI books GmbH, Leck
Printed in Germany 2019

ISBN 978-3-95542-332-2

Für Tine und die Zugvögel

PROLOG

Das Rattern des Zuges verlor sich in der Ferne. Ein farbloser Himmel lag über der Gartenanlage und dem angrenzenden Mainufer. Sie stopfte ihre Hände in die Manteltaschen und bog in den Weg ein, der zwischen dem Fluss und den Gärten hindurchführte. Vergessene, in Kälte erstarrte Parzellen. Das erste Gatter, an dem sie zog, war abgesperrt, ebenso das zweite und dritte. Vom Fluss zog frostige Luft herüber.

Am Ruderhaus blieb sie stehen. Lehnte den Rücken gegen dessen kalte Mauern und zog die Mütze fester über das lange Haar. Neben ihr eine Regentonne und ein Stapel abgedeckter Autoreifen. Im Schutz der Mauer zog sie das Buch aus ihrer Tasche und begann zu schreiben.

Als sie nach einer halben Stunde wieder aufsah, war das Licht körnig geworden. Noch immer bewegte sich kein Mensch durch die Gartenanlage. Die Luft roch nach Abend, am Himmel stand der Mond weiß und unbeteiligt. Nur der Eisregen, der eingesetzt hatte, machte knirschende Geräusche.

Sie packte ihr Schreibzeug in die Tasche und folgte dem Weg durch die Gärten. Je näher sie der Eisenbahnbrücke kam, desto mächtiger wirkten die Stahlstreben. Am Brückenaufgang blieb ihr Fuß an etwas hängen. Erst im letzten Moment fing sie den Sturz ab und starrte auf den Stapel Pflastersteine, der im Schutz der Eisentreppe aufgebaut war. Sie nahm einen auf und wog ihn in ihrer Hand. Rau, eiskalt und schwer. Zwei Radfahrer mit Helm schossen an ihr vorbei, die Scheinwerfer eines Wagens glitten achtlos an ihr vorüber. Bedächtig nahm sie die Treppe zur Brücke hinauf. Oben angekommen, lief sie den schmalen Gittersteg entlang der Schienen bis zur Brückenmitte.

So viel Weite. In ihrem Rücken schraubten sich die Hochhäuser der Mainfeld-Siedlung in den Himmel. So hoch, dass du Gott auf den Kopf spucken kannst. Kim sagte das bei jeder Gelegenheit.

Sie lehnte ihre Tasche an die Stahlstreben und hielt ihr Gesicht in den Eisregen. Feine Nadelstiche, die sie kaum spürte. Am Horizont leuchtete die Skyline wie ein kalter, ferner Planet. Wenn sie auf einen Punkt in der Ferne starrte, ohne sich zu bewegen, verschmolz sie mit der Weite. Minutenlang stand sie so. Nur die Finger brannten, und ihre Lungen bei jedem Atemzug.

Links am Ufer ragten die Türme des Heizkraftwerkes in den Himmel, unwirklich stachen ihre roten Lichter durch die Dämmerung. Glasbauten und aufragende Schlote, davor der Metallhals eines Baukrans. Wie ein Pferd, das an der Tränke steht. Mels Lächeln, wenn sie Bilder entwarf, die genau ins Schwarze trafen, das würde sie vermissen. In ihrem Rücken donnerte ein Zug vorbei und riss die Erinnerung mit sich fort.

Als sie sich umdrehte und ihre Tasche an der Stahlstrebe lehnen sah, zog sich etwas in ihr zusammen. Die Dämmerung über dem Fluss war perfekt, verband das Wasser mit dem Himmel. Und der Mond stach hervor. Kalt und einsam. Mit klammen Fingern zog sie ihr Mobiltelefon heraus und starrte auf das Display, bevor sie wählte.

ERSTER TEIL

1

Jona hielt ihre Lederjacke über der Brust zusammen und lief mit gesenktem Kopf die Berger Straße hinab. Ihre Schuhe waren durchnässt, bei jedem Schritt spritzte Wasser vom Asphalt an ihren Hosensaum. Sie wich öligen Pfützen aus, bis sie an der Ecke die vertraute Leuchtreklame der Apotheke erblickte. Kaum war sie eingetreten, erschien eine virtuos geschminkte Frau aus dem hinteren Raum.

„Kann ich helfen?"

Jona streifte ihre Mütze vom Kopf.

„Ich möchte so aussehen wie Sie."

Die Gesichtszüge der Apothekerin froren ein.

„Ich meinte: Ohne rote Nase. Voller Tatendrang und Power, also gesund."

Jona zwinkerte und fragte nach Nasenspray und Vitamin C. Wie konnte man nur so humorlos sein? Das ewige Grau machte aus den Menschen Alltagsgespenster. Auch in ihrer Praxis waren die meisten Klienten antriebsloser als sonst, und bedürftiger. Sie saßen im Sessel, ließen sich jedes Wort aus der Nase ziehen und erwarteten, dass es ihnen nach der Sitzung automatisch besser ging. Als sei Therapie eine Zapfsäule, an der man jederzeit Lebensfreude tanken konnte.

Jonas eigene Therapie für diesen Abend stand fest: auf den Futon, ein gutes Buch zur Hand und Tee mit ordentlich Whisky.

Als sie kurz darauf die Apotheke verließ, war die kleine Plastiktüte mit den empfohlenen Medikamenten gefüllt. Sie hatte es nicht über sich gebracht, ein weiteres Mal bei der Apothekerin in Ungnade zu fallen. Vielleicht wurde sie wirklich krank.

Der Himmel hatte sich noch weiter verdunkelt. Unschlüssig blieb sie auf dem Trottoir stehen. Wenn die Wolkendecke aufriss und dem Nachmittag das Licht wiedergab, würde es ihr bestimmt besser gehen. Bis dahin musste ihr ein Espresso aus dem Gröbsten heraushelfen.

In dem kleinen Café, das in den letzten Monaten zu ihrem zweiten Wohnzimmer geworden war, saßen nur einzelne Gäste und lasen. Die Theke war unbesetzt. Als sie einen unterdrückten Fluch und gleich darauf Gelächter aus der Küche vernahm, kehrten ihre Lebensgeister zurück; sie nahm sich eine Zeitung vom Ständer und vertiefte sich ins Tagesgeschehen.

Es begann bereits zu dämmern, als sie Mr. Bones, dem medizinischen Skelett im Flur ihrer Wohnung, ihren orangenen Parka um die Schulterknochen legte. Sie brühte sich einen Kräutertee auf, versetzte ihn mit irischem Whisky und legte sich in Straßenkleidung auf ihren Futon.

Kurz vor Mitternacht schreckte sie aus einem tiefen Schlaf. Es dauerte eine Weile, bis sie begriff, dass ihr Mobiltelefon klingelte und, als sie es endlich aus der Ritze zwischen Futon und Wand gefischt hatte, die hastig redende Stimme ihrer Schwester zuordnen konnte. Sie klang höher als sonst. Jona hielt den Hörer vom Ohr, während sie versuchte, zu sich zu kommen. Auch so war jedes Wort deutlich zu verstehen. Melanie, ihre Nichte, schien etwas angestellt zu haben, ihr Name war bereits mehrmals gefallen.

„Warte mal." Sie lehnte sich mit dem Rücken gegen die Wand. „Was ist denn eigentlich passiert?"

„Das ist es ja. Sie sagt's mir nicht. Sie sagt's mir einfach nicht."

„Habt ihr euch gestritten?"

„Irgendwas ist passiert." In umständlichen Worten schilderte

Iska, dass ihre Tochter spätabends einen Anruf erhalten und kurz darauf unbemerkt die Wohnung verlassen habe, um eineinhalb Stunden später durchnässt und wortlos zurückzukehren und sich in ihr Zimmer einzuschließen.

Müde rieb Jona sich ihre Augen.

„Mel ist vierzehn."

„Sie ist sensibel und zuverlässig, und sie hat noch nie …" Eine Tür knallte im Hintergrund. „Was sagt denn Rainer dazu?", fragte Jona und seufzte, als ihre Schwester von der Rallye ihres Mannes erzählte. Rainers alljährliches Rallye-Cross-Rennen war ihm heilig und das einzige Exklusive, das er für sich beanspruchte. Und wie sollte er auch aus der Ferne eingreifen?

„Sie war so blass", kam es aus dem Hörer.

„Ich tippe auf Liebeskummer." Jona erhob sich vom Futon und hörte, wie ihre Schwester scharf Luft einzog, während ihr die blaue Fotomappe im Regal ins Auge fiel. Mit der freien Hand zog sie sie heraus und schlug das Deckblatt zur Seite. Unter den vordersten Abzügen fanden sich Aufnahmen von Melanie und dem Cockerspaniel aus dem Tierheim, den sie oft ausführte. Die Fotos waren im Huthpark entstanden, kurz vor Weihnachten. Ihre Nichte schlang die Arme um das sitzende Tier, das treu in die Kamera sah. Louis mit seinen traurigen Augen. In gewisser Hinsicht passten die beiden zusammen. Melanie wirkte immer eine Spur zu ernst. Reif, sagte Iska, ohne den Stolz zu verbergen, den sie über ihre Älteste empfand. Aber hier hatte Melanie Spaß. Das nächste Foto zeigte sie mit dem Cocker an der Leine. Ihr krauses Haar, das sie zu einem Pferdeschwanz zusammengebunden hatte, flog in einer fröhlichen Choreografie mit den Ohren des Hundes. Jona schmunzelte, während die Stimme ihrer Schwester wieder an ihr Ohr drang. Sie hatte gerade etwas von Lüge gesagt.

„Selektive Offenheit."

„Bitte?"

„Manchmal ist es besser, nur einen Teil der Wahrheit preiszugeben. Im Sinne aller. Das nennt sich selektive Offenheit."

Am anderen Ende der Leitung schnaufte es.

Jona schloss die Fotomappe und warf einen Blick aus dem Fenster. Im Schein der Laterne dampfte die Luft, doch hinter dem Dachfirst des gegenüberliegenden Hauses stand die Dunkelheit schwarz und unnachgiebig wie ein Schild. Und wie das Schweigen, das sich im Hörer ausbreitete und mit jeder verstreichenden Sekunde dichter wurde.

„Geh mal schlafen, Iska. Ich komme morgen nach meiner Arbeit vorbei."

Durch den Fensterflügel, den sie öffnete, strömte kalte Luft ins Zimmer. Sie schloss die Augen, hörte das Rauschen in ihren Ohren, der Müdigkeit geschuldet, hörte Radgeräusche auf nassem Asphalt und endlich auch ein enges, eingeschnürtes *Danke*.

Lange noch, nachdem sie das Gespräch beendet hatten, sah sie in den sternenlosen Himmel und malte sich aus, wie Iska um das Zimmer ihrer Tochter strich und vergeblich nach Geräuschen jenseits der Tür lauschte. Die Verweigerung war neu. Seit sie denken konnte, hatte Melanie sich vernünftig und kooperativ verhalten. Vielleicht kam sie jetzt endlich in die Phase, in der sie aufbegehrte und stur blieb. Die kleine Mel. Eine Welle der Zuneigung durchflutete Jona.

Erst als sie unter die Bettdecke ihres Futons gekrochen war und das Licht gelöscht hatte, wurde sie auf den leisen Misston aufmerksam, der sich in die Stille gemengt hatte.

2

Niederrad war ein Stadtteil, der sich wie viele andere in den letzten Jahren stark gewandelt hatte. Discounter dominierten das Straßenbild, an jeder zweiten Ecke gab es Imbissbuden und Internetshops und von Abgasen verfärbte Häuserfassaden. Längst war der Glanz der Pferderennbahn verblasst und das Gelände verkauft. Stand der Wind ungünstig, hing das Raunen der Flugzeuge wie eine Mahnung über dem Viertel. Und doch hatte es nie den eigenen Sound verloren. Das Besondere lag in dem Nebeneinander von Traditionsgeschäften, Supermarktketten, liebevoll geführten Läden, den kleinen Häuschen mit Hinterhof und den im Grünen gelegenen Wohnsiedlungen jenseits des Zentrums, im Widerspruch von blühender Natur und dem, was allmählich in den Zustand der Natur zurückzukehren drohte. Niederrad atmete aus allen Poren Geschichte.

Wann immer Jona an den Schauplatz ihrer Jugend zurückkehrte, spürte sie eine leise Wehmut. Niederrad war heimliches Küssen am Bahndamm zwischen der Bürostadt und den Gleisen, war Rauchen im Gebüsch, Mutproben am abbruchreifen Vereinshaus, waren Machtkämpfe mit anderen Kindern der Wohnsiedlung und ihre späteren Besuche am Stadionsee, an dem sie ihre halbe, unverstandene Pubertät verbracht hatte.

Doch obwohl ihre Schwester Iska viel besser in dieses Korsett aus Heimat und Enge passte, war es Jona ein Rätsel, warum sie ausgerechnet hier ihr Erwachsenenleben weiterführte.

Im Schritttempo fuhr sie durch den verwitterten Torbogen, durchquerte den Hinterhof und parkte ihren Roller vor den Mülltonnen.

Inmitten von Baustellen und abbruchreifen Häusern nahm sich Iskas Reihenhaushälfte mit dem Komposthaufen im Vorgarten wie ein kleines Biotop aus.

Kurz darauf lehnte Jona mit einer Tasse Tee an der Spüle und sah ihrer Schwester beim Kochen zu.

„Hat sie inzwischen was gesagt?"

Die Art, wie Iska das Messer durch Zwiebeln und Gemüse jagte, war Antwort genug.

„Irgendwelche Hinweise auf etwas Schlimmes? Ich meine, im Zimmer."

„Glaubst du, ich spioniere in den Schränken meiner Kinder?"

„In manchen Fällen geht es vielleicht nicht anders." Jona nippte an dem Tee und schwieg, bis ihre Schwester sich langsam umwandte. Ihr sonst so offenes Gesicht mit den braunen, schräg gezogenen Augen und der viel zu akkuraten Ponyfrisur wirkte blank.

„Ich würde die ganze Sache gerne behutsam klären."

„Welche Sache?"

„Sag du es mir. Dir erzählt sie bestimmt mehr."

Die Pfanne, die sie aus dem Hängeschrank zog, lag wie ein Baseballschläger in ihrer Hand. „Sie kommt um drei. Bis dahin können wir essen und mit der Einweisung für den Bulli anfangen, um den du mich bitte gebeten hast, ja?" Zum ersten Mal seit ihrer Begegnung brachte sie etwas wie ein Lächeln zustande. „Ist von einer Freundin aus der BI Fluglärm und hat so seine Macken, die man kennen sollte."

„Ich leihe mir einen Öko-Lieferwagen?"

„Ich will nicht, dass Melanie denkt, du kommst zum Spionieren. Ist doch auch praktisch bei dem Wetter. Ich hol mal den Schlüssel."

Verdutzt blieb Jona in der Küche zurück und sah ihre Schwester zur Garage über den Hof eilen. Eine Notlüge, und das von Iska! Wovor hatte sie Angst? Plötzlich war sie sicher, dass sie bereits im Zimmer ihrer Tochter nachgesehen hatte und auf Dinge gestoßen war, die sie nicht begriff oder sich zu begreifen weigerte. Iska war der korrekteste Mensch der Welt. Das war vielleicht ihr Problem. Sie schob das gewürfelte Gemüse zu einem Haufen, goss Öl in die Pfanne und begann, die Zwiebeln anzudünsten. Gemeinsam zu Mittag essen und einen Weg suchen, Melanie aus möglichen Schwierigkeiten zu helfen, war eine Sache. Aber eine Bespitzelung unter fadenscheinigen Gründen kam nicht in Frage. Es war nicht nur albern, sondern auch …

„Seit wann kochst du bei uns?"

Jona fuhr herum und sah ihre vierzehnjährige Nichte im Türrahmen stehen. Ihr Gesicht wirkte angespannt und blass wie der Kunststoffkragen ihrer Jacke. Statt ihr wie sonst um den Hals zu fallen, zog sie ihre Schultasche von den Schultern.

„Ich wollte mir nur kurz euren Wagen leihen."

„Ist deine Vespa kaputt?"

„Ein Freund zieht um." Die Ausrede war ihr wie von selbst über die Lippen gekommen. Doch Mel schien die Lüge nicht zu bemerken. Ihre Frage nach der Vespa hatte teilnahmslos geklungen, auch die Bewegungen, mit denen sie sich aus Jacke und Schuhen löste, besaßen etwas Mechanisches. Sie trug knallenge Jeans wie alle Mädchen in ihrem Alter und einen rosafarbenen Sweater mit Silberaufdruck. Etwas an ihrer Körperhaltung stimmte nicht.

„Hilfst du mir beim Kochen?"

„Ich muss Mathe machen."

„Okay. Aber wenn wir gegessen haben …"

„Ich geh nachher nochmal weg." Wieder dieser fremde Gesichtsausdruck und ein bedauerndes Schulterzucken. Bisher hatte Melanie sie selten angelogen, kleine Notlügen, doch jedes Mal mit hochrotem Kopf und vielen, schnellen Worten. Heute drang nicht die kleinste Gefühlsregung an die Oberfläche.

Als die Haustür aufgeschoben wurde und Iska in den Flur trat, erzählte sie in zwei knappen Sätzen, dass den Geschichtslehrer die Grippe erwischt hatte und der Schule allmählich die Ersatzlehrer ausgingen.

„Für Mathe treffe ich mich heute mit den anderen. Bei Kim."

„Lad sie doch hierher ein. Ich bin ohnehin weg. Benjamin muss zum Karate."

In die Stille, die entstand, wehte ein Geruch nach Verbranntem, und Iska eilte in die Küche. Ohne ein weiteres Wort wandte Melanie sich ab und flüchtete die Wendeltreppe hinauf in ihr Zimmer.

„Verstehst du jetzt, was ich meine?"

„Das kann ganz normaler Liebeskummer sein", hörte Jona sich ohne Überzeugung sagen und sah ihrer über den Herd gebeugten Schwester dabei zu, wie sie einzelne angebrannte Zwiebelstücke aus der Pfanne fischte.

Zehn Minuten später saßen sie gemeinsam um den ovalen Esstisch. Ihre Nichte pikste mit der Gabel einzelne Gemüsestücke vom Teller und kaute lustlos darauf herum. Auch Iska vermied es, jemanden anzusehen, bis Jona ihr Besteck beiseitelegte und geräuschvoll ausatmete.

„Was ist eigentlich los?"

Es dauerte keine zwei Sekunden, bis die Vierzehnjährige ihren Kopf hob und schulterzuckend ein „Sorry, ich bin müde" in die Runde warf. Sie streifte die Serviette von ihren Knien und knüllte sie neben ihren halbvollen Teller.

„Bleib bitte sitzen."

„Wenn du gekommen bist, um mich auszuquetschen, vergiss es."

Jona fuhr sich durchs Haar.

„Mel. Man muss nicht alles erzählen. Aber wenn irgendwas passiert ist …"

„… *kannst du mit mir über alles reden.* Natürlich. Tun wir einfach so, als wäre ich in deiner Praxis und lösen das Problem."

Jona spürte, wie ihr Lächeln verrutschte. Gestern hatte sie selbst noch liebevoll an ihre allzu vernünftige Nichte gedacht, der es gut tat, einmal aufzubegehren, altersgerecht und wichtig. Manches klang eben nur in der Theorie gut.

„Entschuldige." Jona nahm ihre Gabel zur Hand. Der perplexe Blick ihrer Nichte sprach Bände. Schweigend starrte die Vierzehnjährige auf ihren Teller und dann ins Leere, während das Klappern der Bestecke und das Tellerrücken die einzigen Geräusche waren. Als das Schweigen unerträglich wurde, rückte Melanie ihren Stuhl vom Tisch und setzte sich gerade.

„Vesna ist verschwunden."

„Verschwunden? Du meinst abgehauen?", fragte Iska alarmiert.

„Keine Ahnung. Frau Ikanovic hat gesagt, dass sie nicht nach Hause gekommen ist. Aber es fehlen keine Sachen. Nur ihre Tasche. Die Polizei war schon in der Schule."

„Und du hast gestern Abend nach ihr gesucht", sagte Jona behutsam, während das Bild der hübschen, serbischen Freundin ihrer Nichte vor ihrem geistigen Auge erschien.

Melanie senkte den Kopf und legte ihr Gesicht in beide Hände. Das Haar, aus dem sich ein paar widerspenstige Strähnen kräuselten, schob sich wie ein Vorhang davor.

„Ich war mir ganz sicher, dass sie am Mawi sitzt."

„Wo?“

Nach kurzem Zögern nannte Melanie ihr das Marianne-Willemer-Häuschen, eine Gedenkstätte Goethes auf dem Frankfurter Mühlberg.

Jona betrachtete das Gesicht mit den violetten Ringen unter den Augen, das von einer durchwachten Nacht zeugte. Vermutlich brach Melanie gerade einen geheimen Schwur.

„Aber deine Freundin war nicht da.“

„Nein. Und auf meine WhatsApp hat sie auch nicht reagiert. Sie hat sie noch nicht mal geöffnet.“

„Moment mal.“ Iska legte beide Hände auf die Tischplatte. „Glaubst du wirklich, Vesna setzt sich spätabends an so einen verlassenen Ort? Was macht sie denn da?“

Schulterzucken. „Sie sitzt da einfach. Ist mal für sich und denkt nach.“

„Nachts? Bei der Kälte?“

„Es ist eben nicht alles vernünftig im Leben.“ Der zornige Blick ihrer Nichte fuhr Jona durch Mark und Bein. Sie ließ eine Weile verstreichen, bevor sie fragte, ob noch jemand diesen Geheimplatz kannte.

„Nur Kim und ich.“ Die Finger ihrer rechten Hand legten sich um das geflochtene Armbändchen, das straff um ihr rechtes Handgelenk saß. Dann holte sie tief Luft.

„Hätte ich das den Polizeibeamten sagen müssen? Und dass ich da war?“

„Du hast sie ja nicht angetroffen“, erwiderte Iska rasch und wich Jonas Blick aus. „Weißt du denn gar nichts? Ihr erzählt euch doch sonst alles.“

„Ich hab sie am späten Nachmittag versucht anzurufen, aber sie ist nicht rangegangen“, sagte Melanie gedehnt und fügte hinzu, dass sie sich gewundert hätte, wieso Vesna nicht im Sportunterricht war. Aber dann sei sie selbst zu eingespannt gewesen und hätte erst zu Hause wieder daran gedacht.

Dass ihre Nichte log, hörte Jona am leisen Zungenschlag. Melanie lispelte, wenn sie nicht die Wahrheit sagte oder aufgeregt war, und klimperte dabei mit den Augenlidern. Sie war nicht die einzige. Wie oft verhaspelten sich Klienten, wenn sie sie glauben machen wollten, etwas getan oder unterlassen zu haben. In der Praxis maß sie nicht jeder Ausrede große Bedeutung bei, aber das verräterische Lispeln der Vierzehnjährigen beunruhigte sie.

Als Melanie eine halbe Stunde später das Haus verließ, hatte sie versprochen, per Handy erreichbar zu sein und anzurufen, wenn es etwas Neues von Vesna gab. Jona blieb mit ihrer Schwester in der Küche zurück.

„Was ist das für ein Bändchen an ihrem Handgelenk?"

„Ich glaube, ein Freundschaftsbändchen. Handgemacht. Die sind gerade in Mode." Iska stellte die Spülmaschine an. „Sie verheimlicht uns was, oder?"

„Jetzt zeigst du mir mal diesen Lieferwagen, und wir machen eine kleine Spritztour, dann sehen wir weiter."

„Geht's auch in einer halben Stunde? Wegen Benjamin."

Kurz darauf schloss sich zum zweiten Mal die Haustür. Jona starrte auf die Silhouette des Schornsteinfegers, die sich im Glaseinsatz abzeichnete. Wieso musste sie Benjamin überhaupt zum Karate fahren? Der Junge war neun und hatte ein Fahrrad.

Die Stille war absolut, nicht mal der Kühlschrank summte. Als fiele das Haus in einen Totenschlaf, sobald seine Bewohner es verließen.

Sie galt nicht. Sie war eine Fremde. Bei dem Gedanken erfasste sie die gleiche Beklemmung wie in der Nacht zuvor.

Unwillkürlich dachte sie an die Fotomappe zu Hause, die sie während des Telefongesprächs mit ihrer Schwester durchgesehen hatte, und an die Aufnahmen von Melanie darin, die keine drei Monate alt waren.

Der Stoffbesatz schluckte ihre Schritte, als sie langsam die Wendeltreppe in den ersten Stock hinaufstieg. Sachte schob Jona die angelehnte Tür auf und sah in das Zwölfquadratmeterreich ihrer Nichte. Wie immer war es aufgeräumt, die Bettdecke glatt gestrichen, Schreibutensilien und Bücher lagen zu Stapeln geordnet auf dem rot lackierten Holztisch. Unschlüssig trat sie ein und begab sich zur Pinnwand. Zwischen Zetteln, Schnappschüssen und abgestempelten Eintrittskarten hing ein Foto von ihr selbst. Sie saß auf ihrer metallic-blauen Vespa, das braune, kurze Haar an den Kopf gedrückt, und reckte einen Daumen in die Höhe. Es war letzten Sommer entstanden, als sie ihre Nichte auf dem asphaltierten Weg am Lohrberg heimlich hatte fahren lassen und, damit es keinen Ärger gab, stellvertretend für sie posiert hatte. Nicht ganz korrekt. Aber ein stilles Abkommen, sich nicht *alles* verbieten zu lassen. Dazu einer der wenigen Glücksmomente in diesem verfluchten, letzten Sommer. Auch Melanie hatte noch Tage danach auf ganz eigene Art befreit gewirkt. Sie mussten reden. Alleine an einem ruhigen Ort, ohne Iska, die mit ihrer Besorgnis zu viel Druck ausübte.

Jona wollte gerade das Zimmer verlassen, als ihr ein anderes Foto ins Auge sprang. Zwei Mädchen lächelten Schläfe an Schläfe in die Kamera. Eine davon war Vesna, die andere kannte sie nicht. Doch während die ihr fremde Jugendliche mit dem Kurzhaarschnitt und den leuchtend blauen Augen etwas Wildes, Maskulines ausstrahlte, wirkte Vesna wie eine junge Frau. Jona trat einen Schritt näher an das Foto heran. Ihr slawischer Einschlag war deutlich zu erkennen, eine Strähne des blonden

Haares hing über dem rundlichen Gesicht, das Lächeln war scheu und sinnlich zugleich. Eine Schönheit, dachte Jona, nicht zuletzt wegen der dunklen Augen. Träumerisch hatte Melanie ihre Freundin genannt. Auf dem Foto wirkte sie eher schwermütig. Jona unterdrückte den Impuls, das Foto von der Pinnwand zu heften und einzustecken. Es war Sache der Polizei, nach dem Mädchen zu suchen. Aber sich einen Eindruck von ihrem schwärmerischen Wesen zu verschaffen, konnte ihr vielleicht helfen, Melanie besser zu verstehen.

Sie hinterließ einen Zettel auf der Flurgarderobe, schnappte sich ihre Daunenjacke und den Schlüssel des Lieferwagens und atmete erleichtert auf, als die frische Luft in ihr Gesicht schlug.

Der Lieferwagen stand in Fahrtrichtung. *Stoppt das Dauerfliegen* stand in breiten Lettern auf der Seitentür, dahinter klebten Sticker von Naturkostläden. Im Innern des Wagens roch es nach nassem Hund. Quietschend schoben die Wischblätter das Wasser von der Scheibe. Einen kurzen Moment überlegte sie, ob sie ihre Nichte nicht anrufen und bitten sollte, mitzukommen und gemeinsam zu überlegen, was passiert sein könnte. Aber Melanies Körpersprache beim Abschied war eindeutig gewesen.

Das Willemer-Häuschen, ein Gartenhaus mit schiefergedecktem Turm, lag unscheinbar im Wohngebiet auf dem Mühlberg.

Jona schob ihre Hände tiefer in die Taschen des orangenen Parkas, als sie das umzäunte Areal der Goethe-Gedenkstätte erblickte. Die letzten Meter der steil ansteigenden Straße war sie zu Fuß gegangen. Sie wollte sehen, was Vesna sah, wenn sie ihren geheimen Ort aufsuchte. Goethe und die Frau des Gartenhausbesitzers waren sich hier begegnet und hatten innige Momente erlebt.

Ein hochromantischer Ort also. Sie blieb stehen und schnaufte. Die Luft brannte auf ihren Wangen, doch unter der Kälte fühlte sich ihre Stirn heiß an. Wenigstens hatte es aufgehört zu regnen.

Schlank ragte der Turm in die Höhe. Selbst jetzt im Winter ging eine romantische Stimmung von ihm aus. Die grünen Fensterläden waren geschlossen, ebenso die Holztür, die die Pforte zum Garten bildete. Als Jona sich versichert hatte, dass sie alleine war, kletterte sie über den Lattenzaun.

Auf einer Bank am gekiesten Rundweg ließ sie sich nieder. Ein Flugzeug dröhnte im Landeanflug über den Mühlberg. Dennoch lag Frieden über dem Ort, ein Kleinod, das von Außenreizen unangetastet blieb. Dieser Flecken Erde verströmte etwas Tröstliches. Längst hatten die Ginkgobäume ihre Blätter verloren, ihre breiten Stämme jedoch ließen vermuten, wie mächtig ihre Baumkronen im Sommer sein mussten. Liebespaare ritzten für gewöhnlich ihre Initialen in die knorrige Rinde solcher Baumstämme. Jedenfalls, bevor die Sache mit den Metallschlössern am Eisernen Steg losgegangen war.

Plötzlich zuckte Jona unter einer Eingebung zusammen. Nicht Melanie litt unter Liebeskummer, sondern Vesna. Und dies hier war kein Rückzugsort zum Nachdenken, sondern ein Treffpunkt, ein Liebesnest. Von einer Ahnung getrieben, stand sie auf und trat zu dem größeren der beiden Ginkgobäume. Herzen, Namen und Initialen überzogen die Rinde des stolzen Baumes. Sie umrundete den Stamm, unterzog jedes Schnitzwerk einer kritischen Prüfung und setzte ihre Inspektion am zweiten Ginkgobaum fort. Doch der Name Vesnas fand sich an keiner Stelle.

Nachdem sie auch die übrigen Bäume ohne Erfolg abgesucht hatte, setzte sie sich auf eine Bank im hinteren Teil des Gärtchens. Von hier aus sah man die Rückseite des Turmes und war zugleich durch dichtes Strauchwerk geschützt. Sie fror. Warum hatte sie Handschuhe und Mütze im Topcase ihrer Vespa gelassen? Länger verweilen konnte man bei der Kälte nicht, auch wenn man verliebt war und von jemandem träumte. Ein Windstoß rüttelte an den kahlen Zweigen. Sie schob ihre Hände unter ihren Hosenboden und spürte eine feine Einkerbung unter ihrem rechten Zeigefinger. Als sie ein Stück beiseite rückte und sich über die Sitzfläche beugte, sah sie, dass sich auch hier Menschen verewigt hatten. Prüfend glitt ihr Blick über die Sitzbänke, bis sie auf ein Herz mit eingeritzten Namenszügen stieß. *Vesna und M* stand in unbeholfener Druckschrift auf einer der Holzstreben. Im Gegensatz zu den anderen war die Inschrift nicht verwittert, sondern frisch. Also doch! Vielleicht hatte Melanie deswegen geschwiegen. Eine geheime Liebe – womöglich unerfüllt. Oder zu brisant, um öffentlich gemacht zu werden.

Mit klammen Fingern kramte sie ihr Handy aus der Jackentasche und schrieb eine Nachricht an ihre Schwester. Die Antwort kam prompt: *Soweit ich weiß, hat Vesna keinen Freund. Aber das heißt nichts. Wo steckst du??*

Jona schickte einen hochgereckten Daumen als Emoji. Auf Tastendruck glitt ihr Handy in den Vibrationsmodus. Sie schoss zwei Fotos, ließ ihren Blick noch einmal über die Holzbank wandern und überprüfte die Bänke im vorderen Bereich des Gärtchens, doch die von ihr fotografierte Inschrift blieb der einzige Hinweis auf eine Schwärmerei oder Liebschaft Vesnas. Wenn es sich nicht um eine andere Vesna handelte.

In ihrem Rücken raschelte es. Eine Amsel saß im kahlen

Buschwerk und zerrte und pickte an einem Fetzen Papier. Flügelschlagend floh sie, als Jona ins Gebüsch trat, und ließ ihre Beute zurück: ein zusammengeknüllter Streifen Papier, mit Fettflecken überzogen. Reste von rohem Hackfleisch klebten daran.

Kurz darauf betrachtete Jona den kleinen Stapel dessen, was sie mit spitzen Fingern aus dem Mülleimer gefischt hatte – Papiertaschentücher, eine leere Wasserflasche, Bonbonpapiere, zerschlissene Seiten einer Tageszeitung – und schalt sich selbst einen Esel. Als sie über die Holzlatten des Zauns kletterte, blieb ein Spaziergänger auf der anderen Straßenseite stehen und sah kopfschüttelnd zu, wie sie ihren in den Streben verkeilten Fuß zu befreien suchte.

Später im Lieferwagen legte sie ihr Mobiltelefon auf den Beifahrersitz. Mehrmals ertönte ein Brummen, lange und fordernd. „Lass stecken, Iska", fluchte Jona und nahm das Handy erst zur Hand, als sie den Lieferwagen umständlich in die enge Parklücke vor ihrer Haustür gesetzt hatte. Sie erkannte Steiners Nummer auf dem Display im selben Moment, als jemand an das Seitenfenster des Bullis klopfte.

Das Gesicht hinter der Scheibe lächelte. Es wirkte noch scharfkantiger als sonst, und hinter dem Lächeln verbarg sich so etwas wie Scheu.

„Du leuchtest", sagte Ulf Steiner, als sie aus der Fahrerkabine gestiegen war, und berührte kurz ihre orangene Daunenjacke am Arm. „Und fährst halbkrank mit einem fremden Ökolieferwagen durch Frankfurt. Muss ich mir Sorgen machen?"

Jona schluckte die süffisante Erwiderung vom ewig besorgten Bullen hinunter und betrachtete die feinen Fältchen hinter den Brillengläsern. Ihr war nicht nach Scherzen. Sie war durchgefroren und erschöpft und brauchte dringend ein heißes Bad. Doch Steiners Frage nach einem Kaffee konnte sie nichts entgegensetzen.

Als sie die Wohnungstür aufschloss, vibrierte ihr Handy schon wieder. Sie führte den Kommissar in ihre Küche, während sie vom Wohnzimmer aus ihre Schwester zurückrief.

Iska gab sich Mühe, ruhig zu klingen, doch das Missfallen hinter ihrer Frage war deutlich zu hören.

„Ich bin kurz zu diesem Mawi gefahren."

„Und?"

„Naja." Aus der Küche ertönte das Klappern von Besteck. Sie schloss die Tür hinter sich. Melanie war so blass gewesen. Versteinert. Und nachts noch ohne ein Wort zu dem Geheimort gefahren. Melanie. M wie Melanie. Vesna und Melanie. Konnte das sein?

„Jona?"

„Ich habe eine Inschrift auf einer Bank entdeckt", begann Jona und lehnte sich an ihren überfüllten Schreibtisch. „Ganz frisch ins Holz geschnitzt. *Vesna und M* steht da."

„*Vesna und M*? Mit einem Herz darum?"

„Ja … Sag mal – könnte das M für Melanie stehen?"

Am anderen Ende der Leitung wurde es still.

„Nein."

„Sicher?"

Es dauerte eine Ewigkeit, bis das zweite Nein folgte. Zögernd berichtete ihre Schwester, dass Melanie in der letzten Zeit verschwiegener als sonst sei und im nächsten Moment überdreht. Wie aufgezogen. Ihre sonst geliebten Bücher lägen ungelesen neben dem Bett, ihre Tasche finde sich im Unterfach des Kleiderschrankes, statt am Schreibtisch zu lehnen. Ständig würde sie vor sich hinsingen.

„Das macht sie doch immer."

„Ja, aber wenn jemand dazukommt, hört sie sofort auf damit. Vesna und Melanie stecken in letzter Zeit sooft zusammen. Aber das muss doch nichts heißen, oder?"

„Es geht ja nur um Zusammenhänge, Iska."

„Es geht um ein Mädchen, das polizeilich gesucht wird."

Als Jona in die Küche kam, roch es nach Kaffee. Der Kommissar nahm die dampfende Macchinetta vom Herd.

„Ärger?", fragte er, während er wie selbstverständlich zwei Espressotassen vom Wandregal nahm, sie auf den Holztisch stellte und den schwarzen Sud hineingoss.

„Eine pubertierende Nichte." Sie wünschte sich, dass er in ihrem Blick las, doch Ulf Steiner schien mit seinen Gedanken woanders zu sein.

„Das geht vorbei."

Er nippte an der Tasse und setzte sie so vorsichtig ab, als gälte es, eine Bombe zu entschärfen. Für einen Augenblick schien ihr die Küche fremd. Elektrisch aufgeladen. Ein violettes Licht durchsetzte den Raum und verlieh den Dingen einen zärtlichen Anstrich. Auch der Kommissar regte sich nicht. Ein Lächeln saß schief in seinem Gesicht, bevor er den Kopf hob.

„Sagt dir der Name Vesna Ikanovic etwas?", fragte sie und fing seinen überraschten Blick auf. „Die Fahndung müsste schon draußen sein."

„Ich habe mir ein paar Tage frei genommen. Wieso fragst du?"

„Sie ist die beste Freundin meiner Nichte, und sie ist seit gestern verschwunden."

Für eine Sekunde schien Ulf Steiner aus dem Konzept

gebracht, dann wich die Anspannung aus seinem Gesicht und der Ausdruck ruhiger Konzentration, den sie so gut kannte, legte sich darüber. Als er fragte, seit wann das Mädchen vermisst wurde, hatte er bereits jegliche Verlegenheit abgestreift. Jona lehnte sich im Stuhl zurück und starrte auf die blecherne Macchinetta, die zwischen ihnen auf dem Küchentisch stand. Dampf kroch aus der Öffnung. Er war nur schemenhaft zu sehen. Doch niemand von ihnen machte Licht. Und obwohl Jona sicher war, dass der Kommissar gerne klare Verhältnisse hatte, blieben sie im beginnenden Halbdunkel sitzen, während sie zu erzählen begann. Von dem Anruf ihrer Schwester, dem gemeinsamen Mittagessen und der Verstocktheit ihrer Nichte. Auch die Fahrt zum Willemer-Häuschen erwähnte sie. Die Inschrift auf der Bank und ihren Verdacht, dass Melanie und Vesna sich näher stehen könnten als normale Freundinnen, behielt sie für sich. Es war nur ein Verdacht. Sie sah zu Steiner hinüber, der ihr unbeweglich zugehört hatte und noch immer schwieg. Wieso bloß war er bei der Polizei? Sie hätte ihm so gerne alles erzählt.

Abrupt stand sie auf und trat zum Fenster. Der Anblick des Hinterhofs und der rauchenden alten Dame auf dem Balkon gegenüber beruhigte sie. Sie stand immer an der Brüstung und rauchte, bei Wind und Wetter, tags wie abends. Jona öffnete den Fensterflügel und atmete die kalte Luft tief ein. Draußen war es noch heller als erwartet, nur der bleigraue Himmel verdüsterte den Nachmittag. In ihrem Rücken knackte ein Stuhl.

„Ist das ein eleganter Rausschmiss?“

„Entschuldige, ich bin erschöpft.“ Als sie sich umwandte, stand Steiner direkt vor ihr.

„Gib Bescheid, wenn ich helfen kann.“

Wieder fiel ihr auf, dass sie ganz genau gleichgroß waren. Sie schlang ihre Arme um den Pullover und trat nach einem kleinen Lächeln vom Fenster weg. Erst als sie die Küche verließ, folgte ihr der Kommissar.

„Also dann …“, sagte sie an der geöffneten Wohnungstür, nachdem endlose Sekunden verstrichen waren.

„Meld dich“, erwiderte Steiner.

„Oder du.“

Es war ihr Abschiedsdialog seit zwei Monaten, aber heute wandte sich Jona abrupter als sonst um und schloss die Tür. Sie musste als Erstes mit Melanie sprechen. Irgendwann würde sie schon ans Handy gehen.

3

Fallen tust du alleine. Da ist niemand, der dir ein Bein stellt. Nur du selbst. Es reicht, wenn eine achtlose Bemerkung fällt. Sie wissen genau, was sie damit bei dir anrichten. Sie wissen es. Melanies Blick blieb auf den letzten Worten liegen. Sie waren doppelt unterstrichen. Vesna benutzte immer jede Menge Ausrufezeichen. Es hagelt Bedeutung, hatte Brandt einmal bei der Rückgabe ihrer Klassenarbeit gesagt, und Vesna war rot geworden und es die ganze Stunde hindurch geblieben. Vesna. Ein Kloß bildete sich in Melanies Kehle. Sie sollte das nicht lesen. Sie hatte geglaubt, alles über ihre Freundin zu wissen. Tausende von Selfies, Snapchat-Nachrichten und WhatsApps, die sie sich von überall her geschickt hatten. Aber die Bücher waren tabu. Die versteckte sie nur für Vesna, wenn sie gefüllt waren, damit die Eltern sie nicht entdeckten. Nie hatte sie in das lederne Buch hineingesehen, das mit einem Bändel zugeschnürt war und bisher tief in ihrem Sockenfach gesteckt hatte. Den Vers, der dem Text folgte, hatte Vesna ihr mal am Telefon vorgelesen. Noch einmal las Melanie den Vierzeiler. Er war cool. Die reine Poesie. Vesna war die Beste von allen. Sie schrieb gestochen scharf und bekam auf jeden ihrer Aufsätze eine Eins.

Sie schlug das Lederbuch zu und starrte auf die spiralförmige Prägung in der Mitte des Einbandes. Sah kryptisch aus, wie eine Geheimformel. Im Schacht des Hochhauses regte sich etwas. Wie ein Stöhnen drang das Aufzuggeräusch aus den Tiefen des Schachts. Hier im elften Stock bekamen alle Geräusche etwas Menschliches. Und bei Wind schwankte das Hochhaus, auch wenn Kim sie für diesen Ausspruch zur Queen der

Einbildung erklärt hatte. Sie hielt den Atem an. Das Röhren war verebbt. Irgendwo weiter unten hatte der Fahrstuhl jemanden ausgespuckt. Verdammt. Wo blieb Kim? Sie waren doch verabredet. In der Schule hatten sie nicht reden können, ständig war Dorothee um sie geschlichen. Sie stand auf und starrte durch das schmutzige Flurfenster nach draußen. Grau in Grau trotz der farbig gestrichenen Hochhäuser. Im Mainfeld waren die Menschen Zwerge. Kims Lieblingsspruch. Klar, dass sie hier rauswollte. Wer war schon gerne Zwerg in einer Betonlandschaft?

Melanie lehnte ihre Stirn gegen die kalte Scheibe. Wenn Vesna doch noch einmal eine WhatsApp schicken würde, einmal nur. Aber sie war abgetaucht. Vermutlich Vollkrise. Sie nahm sich alles immer so zu Herzen. Und wenn ihr etwas zugestoßen war? Die Wohnanlage verschwamm vor ihren Augen. Sie griff zu den In-Ear-Kopfhörern, die am Kabel um ihren Hals hingen, und legte sich *Pink* auf die Ohren. Mit *Pink* war alles erträglich.

Als sie zwei Lieder später einen kalten Windzug im Rücken spürte, drehte sie sich um. Kim stand in ihrer schwarzen Motorradjacke vor ihr, das Gesicht gerötet vor Kälte.

„Was ist?" Die prall gefüllten Einkaufstüten glitten zu Boden. „Was Schlimmes?"

„Ich hab Angst."

„Aber nix Konkretes? Keine Nachricht oder so?"

Langsam schüttelte Melanie den Kopf. An der Art, wie ihre Freundin sich eine nasse Locke ins Haar zurückschob, konnte sie ihre Ungeduld erkennen, und ihr Missfallen über die Tränen, die eine deutliche Spur mit der Wimperntusche gezogen hatten.

„Mach das mal weg. Wenn Tobi dich so sieht, kannste was erleben. Der ist grade sowas von aggro."

Melanie wischte sich übers Gesicht, bevor sie eine der Plastiktüten vom Boden aufnahm und mit der zweiten Hand nachfasste. Die Henkel dehnten sich unter dem Gewicht. Kim war stark wie ein Mann. Seit ihre Mutter vor zwei Jahren ausgezogen war, lebte sie mit ihrem Vater und ihren beiden Brüdern Tobias und Max in einer seltsamen Familien-WG. *Brenze* stand auf dem Türschild, und nichts an diesem unauffälligen Namen bereitete auf das Chaos vor, das sich hinter der Wohnungstür verbarg.

Ein Geruch nach Tier hing in dem winzigen Eingangsbereich, den zwei Haufen Straßenschuhe und ein Stoffbuckel aus übereinandergeworfenen Jacken verengten. Hinter der gegenüberliegenden Tür mit dem Totenaufkleber erklangen dumpfe Bässe und ein Sprechgesang: „Knall das Netz, knall die Welt, und du bist der Held."

Melanie sah, wie ihre Freundin die Augen verdrehte und bog in den Flur ein, ohne einen Blick in das angrenzende Wohnzimmer zu werfen. Sie kannte die Bierflaschenbatterien neben dem Sofa, und der Dauerqualm lag als grauer Film auf den Tapeten. Kims Zimmer am Ende des Flures war der einzige Ort, an dem Ordnung herrschte.

Wie eine Schiffsplanke auf hoher See, hatte Vesna einmal gesagt und darauf von Kim in einer Mischung aus Wut und Bewunderung zu hören bekommen, sie solle nicht so viele Frauenromane lesen. Das war erst wenige Wochen her und lag doch in so weiter Ferne, als gehörten ihre Dreiertreffen einem anderen Leben an.

Melanie zog ein Kissen vom Bett und setzte sich auf den Boden. Die Rippen der Zentralheizung brannten Wärmefinger in ihren Rücken. Aus der Froschperspektive wirkte die Kerzensammlung auf der Kommode wie eine große wächserne Familie. Duftkerzen in Schwarz und Weiß verströmten ihr künstliches Aroma. Wenn abends alle Kerzen brannten, verwandelte sich die Kommode mit dem Avril Lavigne-Poster darüber in einen Altar.

Das Klingeln ihres Handys riss Melanie aus ihrer Betrachtung. Mehrere Sekunden fixierte sie den Namen im Display, dann drückte sie die Verbindung weg und stellte das Handy auf Vibrationsalarm. Als sie aufsah, stand Kim in der Tür.

„Meine Tante", sagte Melanie und spürte, wie sie rot wurde.

„Hast du ihr was erzählt?"

„Natürlich nicht."

„Gut." Die Freundin stellte zwei Dosen Cola auf den Boden und hockte sich im Schneidersitz ihr gegenüber. „Vielleicht ist Vesna ja bei dem Musiker abgetaucht."

Melanie schwieg. Dass ihr die Sache mit dem Jungen bei Kim rausgerutscht war, war unverzeihlich. Dabei war die Sache schon seit Wochen vorbei. Hätte sie es trotzdem der Polizei erzählen müssen?

Noch immer steckte das Notizbuch mit der eingeprägten Spirale in ihrer Tasche, wie eine Zeitbombe tickte es. Sobald sie es erwähnte, lief der Countdown. Kim würde es durchlesen wollen. Jedes Wort würden ihre riesigen blauen Augen von Vesnas Sehnsüchten, Gedanken und Träumen aufsaugen.

Sie schluckte. „Vesna stand gestern Nachmittag vor unserem Haus. Sie hat mir ein Snapchat-Video geschickt."

„Krass. Was war drauf?"

„Nur ihr Gesicht, im Hintergrund unsere Haustür. Sie müsste mich sehen. Dringend. Ich solle mich melden."

„Sonst nichts? Nicht mal eine Andeutung? Irgendein …"

„Keine Ahnung, das Video war genau zehn Sekunden auf meinem Display."

Kim blies Luft aus ihren Backen.

„Wenn das die Polizei wüsste, wärst du verdächtig. Wie krass." Der Verschluss der Getränkedose knackte unter ihren Fingern, als durchtrenne sie ihm die metallene Gurgel.

Melanie fuhr hoch. „Wegen was denn verdächtig?"

„Hey, du bist Vesnas letzter Draht zur Welt."

Für eine Sekunde glaubte Melanie es in den Augen der Freundin aufblitzen zu sehen, dann wurde das Blau ihrer Iris so unergründlich wie je.

„Letzter Draht", wiederholte Melanie leise und biss sich auf die Lippen. „Aber die Snapchat-Nachricht hat sich aufgelöst. Weg, für immer."

„Du glaubst doch nicht, dass die das nicht rekonstruieren können. Dafür gibt es Apps."

„Ich weiß." Melanies Gesicht brannte. Warum, verdammt, hatte sie es dem Polizisten in der Schule nicht erzählt? „Aber nenn mir einen Grund, warum sie mein Handy überprüfen sollten."

„Deins vielleicht nicht."

Die Freundin schwieg bedeutungsvoll. Zuckte mit den Schultern und trank einen Schluck Cola, als hätte sie mit dem Ganzen nichts zu tun.

„Weißt du wirklich nichts, Kim? Wir dürfen jetzt nicht lügen. Nicht untereinander."

„Spinnst du?"

Das Gesicht ihrer Freundin schien Hitze auszustrahlen. Melanie starrte an ihr vorbei ins Leere. Ihr war schwindlig. Es war, als wichen Kommode, Fernseher und Kleiderstange in unwirkliche Ferne, und die Konturen verschwammen vor ihren

Augen. Sie war verdächtig. Wenn Kim es wollte und zur Polizei ging, würde sie sich wegen Vertuschung von Beweismaterial verantworten müssen. Und Kim war in letzter Zeit auf eine seltsame Art elektrisiert. Hatte sie nicht erst letzte Woche behauptet, sie habe ihr die Mitgliedskarte vom Fitnessstudio anvertraut und nicht zurückerhalten? Erst nachdem sie gemeinsam ihre Sporttasche ausgeleert und das Plastikteil aus einer Zwischenfalte im Boden geschüttelt hatten, war sie ruhig geworden und hatte sich später entschuldigt.

Melanies Finger suchten Halt am Plüschkissen auf dem Boden. Dann schaltete sich ihr Verstand wieder ein und sie begegnete dem Blick der vertrauten, schwarz gekleideten Freundin, während sie ihr versicherte, dass sie ihr glaube, immer geglaubt habe. Und ihr deswegen auch etwas erzählen müsse. Etwas von Vesna. Sie erzählte, dass das mit dem Jungen eine fiese Wendung genommen habe, es aber vorbei sei. Längst vorbei. Der Typ habe Vesna übel sitzenlassen.

Kim pfiff durch die Zähne.

„Das ist noch nicht alles." Wieder spürte Melanie, wie ihr das Blut ins Gesicht schoss. „Jemand hat Vesna erpresst." Aufgeregt zerrte sie Vesnas Notizbuch aus ihrer Tasche, klappte den Rückendeckel auf und begann nach einem Seitenblick zu ihrer Freundin die letzte Seite zu lesen.

„Wie krass. Cybermobbing. Vielleicht sind die Filme schon im Netz. Was meinst du, was drauf ist?"

Kims dunkle Stimme klang wie ein Reibeisen, als sie nachfragte, ob auch sie in den Notizen vorkamen, und ohne eine Antwort abzuwarten, ihr das Buch aus den Händen riss. „Das darfst du nicht", sagte Melanie halbherzig und hockte im nächsten Moment neben ihrer Freundin, um mit ihr die Einträge nach kritischen Stellen durchzugehen. Ein Zentnergewicht schien von ihr genommen. Und vielleicht enthielt das Notizbuch wichtige Informationen für die Polizei, die sie selbst übersehen hatte. Aber was war, wenn sie daraus andere Schlüsse zogen?

„Wir müssen das Ding vernichten." Wieder diese Reibeisenstimme.

„Wieso denn?" Melanie spürte den heißen Atem ihrer Freundin im Gesicht.

„Hier steht, ich wäre eifersüchtig und hätte sie beim Sportunterricht nachgeäfft – beim Bodenturnen."

„Hast du nicht?"

Der Blick der Freundin durchbohrte sie. Kurz blitzte die Erinnerung an die Szene in der Schultoilette vergangene Woche auf. Der gleiche durchdringende Blick. Und Vesna, die mit schiefgelegtem Kopf auf etwas zu warten schien. Keine der beiden verlor ein Wort, nachdem sie dazwischen gegangen war. Sie war alleine in der Mädchentoilette zurückgeblieben. Neonlicht, weiße Kacheln und das ungute Gefühl, dass etwas ohne sie eingesetzt hatte.

„Ich kann Vesnas Buch nicht einfach verschwinden lassen. Sie hat es mir anvertraut", flüsterte Melanie.

Ihre Freundin starrte auf die zweite Seite, die sie gerade umgeblättert hatte und schlug die Notizen zu.

„So wie die Sache mit diesem Moritz hier oder was? Hey, wach auf. Das ist kein Spiel mehr."

Im Zimmer wurde es so still, dass die dumpfen Bässe, die durch die Wand drangen, den Puls vorgaben. Die nahende Dämmerung filterte das Licht aus dem Zimmer. Nein, es war kein Spiel mehr. Vielleicht war es noch nie eines gewesen.

Melanie lehnte sich mit dem Rücken an die Heizung zurück. Die Sache hatte von Beginn an nichts Spielerisches besessen. Es war aufregend. Cool. Und es machte stark, es ohne das Wissen anderer zu tun. Es war wie eine geheime Waffe, ein Schatz. In Gedanken sah sie ihre Mutter den Kopf schütteln.

Erst der flackernde Schein der Kerzen, die Kim anzündete, holte sie in die Gegenwart zurück. Mit überkreuzten Armen lehnte die Freundin an der Kommode.

„Wo warst du eigentlich gestern Nachmittag, als Vesna vor deiner Tür stand? Sport ist ja ausgefallen."

Der Kerzendocht knisterte, als verzehre er sich nach einer Antwort. Gebannt sah Melanie auf das Schattenspiel der tanzenden Flammen, bevor sie zögernd zugab, in der Stadt gewesen zu sein. Einkaufen. Sich einen Überblick über die Geschäfte verschaffen. Was bezahlbar war. Unverbindlich. „Und alleine", fügte sie hinzu. „Setzt du dich wieder? Ich verrenke mir meinen Hals."

Doch Kim blieb stehen und fixierte eine Stelle auf ihrem Schreibtisch.

„Ich war auch bei dir, gestern Nachmittag. Aber es hat niemand aufgemacht." Sie schob sich eine Haarsträhne aus der Stirn. „Also habe ich ein kleines Briefchen an die Tür geklebt. Du hast es nicht gefunden?"

Der Pfeifton in Melanies Ohr kam wie aus dem Nichts. Zu laut, um zu denken. Zusammenhänge zu erfassen. Wieder und wieder zupfte sie am geflochtenen Baumwollbändchen um ihr Handgelenk.

„Seit wann hängst du Briefe an irgendwelche Türen? Gibt es keine Handys?"

„Akku war leer. Und ich war eh in deiner Nähe." Kim räusperte sich. „Stand auch nur ein Ciao drin, und dass ich eine Idee für was Gemeinsames habe."

Ihre Stimme klang brüchig, als sie beteuerte, dass sie Vesna nicht habe ausschließen wollen.

„Hast du aber", hörte Melanie sich mit ungewohnter Bissigkeit sagen, während sie aufstand und den empörten Blick der Freundin an sich abprallen ließ.

„Wir müssen alle Orte nochmal absuchen. Aber getrennt. Wenn Vesna uns jetzt zusammen sieht, glaubt sie noch, dass wir uns gegen sie verbündet haben."

4

Über Nacht war der bleigraue Vorhang verschwunden. Ein klares Blau stand am Himmel, die Luft war kalt und frisch. Jona trat ans Küchenfenster und ließ ihren Blick über die im Sonnenlicht glitzernden, nackten Äste des Hinterhofs schweifen, bevor sie es öffnete, um eine Nelkenzigarette zu rauchen. Die Unschuld des Morgens kam ihr unangemessen vor. Als verhöhne die strahlende Bläue ihre Zerschlagenheit und die unruhige Nacht, die hinter ihr lag.

Sie war früh am Morgen erwacht und trotz Glieder- und Halsschmerzen zu einem Spaziergang vor dem Frühstück aufgebrochen. Am Bornheimer Hang waren nur wenige Hundebesitzer unterwegs; müde Menschen in Freizeitkleidung, deren Augen den über die gefrorenen Wiesen flitzenden Schatten folgten. Jona hatte sich tief in ihrer Daunenjacke vergraben. Den Spaziergang hindurch waren ihre Gedanken um das gestrige, späte Telefongespräch mit Ulf Steiner gekreist, um seine Worte, sachlich und doch behutsam ausgesprochen. Dass Vesna Ikanovic bereits im Fahndungssystem von Interpol sei und Durchsagen über den Hörfunk liefen. Dass ihr Handy nicht zu orten sei. Also ausgestellt. Oder zerstört.

Die Vierzehnjährige wurde an Bahnhöfen, in Krankenhäusern und in Einrichtungen gesucht, Hausbefragungen hatten stattgefunden, Polizisten durchstreiften das Kerngebiet, in dem sie sich zuletzt aufgehalten hatte.

Mit klammen Fingern entzündete Jona die Zigarette und stieß den Rauch in die kalte Luft. Von gegenüber winkte die alte Dame im Morgenmantel. Bei ihr war es bestimmt nicht die erste Zigarette des Tages. Zum wiederholten Mal wählte Jona die Nummer ihrer Nichte, doch Melanie blieb unerreichbar, für sie zumindest. Vielleicht stellten sie das Handy in der Schule auch aus. Aber es musste einen Weg geben, Melanie alleine zu sprechen. Mit Iska im Nacken ging es nicht.

Als Jona eine Stunde später dick eingepackt das Haus verließ, gaben die Sonnenstrahlen dem geschäftigen Leben auf der Straße den Anstrich einer Idylle.

Die Schule kannte Jona von ihrer eigenen Kindheit, auch wenn das ehemalige Gebäude abgerissen und durch ein Modernes ersetzt worden war. Der Pausenhof erinnerte noch eher an früher, ein Asphalthof mit Tischtennisplatten, gesäumt von Platanen, die ihre gichtigen Finger gen Himmel streckten. Er war menschenleer bis auf eine Schülerin, die auf einer Bank saß und etwas aus einer Papiertüte abbiss. Während Jona unschlüssig am Eisentor stand, lief eine Frau in einem Dufflecoat an ihr vorbei.

Sie konnte nicht älter als dreißig sein. Sympathisch und angepasst, dachte Jona. Die Sorte Frau, die ihrem Vater bei seinen Töchtern vorschwebte, bevor er sich mit ihrem großen, ungelenken Wesen und der drahtigen Arbeitsbienenmentalität ihrer Schwester abgefunden hatte. Ohne zu überlegen, eilte sie der jungen Frau hinterher und schloss neben ihr auf.

„Entschuldigen Sie."

„Ja?"

Hatte sie sich das eingebildet, oder war die junge Frau zusammengezuckt? „Mein Name ist Jona Hagen. Kennen Sie vielleicht meine Nichte, Melanie Fritsch-Hagen?"

Die Lehrerin blieb stehen.

„Melanie ist in einer meiner AGs. Ein nettes, aufgeräumtes

Mädchen.“ Ihr Blick wanderte über ihre Schlaghosen und den orangenen Parker. „Sie wissen, was passiert ist?“

Jona nickte. „Meine Nichte hat nicht viel erzählt. Nur, dass ihre Freundin verschwunden ist und die Polizei in der Schule war.“

„Ja, die Polizei. Manche Schüler waren ganz aus dem Häuschen. Auch Melanie hat eingeschüchtert gewirkt.“

„Sie ist durcheinander, das ist doch normal.“

„Wir alle.“

Erst jetzt bemerkte Jona die Blässe in dem faltenlosen Gesicht, die sich deutlich unter der Schminke abzeichnete.

„Was denken Sie denn über die Sache. Gibt es öfter Schüler, die mal von zu Hause abhauen?“

„Ich will lieber nicht spekulieren. Es gibt so viele Gründe, warum Mädchen ihres Alters der Schule fernbleiben. Manche sind schon junge Frauen.“ Sie zog den Kragen ihres Mantels zusammen. Dass es kalt sei und die Pause bald beginne, sagte sie, und zwischen den Bewegungen saß eine kleine Unruhe, Jona hätte schwören können, dass ihr Worte auf den Lippen lagen, die auszusprechen sie sich verbot. Ob es sein könnte, dass Vesna Liebeskummer hatte, fragte Jona rasch.

„Jeder in der neunten Klasse hat Liebeskummer. Die halbe Mittelstufe wegen unseres feschen Spaniers. Als Lehrer für Deutsch.“ Ein Lächeln huschte über ihr Gesicht und verschwand wieder. „Aber Malte nutzt das nicht aus. Ich muss jetzt mal los. Seien Sie einfach für Melanie da, ohne allzu viel zu fragen. Sie braucht jetzt Halt.“

Jona schwieg. Es waren Ratschläge, die sie als Therapeutin schon etlichen Menschen mit auf den Weg gegeben hatte.

Gedankenverloren sah sie der Lehrerin nach. In Horden drängten Schüler auf den Schulhof. Es waren Jungs aus den unteren Klassen. Sie rannten wie junge Hunde, warfen sich mit Plastikbällen ab und schrien sich Dinge zu. Die Älteren stellten sich in Gruppen zusammen.

Jona suchte den Schulhof nach ihrer Nichte ab. Zwei Mädchen, mit In-Ear-Kopfhörern ans gleiche Handy gestöpselt, liefen an ihr vorbei. Vielleicht war Vesna vorgestern auch noch so mit Melanie gelaufen. Ob sie überhaupt noch lebte? Wieder spürte Jona, wie unwirklich sich der sonnige Wintertag anfühlte. Wie gnadenlos die Welt in den schönsten Farben schillerte und ein Bild der Leichtigkeit entwarf, als hätte das Elend darauf kein Gewicht.

Ihr Blick blieb an einem jungen, schlaksigen Mann hängen. Braunes, gewelltes Haar, eine gefütterte Lederjacke über den Bluejeans, darüber die obligatorische braune Ledertasche. Das konnte dieser spanische Deutschlehrer sein. Malte. Gutaussehend, jungenhaft und von der Mädchenwelt umschwärmt.

Ein Mädchen mit Fellmütze musterte sie, bevor es sich gegen die Mauer am schmiedeeisernen Schultor lehnte und in sein Smartphone zu tippen begann. Auf dem Schulhof war noch immer keine Spur von Melanie. Vielleicht hatte die junge Lehrerin recht mit ihrem Rat, einfach da zu sein. Nach einem letzten Blick über den Pausenhof wandte Jona sich ab und verließ das Gelände.

Als sie kurz darauf am Schweizer Platz in ein Eckcafé eintrat, sah sie den Deutschlehrer mit dem Rücken zur Fensterfront sitzen und in einer Zeitung blättern. Ein Tee aus frischer Minze, den die Bedienung ihm servierte, entlockte ihm ein charmantes Lächeln. *Vesna und M* war ins Holz geritzt. Aber dass der Schwarm vieler Mädchen Malte hieß, musste nichts bedeuten. Ihm wurde bestimmt auch viel angedichtet.

Mit dem schrillen Geräusch der Kaffeemahlmaschine zerstoben ihre Gedanken. Was nun geschah, glich einem Stummfilm. Die Cafétür schwang auf, eine Jugendliche in Röhrenjeans und silbernem Anorak trat in den Raum und lächelte Malte Brandt an, der Münzen auf den Tisch legte, aufstand, die junge Frau am Arm fasste und sanft mit sich ins Freie führte.

Jona fixierte die sich schließende Tür. Das ganze hatte keine halbe Minute gedauert. Erst als das Mahlgeräusch erstarb, schreckte sie aus ihrer Vision auf. Ein skrupelloser Lehrer, der Schülerinnen verführte und ins Unglück stürzte? Das klang zu banal. Und zu verdreht, um es Marie Wels mitzuteilen. Marie Wels, ihre Supervisorin, der sie heute Nachmittag wieder in dem Zimmer mit der grün-braunen Einrichtung gegenübersitzen und von problematischen Klienten erzählen würde.

Plötzlich fühlte sie sich zu müde, um auch nur ein einziges Fallgespräch im Kopf durchzuspielen. Jenseits der Scheibe schob eine mit Tüten bepackte Mutter einen Kinderwagen über den Gehsteig, zwischen Kinn und Schulter ein Mobiltelefon geklemmt und mit der freien Hand einen Jack Russel von einer Pfütze Erbrochenem wegziehend. Mein Gott, dachte Jona und wollte sich gerade abwenden, als ihre Nichte im Schlepptau zweier Mädchen in ihr Sichtfeld rückte. Auf den ersten Blick erkannte Jona die schwarz Gekleidete als die Burschikose vom Foto auf der Pinnwand. Sie redete auf ihre Nichte ein. Das andere Mädchen, rothaarig und zierlich, hielt nur mühsam Schritt mit ihnen, vielleicht wegen der hohen Absätze ihrer Stiefel. An der Kreuzung blieb das Trio stehen und schien sich zu beratschlagen. Bevor Jona sich unauffällig in die Ecke drängen konnte, sah sie sich im Fokus von Mels starrem Blick. Ein Kampf zwischen Überraschung und Ärger verzerrte ihr Gesicht, dann löste sie sich von ihren Freundinnen und lief auf den Eingang des Cafés zu. Sie hatte gerade noch Zeit, sich aufzusetzen und tief durchzuatmen, bis sich die Glastür öffnete und Melanie auf sie zustürmte.

„Was machst du hier?"

„Ich trinke Kaffee."

„Schickt Mama dich?"

Jona schüttelte den Kopf. Aus den Augenwinkeln sah sie die beiden anderen Mädchen durch die Scheibe spähen.

„Mel. Ich kann mir vorstellen, wie es dir geht. Trotzdem …" Der vernichtende Blick ihrer Nichte ließ sie verstummen.

„Du hast keine Ahnung."

„Keine Ahnung von was?"

Jona griff nach Melanies Arm und fasste ins Leere. Die Verzweiflung in dem versteinerten Mädchengesicht schnitt ihr ins Herz.

„Wir müssen reden", konnte sie gerade noch sagen, bevor die Vierzehnjährige sich mit einem Schnaufen umdrehte und so eilig, wie es ihre Würde zuließ, aus dem Café stapfte.

Den Weg zum Main lief Jona, ohne einen klaren Gedanken fassen zu können. Erst auf der Brücke wurde sie ruhiger. Trotz des eisigen Windes wärmte die Wintersonne ihr Gesicht. Ein Tanker, beladen mit Metallschrott, zog unter den gemauerten Brückenbögen hindurch und hinterließ zarte Wellenkämme. Das Wasser glitzerte und verriet nichts von seiner kalten Tiefe, auf deren Grund so manches Fundstück langsam in Schlick überging. Nichts war so erhaben wie die Brücken in dieser Stadt. Ihre steinernen Zungen legten sich über das Wasser und stimmten jeden nachdenklich, der von ihnen herab auf die Landschaft blickte. Jona schlenderte am Theater vorbei in die Innenstadt und betrat eine Stunde früher als geplant ihre Praxis auf der Zeil.

Vier Patientenakten lagen auf dem Schreibtisch. Sie öffnete die obere, doch während ihre Augen über die Notizen glitten, spulten sich in ihrem Kopf die Begegnungen der letzten Stunde von neuem ab. Erst die Lehrerin, dann dieser Spanier mit der Schülerin und zu guter Letzt noch Melanie. Warum, verdammt, hatte sie sich ausgerechnet in dieses verglaste Café setzen müssen? Sie versuchte, die verzweifelte Miene ihrer Nichte fortzuschieben und begann, die Seite von vorne zu lesen.

Carlos Alvarez, der sich vor knapp einem Jahr zu seiner Homosexualität bekannt hatte und seither nicht nur in Trennung von seiner Frau und seinem kleinen Sohn lebte, sondern auch beruflich in einer Sinnkrise steckte, hatte ihre ungeteilte Aufmerksamkeit verdient. Sie begann, die Mitschrift der letzten Sitzung, die vor ihr lag, laut zu lesen, bis der vertraute Klang ihrer Stimme sie zur Ruhe brachte und es ihr gelang, sich selbst zuzuhören.

Es war später Nachmittag, als sie ihre Praxis verließ und sich auf den Weg zur Supervision machte. Ihr letzter Klient hatte ohne Unterlass geredet, ohne dass ihre gelegentlichen Einwürfe zu ihm durchgedrungen waren. Und Maxim, die Klaue, wie sich die Jurastudentin selbst nannte, hatte ein weiteres Mal in einem Kaufhaus Pullover mitgehen lassen, obwohl sie ausgemacht hatten, dass sie bis Ende April nur noch in Begleitung einkaufen ging. Mehr als genug Stoff für eine Stunde Supervision.

Doch kaum saß sie auf dem Lederstuhl und betrachtete das Muster der grün-braunen Vorhänge, verblassten diese Themen zur Nebensächlichkeit.

Dass etwas passiert sei, hörte sie sich sagen und in knappen Worten von dem Telefonanruf ihrer Schwester, ihrer verstockten Nichte und dem Verschwinden deren enger Freundin berichten. Die Schilderung ihrer Fahrt zum Willemer-Häuschen geriet ihr zu beiläufig. Es wurde still im Raum, und in der Stille kehrten die Gedanken an ihren aufkeimenden Verdacht vom Vormittag zurück – ein hübscher Lehrer, ein schwärmendes Mädchen, streng genommen eine Unterstellung, das Motiv des Liebeskummers, um Schlimmeres nicht in Erwägung zu ziehen, Schlimmeres wie einen Unfall, ein Verbrechen, irgendeine Art von Gewalt. Gewalt. Wie ein Bergmassiv stand das Wort vor ihr. Sie spürte den prüfenden Blick der Supervisorin auf sich und wurde rot. Plötzlich schien der Raum vor Ungesagtem zu bersten, und Marie Wels tat das, was sie immer tat, wenn die Luft zum Schneiden dicht wurde.

Sie lächelte.

Im gleichen Moment erklang der gedämpfte Klingelton eines Smartphones aus dem Vorraum. Jona sprang auf und schloss nach einem entschuldigenden Schulterzucken die Sprechzimmertür hinter sich.

Es war Steiner. Den Blick auf das Miró-Plakat an der Wand geheftet, lauschte Jona der bedauernden Stimme des Kommissars, der mit wenigen Sätzen die heile Welt ihrer Nichte in ein Trümmerfeld verwandelte. Während Jona sich sagen hörte, dass sie es natürlich für sich behielt, bis die Eltern des Mädchens informiert waren, fuhren ihre Augen die Linien des schwarzen Dreiecks ab und blieben auf dem roten Kreis liegen, der wie eine Warnung aus dem düsteren Bild stach. Jahrelang hatte der Nachdruck von Miró in ihrem Schlafzimmer gehangen. *Die Geburt der Welt.* Doch es war eine Welt gestorben. Eine vierzehnjährige Welt. Steiner versprach, sie bald privat anzurufen, dann war das Gespräch beendet.

Sie riss ihre Jacke vom Haken und zog die Tür zum Sprechzimmer behutsam auf.

„Ich muss gehen."

Der Satz, den sie hinterherschickte, klang wie durch einen Trichter. So hohl und hart wie der Knall, mit dem die Tür hinter ihr ins Schloss schlug. Die Erinnerung an das erschrockene Gesicht von Marie Wels flackerte nur kurz auf, dann fiel sie in einen Laufschritt und stieg atemlos in den Lieferwagen, der im Halteverbot einer Seitenstraße stand.

Wohin jetzt?

Es war sinnlos, zur Main-Neckar-Brücke zu fahren, um sich von der Wahrheit zu überzeugen. Da war niemand mehr. Schon gegen Mittag, so Steiner, war die Wasserschutzpolizei dem Hinweis eines Passanten nachgegangen, der eine kleine Tasche neben dem Gleisbett der Brücke gefunden hatte. Darin ein Portemonnaie mit einem Ausweis des Mädchens: Vesna Ikanovic.

Gegen Mittag! Zur gleichen Zeit, als sie selbst über eine Brücke gelaufen war und über die Erhabenheit nachgedacht hatte, die von ihnen ausging. Und die kalte Tiefe unter ihnen.

Gerade identifizierten die Eltern vermutlich die Wasserleiche. Bei dem Gedanken an das aufgedunsene Gesicht des Mädchens wurde ihr übel.

Wo war Melanie? Steiner hatte ihr untersagt, mit ihrer Nichte über das Geschehene zu reden, bevor es offiziell war. Aber sie musste eine Brücke zu ihr bauen, bevor die Nachricht ihre Welt einstürzen ließ. Eine Brücke! Erschöpft lehnte sie sich in den Sitz des Lieferwagens zurück, griff zum Smartphone und atmete tief durch.

5

Im Innern der Tasche vibrierte es. Melanie schob ihre Hand hinein, warf einen Blick auf das Handydisplay und wischte die Verbindung weg. Da war sie wieder, die kleine schwarze Krähe in ihrer Brust, die sich aufplusterte und gegen die Rippen drückte. Wenn ihre Tante hiervon erfuhr, war es das. Aus. Ihre Träume würden ans Licht gezerrt werden. Vielleicht interessierte sich sogar die Polizei dafür.

Über die halb blinden Scheiben des Gewächshauses lief Kondenswasser. Jenseits der Fensterfront wiegten sich Schemen im Halbdunkel. Bäume, mannshohe Bambusstreben und Gestrüpp – der perfekte Sichtschutz vor dem Nachbarsgarten laut Dorothee, deren Stimme nur entfernt an ihr Ohr drang. Das Gebläse des Heizradiators hatte eingesetzt und spülte einen Strom staubiger, warmer Luft in Melanies Gesicht.

Wieder ertönte das monotone Brummen aus den Tiefen ihrer Tasche. Sie brauchte nicht nachzusehen, um zu wissen, wer es war. Die Krähe hackte inzwischen. Hieb den Schnabel in ihren Magen. Warum kamen die Schemen immer näher, als wollten sie das Gewächshaus in ihren Schattenarmen ersticken.

„Kann jemand mal die verdammte Blende runterfahren!"

Dorothee trat aus dem hinteren Teil des Gewächshauses und verschwand im Kämmerchen, in dem der Elektrokasten saß.

Kurz darauf fuhren die Stoffvorhänge hinunter und schlossen die Welt dahinter aus. Erschöpft sank Melanie auf den Boden einer umgedrehten Zinkwanne. In den vergangenen Wochen hatte sie der Anblick des hermetisch abgeriegelten Treibhauses beruhigt. Die leeren Pflanzkübel in den Regalen des Wandschranks, die Gießkannen, Abdeckfolien, die Sandsteinecke, auf deren Rand Kim saß – all das war ihr so vertraut geworden. Wie stumme Verbündete waren ihr die letzten, vergessenen Kakteen auf dem Hängegestell erschienen. Aber jetzt gaben sie ihre wahre Natur preis – dicke, stachelige Gebilde, vertrocknet und tot.

„Ich fang heute an", sagte Dorothee und knotete ihr rötliches Haar im Nacken zusammen. Sie trat in die Mitte des fast leergeräumten Gewächshauses.

„Ist das dein Ernst?"

„Was jetzt?"

„Einfach weiterzumachen, ohne Vesna", erwiderte Melanie und fing den gereizten Blick Dorothees auf, die wie sooft ihren Rücken durchbog, als befände sie sich im Ballettunterricht.

„Wer sagt, dass das nicht eine Inszenierung von ihr ist?" In die blassgrauen Augen trat ein schwacher Glanz. „Vor zwei Wochen wollte sie aussteigen und ist nach langem Bitten wieder dazugekommen. Da drehte sich alles um sie. Und jetzt haut sie einfach so ab. Ist doch seltsam, oder?"

„Seltsam?" Melanie starrte auf den langen Hals ihrer Freundin. Er war dünn, so unglaublich dünn. „Das einzig Seltsame im Raum bist du mit …"

„Hey, jetzt chill mal."

Kim hockte plötzlich vor der Zinkwanne und legte ihr beide Hände auf die Schultern. Erst jetzt bemerkte Melanie, wie verkrampft sie war.

„Dorothee hat das nicht so gemeint. Stimmt's?"

„Sorry", kam es aus dem Hintergrund.

„Wir sind alle angespannt." Kim setzte sich auf den Rand des Sandsteinsockels zurück. Niemand sagte etwas. Erst nach einer Weile ergriff sie das Wort. Ihre Stimme klang ungewohnt weich, wie mit Samt ausgelegt, als sie sagte, dass sie jetzt vielleicht genau an dem Punkt seien, wo es ernst wurde. Blanke Nerven. Zickenhysterie. Die Krise, der man standhalten musste. Melanie zuckte zusammen, als sie ihre Freundin sagen hörte, dass Vesnas Verschwinden sogar abgesprochen und beabsichtigt sein konnte. Ein Schachzug.

„Und deswegen müssen wir weitermachen. Raus aus dem Sumpf." Die Finger ihrer rechten Hand tippten auf den Einband des Notizheftes, das ihr Oberschenkel halb verdeckte.

Raus aus dem Sumpf – Kims Kampfparole und gleichzeitig der Titel des Liedes, an dessen Text sie seit Ewigkeiten saß. Beständig war ihre Freundin auf der Jagd nach Zitaten und Vergleichen. Sie hatte ihr bisher kein einziges Bild zuspielen können. Ihr Familienleben glich keinem Sumpf, sondern einer amtlichen Behörde. Sobald jemand gegen Regeln verstieß, gab es eine Vorladung.

„Wenigstens einen Durchgang."

„Sie hat recht, komm schon, Mel." Dorothee sah sie bittend an, plötzlich nicht mehr Diva, sondern ganz rothaariges, kleines Mädchen. Seit jemand sie auf die Idee gebracht hatte, die zwei Seiten ihrer Persönlichkeit als raffinierte Hintergründigkeit herauszustreichen, machte sie davon, sooft sie konnte, Gebrauch. Jetzt tapste sie in Ballerinas zum Gartenschrank, in dem die Musikanlage geduldig auf ihren Einsatz wartete, und zog zwei in Zellophan eingeschweißte Mikrofone heraus.

„Wow", flüsterte sie, als sie eine weitere Packung ans Tageslicht beförderte und die Abbildung darauf betrachtete.

„Was ist das?" Kim trat zu ihrer Freundin, deren Gesicht die Farbe ihres Haares angenommen hatte. Bevor sie antworten konnte, hatte die Schachtel bereits ihren Besitzer gewechselt.

„Cool. Ein Sampler. Mein großer Bruder vertickt sowas. Wo hast du den her?“

„Das ist ein Minidisk-Mehrspurrekorder. Kriegst du in jedem Computergeschäft. Ich hab Bargeld aus dem Safe meiner Eltern geholt. Die merken das nicht.“

„Mehrspur. Cool. Kann ich mal?“

„Klar.“ Dorothee lächelte. Auf ihren Wangen blühten noch immer rosafarbene Flecken, während sie geschäftig das Zellophan zerriss und die Mikrofone untersuchte.

Seit sie das unbenutzte Kakteenhaus im Garten ihrer Eltern zur Verfügung stellte, waren die beiden so harmonisch miteinander, als hätten sie sich schon immer gemocht. Reglos saß Melanie auf ihrer Zinkwanne und fühlte, wie die Kälte ihre Beine hinaufkroch. Das Thermometer an der Metallstrebe zeigte 16 Grad an. Aber das war nicht der Grund für ihre Betäubung. Wie ferngelenkt erhob sie sich und trat zu Dorothee, die sich zu ihr umdrehte. Alles war still, Melanie selbst hatte aufgehört zu atmen, bis sie schließlich geräuschvoll Luft ausstieß.

„Du hast ‚Wow‘ gesagt.“

„Na und.“ Dorothee zog ihren Sweater mit Glitzeraufdruck nach unten, bis er wie ein Kleid über den Leggins hing. Ihre Ohren hatten eine tiefrote Farbe angenommen.

„‚Wow‘ klingt für mich nach Überraschung.“ Melanie schluckte, als sie den Tonfall ihrer Mutter in der eigenen Stimme wahrnahm, bevor sie fragte, wer das neue Equipment in den Schrank gelegt hatte.

Die einsetzende Stille besaß eine neue Qualität. Sie war so aufgeladen, dass jedes Wort eine Explosion auslösen konnte.

„Wahrscheinlich mein Dad“, kam es schließlich zaghaft, und nach einer Pause begann sie stockend, dass es nicht beabsichtigt gewesen sei. Ihr Vater sei letzte Woche früher als erwartet von einer Geschäftsreise heimgekehrt und hätte sie im Treibhaus beim Poledance erwischt.

„Beim was?"

„Poledance. Nur so um die Stange herum. Also um den alten Gartenschirm von der Pergola. Hab dabei Musik gehört."

„Und dann?" fragte Kim aus dem Hintergrund und sah ihre Freundin mit neuen Augen an.

„Hab ich ihm erzählt, dass wir für die Musik-AG üben. Schulkonzert und so. Hat er geschluckt."

„Und deine Mutter?"

„Keine Sorge. Die denkt das Gleiche."

„Keine Sorge? Oh Mann. Es gibt kein Schulkonzert, das kriegt sie raus."

„Die interessiert das gar nicht."

„Eltern kriegen immer alles raus. Und verraten immer alles. Am liebsten ihre Kinder." Kim zog an der Lasche ihrer Springerstiefel und vermied es, sie anzusehen. „Nenn mir einen Grund, warum …"

Ein Brummen ertönte, und die Blicke der beiden Freundinnen schossen zu Melanie, die das Smartphone bereits in der Hand hielt.

„Vesna?"

Melanie war aufgesprungen. Sie konnte gerade noch den Kopf schütteln, bevor sie zum Ausgang stürzte und im kühlen Halbdunkel des Gartens nach Luft schnappte. Ihr war übel. Vor Angst, vor Aufregung, übel von dem Gefühl der Fremdheit, das sich mit jeder weiteren Lüge in ihr Leben schob. Der vierte Anruf heute. Natürlich wusste ihre Tante, dass etwas nicht stimmte. Sie war der nachsichtigste Mensch, den sie kannte, aber wenn sie Unheil ahnte, ließ sie nicht eher locker, bis es aus der Welt geschafft war.

Aus dem Gewächshaus in ihrem Rücken drang kein Geräusch. Melanie trat ein paar Schritte in den Garten.

Durch die Silhouetten der kahlen Äste schimmerte künstliches Licht. Erleuchtete Fenster, kleine Wohninseln, hinter denen sich Alltagsszenen abspielten. Sie musste heim. Benjamin war wieder aus dem Unterricht geflogen, und zu Hause war er völlig ausgeflippt. Jede Minute ein anderer Blödsinn. Ihr Vater war bis nächste Woche im Ausland. Vielleicht hatte ihre Mutter Jona auf sie angesetzt.

Angespannt sah Melanie in das dichter werdende Dunkel und registrierte, wie sich ein weiteres Fenster im Haus gegenüber mit Licht füllte.

Solange sie denken konnte, galt ihre Tante als eigensinnig. Ihre Wohnung lag inmitten des Bornheimer Kneipenviertels. Dass sie ihre Klienten direkt an den Tresen beraten könne, hatte ihre Mutter nach einem Besuch dort gehöhnt. Glaubte man Großvater, hatte sie die beste Partie ihres Lebens an einem dieser Tresen unter den Tisch getrunken. Sie trug zu bunte Kleidung für ihre Größe, weigerte sich, beim Tischgebet die Hände zu falten und hatte schon als Kind ein loses Mundwerk besessen.

Aber Tante Jona als angeheuerter Spitzel ihrer Mutter, das war absurd.

Im Garten raschelte es. Ein Windstoß fuhr durch ihr Haar und kroch unter den Pullover. Jetzt erst merkte sie, dass sie vor Kälte zitterte. Zögernd tippte sie eine Nachricht an ihre Tante und sandte sie ab. Die Antwort ließ keine Minute auf sich warten.

In einer Stunde also.

Sie fröstelte und hörte im selben Moment ein Knacken hinter sich. Dorothee huschte auf sie zu und bat sie im Piepston, wieder hereinzukommen.

Im Innern des Treibhauses roch es nach feuchtem Stein. Kim lehnte am Wandschrank vor den Pflanzkübeln und zog, kaum dass sich die Glastür hinter ihr geschlossen hatte, den schwarzen Pullover aus dem Bund ihrer Hose. Auf dem Streifen Haut, den sie in Nierenhöhe entblößte, prangte ein großer dunkelblau-violetter Fleck.

„Dein Vater?"

„Max." Vorsichtig ließ ihre Freundin den Pullover wieder über ihre Rippen rutschen. „Hat die Nerven verloren. Und sich danach entschuldigt."

„Wegen was denn?" Dorothee postierte sich vor der Tür.

Im Raum wurde es so still, dass man von draußen den Wind in den Bambusgräsern rauschen hörte.

Plötzlich wusste Melanie, warum sie das Hämatom zu Gesicht bekommen hatten. Sie trat an die Zinkwanne und packte ihre Sachen, während sie sagte, dass sie aussteige. Ab sofort.

Erst als sie ihre Jacke in die Hand nahm, stellte Kim sich ihr in den Weg.

„Bitte", war alles, das sie hervorbrachte. Die Verzweiflung im Blick der Freundin war kaum auszuhalten. Sie war so weit gegangen, Max zu verraten, ihren großen Bruder, der selten zu Hause auftauchte und doch Miete zahlte, und auf den sie nie etwas kommen ließ, trotz seiner Ausraster. Waren sie eigentlich alle verrückt?

„Mel. Lass uns telefonieren", sagte sie nun mit beschwörender Stimme, und Melanie sah sich gezwungen, der Freundin einen Schritt aus dem Weg zu gehen. Sie kannten sich seit knapp zwei Jahren, seit Kim in ihre Klasse gewechselt war, und trotz ihrer unterschiedlichen Lebensweisen hatte sich eine Freundschaft zwischen ihnen entwickelt. Doch noch nie war ihr in den Sinn gekommen, wie es sich anfühlte, Kims Kraft gegen sich selbst gerichtet zu wissen.

„Ich muss jetzt heim", sagte sie beklommen. Keines der Mädchen rührte sich, als sie das Gewächshaus verließ. Wie ein dunkler Schatten begleitete das Schweigen ihren Weg zum Südbahnhof.

Im Bus musste sie stehen. Die Hand um die Halteschlaufe geklammert, fing sie die Erschütterungen der kaum ausgebesserten Straße mit ihrem Körper ab. Nur nicht den Bauch der dicken Kurzhaarigen am Arm spüren. Draußen zogen Reihen von Wohnhäusern vorbei, stumpf und trostlos. Ihr täglicher Weg durch die Mörfelder Landstraße. Fassaden, Sparkasse, Getränkedepot, und vor der Eisenbahnbrücke die Shell-Tankstelle, an der sie im Sommer, wenn sie mit dem Rad fuhr, hin und wieder beim Eiskauf ein Snickers mitgehen ließ. Kleine Heimlichkeiten, zur Lächerlichkeit verblasst. Ob Kim und Dorothee noch alleine weiterübten? Oder über sie lästerten, wie manchmal über Vesna. Vesnas Verschwinden ein Schachzug! Was für ein grottiger Gedanke. Während sie sich fragte, ob lästern auch schon ein Schachzug war, bog der Bus schlingernd in die Niederräder Landstraße ein. Die übernächste Haltestelle musste sie raus. In die Kälte, die Welt der Ahnungslosen. Sie durfte den Schwur nicht vergessen. Wenn sie etwas verriet, verriet sie alle.

Im Fensterausschnitt stand der Mond. Das kalte Auge des Mondes, lautete eine von Vesnas Verszeilen. Melanie schob sich die Daunendecke übers Gesicht. Ihre Kehle tat weh. Ihre Augen, ihre Arme, Beine. Alles.

Es war mitten in der Nacht. Vor einer halben Stunde hatte

sie die Vespa ihrer Tante auf dem Hof knattern hören. Jetzt war es still im Haus. Wie ausgestorben. Dunkel und ausgestorben. In ihr drin auch. Nur im Kopf war es laut. Ein Durcheinander von Stimmen und Geräuschen, als habe sich die ganze Welt dort versammelt.

Morgen früh war Schule. Die Gesichter der anderen, wenn sie es erfahren würden.

Vesna war tot. War sie schuld daran? Sie hatte doch nichts gemacht, hatte doch nur zu spät auf ihr Handy gesehen und diesen verfluchten Brief von Kim nicht entdeckt. Was hatte Vesna ihr sagen wollen? Die Sache mit Moritz war schlimm gewesen, aber doch vorbei. Vergessen und begraben. Vesnas O-Ton. Ihr Blick erfasste den dunklen Umriss des Handys auf dem Nachttisch. Vesnas WhatsApps waren noch darin, und Bilder von ihr.

Sie wälzte sich auf die andere Seite des Bettes. Doch das Bild blieb. Das Bild der langen blonden Haare, die wie Schilf im Wasser trieben.

Seit zwei Tagen im Wasser. Schon während Kim und sie in den Notizen gelesen hatten. Ausgerechnet von der Main-Neckar-Brücke … In der Nähe des Mainfelds. Ob Kim doch nochmal mit ihr gesprochen hatte? Ein Streit, von dem niemand wusste … Bilder stürzten auf sie ein, Blickwechsel. Freitod, hatte ihre Tante gesagt, die es von ihrem Polizistenfreund erfahren hatte, und von einem Abschiedsbrief gesprochen, der bei Vesnas Sachen auf der Brücke gefunden wurde. Die Erinnerung an das Notizbuch ihrer Freundin wühlte ihren Magen um. In den letzten Wochen diese Sticheleien. Missverständnisse. Kleinen Schwindeleien. Alles konnte darin stehen. Wirklich alles. Und weil Vesna tot war, würde es als wahr durchgehen.

Wie betäubt starrte sie ins Dunkel.

In der Nacht blieb sie schlaflos. Einmal ging die Tür auf, doch sie lag starr im Bett und bemühte sich, regelmäßig zu atmen. Erst im Morgengrauen kamen ihre Gedanken zur Ruhe. Sie setzte sich auf und schlang die Decke schützend um ihren Körper. Sie würde in die Schule gehen und kein Wort mit Kim und Dorothee reden. Nicht mit sogenannten Freundinnen, die Vesnas Tod als Schachzug bezeichneten.

Schachzug. Das Wort war ihr die ganze Nacht durch den Kopf gegangen. *CD* hatte es am Tag ihres Gelübdes mehrmals benutzt. An dem Tag, an dem alles begann.

Ihre Kehle schmerzte vor Trockenheit.

Der Tag, an dem alles begann, war ein trister Novembertag vor drei Monaten, und Vesna hatte mal wieder getrödelt. Nie konnte sich die Freundin von dem Klavier losreißen, das so viel schöner klang als die vom Taschengeld zusammengesparte Kunststoffklaviatur bei ihr zu Hause. Als sie endlich den Instrumentenraum verlassen hatten, hörten sie aus der halbgeöffneten Tür der Aula die Stimme einer Mitschülerin. Sie klang beschwörend, während die Antworten der Musiklehrerin kaum zu verstehen waren. Es ging um Sonderunterricht im Singen, um irgendeinen Auftritt. Als das Wort Casting fiel, stand plötzlich Kim neben ihnen und legte ihren Finger auf die Lippen. Zu dritt lauschten sie im Schutz der schweren Holztür der Unterredung, die immer eindringlicher wurde, bis Dorothee beinahe bettelte und die Berg einzulenken schien. Dass sie gutmütig war, hatte sich schnell herumgesprochen, auch wenn sie erst ein paar Monate an der Schule war. Aber Sonderunterricht? Als Stille in der Aula eintrat, sah Kim sie mit leuchtenden Augen an und trat vor ihnen durch die Tür.

„Wir machen mit", sagte sie und strahlte in die Runde.

„Dann lohnt es sich auch, und wir können uns gegenseitig unterstützen."

Es hatte eine halbe Stunde Überredungsarbeit gebraucht, bis ihre Musiklehrerin sich bereiterklärte, sie anzuleiten, wenn sie darüber absolutes Stillschweigen bewahrten. Nur dann. Und eine weitere, um genau zu überlegen, wie sie vorgehen sollten. Dorothee war auf die Idee des Pseudonyms gekommen. Sie sind unsere Casting-Direktorin, hatte sie aufgeregt vorgeschlagen. *CD*, darauf kommt niemand. Ab jetzt nennen wir Sie in dieser Sache nur noch *CD*.

Später saßen sie bei Dorothee in dem durchdesignten Haus am Sachsenhäuser Berg zusammen vor dem Fernseher, mit einem Kabel an den Laptop angeschlossen. Wieder und wieder hatten sie sich das Werbevideo im Netz angeschaut, ein Format, zu dem die erste Staffel gerade anlief und noch Mädchen gesucht wurden. Nur Mädchen. Mädchen in ihrem Alter, die eine starke Vision von ihrem Leben hatten. Ideen, Mut, Grips, Persönlichkeit und eine gute Stimme. Sie hatten den Computer an die Boxen angeschlossen, die Musik aufgedreht und den Clip mit neuen Augen gesehen, mit neuen Ohren gehört, Ideen sprudelten, Pläne, Versprechungen, bis Dorothee sie plötzlich hektisch rausgeworfen hatte, weil ihre Mutter bald heimkommen würde.

Einen Tag später hatten sie sich im stillgelegten Gewächshaus von Dorothees Eltern feierlich Zusammenhalt und gegenseitige Hilfe geschworen und dabei geflochtene Armbändchen getauscht. Eine für alle. Vesna, Kim, Dorothee und sie selbst.

Ab da gehörte Dorothee, die bis dahin immer ein wenig im Abseits stand, zu ihrem Kreis. Eine Woche später schon hatten sie bei ihrer Musiklehrerin im Wohnzimmer gesessen, Limonade getrunken und von ihren Träumen erzählt.

Unter *CDs* Fragen waren ihre zaghaften Wünsche zu Visionen gewachsen. Das war der Beginn der Skripte, die sich weiterschrieben, wie *CD* verriet. Skripte, die durch jedes Üben, jede neue Idee an Leben gewannen und deswegen mit Vorsicht zu genießen seien.

Ich bilde eure Stimmen aus, ihr kreiert euer Konzept, so ihre Worte. Wenn es ihnen gelang, es als Spiel zu betrachten. Ein Spiel, in dem es auch darum ging, sich durch gut gewählte Schachzüge in Szene zu setzen.

Schachzüge!

Melanie fröstelte. Sie zog die Bettdecke unters Kinn. Am Anfang war da nur Aufregung gewesen, geheimes Üben und ihre Treffen im *On Stage*, wie sie das Treibhaus untereinander nannten. Wollpullover, Thermoskannen und Hefte, in denen sie ihre Gedanken und möglichen Songtexte schrieben. Und die Hausaufgaben, die sie zwischendurch erledigten, um ihre Eltern zu täuschen.

Bis Vesna sich auf dem Schulfest verliebt hatte. Sie kam unregelmäßiger zu den Treffen und trug, wenn sie verspätet hereinschneite, Gedichte von einer Sprachgewalt aus ihrem Heft vor, die eine besondere Stille hinterließen. Und anfangs wusste nur sie, Melanie, von der Inspiration. *Fallen Angel*, der Gitarrengott. Riss ihr das Herz auf und ließ sie dann fallen. Und holte damit die stärkste Persönlichkeit aus Vesna raus, die in ihr schlummerte. Die melancholische Verliebte. Treffen für Treffen heizte sich die Stimmung auf. Und dann war Irene Berg eines Tages im Gewächshaus aufgetaucht. Ihre flammende Rede, dass es nun galt, alles zu geben, jede für sich, und in der anderen eine Konkurrentin zu sehen, hatte alle überrascht.

Sich mit dem Wahn des Showbusiness vertraut zu machen, sei wichtig. Auch der Konkurrenzkampf sei ein Stilmittel. Eine Übung und Vorbereitung auf das, was sie im Falle eines Recalls erwarten würde. Recall. Schon das Wort aus ihrem Mund zu hören, erregte sie, machte es real. Lange noch, nachdem die Berg gegangen war, hingen die Worte wie eine unantastbare Traumblase im unterkühlten Gewächshaus. Die Vorsicht, mit der sie sie damals bei den Skripten beraten hatte, war einem begeisterten Engagement gewichen. Sie glaubte an jede Einzelne von ihnen, das sah man. Inzwischen gab es öfter individuelle Anweisungen über WhatsApp. Tipps von *CD*, auf ihre selbstzudrehenden Handyfilme zugeschnitten oder Hilfestellungen bei den Songs.

Nur in der Schule hatte Frau Berg eine neue Zurückhaltung ausgestrahlt. Während der Musik-AG, in die inzwischen auch Kim gewechselt hatte, ging sie auf keinen Blickkontakt mit ihnen ein. Noch nicht einmal, als Vesna nach einem SMS-Chat vor aller Augen in Tränen ausgebrochen war.

Vesna. Sie hatten alle genug gehabt von ihrem genialen Schmerz.

Erschöpft schloss Melanie ihre Augen und hörte, wie im gleichen Moment unten in der Küche die Rollläden hochgingen und das Haus erwachte.

6

Die Woche verlor sich in einem trüben Grau. Seit Tagen hing die Sonne wie ein matter Lichtkreis am Himmel, als hätte Vesnas Tod für immer einen Schleier zwischen sie und die Menschen geschoben. Matsch sammelte sich am Gehsteigrand. Das überwinternde Grün der Rasenanlagen duckte sich freudlos, und über den Straßen, die es teilten, lag ein schmutzverkrusteter Film.

Beerdigungen im Februar waren der Inbegriff der Trostlosigkeit. Und doch würde morgen ein Viereck aus der Erde gehoben und der Leichnam Vesnas darin versenkt werden.

Jona bog in einen schmalen Gang, der von Bäumen und einer Reihe Gräber flankiert wurde. Die verwitterten Grabsteine strahlten Ruhe aus. Alte und junge Verstorbene lagen hier, einstmals Glückliche oder vom Pech verfolgte, Nachdenkliche oder Tollkühne, Zweifler, Vordenker, Mitläufer jeder Nationalität, Hautfarbe, Gesinnung. Der Tod brachte alle und alles zum Verstummen. Wieso hatte niemand bemerkt, dass es in Vesna schon zu Lebzeiten still geworden war?

Jona betrachtete im Vorübergehen einen Engel, der seine Granitarme gen Himmel streckte. Der Gedanke an die morgige Beisetzung löste gemischte Gefühle in ihr aus. Ein weiterer Riss würde durch Melanies brüchig gewordene Welt gehen. Auch wenn Freunde und vertraute Menschen sich um das Grab versammelten; Abschied musste sie alleine nehmen. Und wer konnte schon in den Kopf eines Anderen sehen. Wieder spürte sie einen Stich.

Seit Vesnas Tod war Mel nicht mehr so abweisend, und doch

war es, als ob ein unsichtbarer Begleiter ihr den Mund verschloss. Trug sie ein Geheimnis mit sich?

Morgen nach der Beerdigung wusste sie vielleicht mehr. Auch über Vesnas Verstrickungen. Es gab welche. Vesnas Notizen ließen keinen Zweifel.

Wieder kehrten ihre Gedanken zu dem Besuch zurück, den Vesnas Mutter ihrer Nichte drei Tage nach der dramatischen Bergung ihrer toten Tochter abgestattet hatte.

Melanie schien wie versteinert, kaum dass die zierliche, blonde Serbin das Haus betreten hatte.

Auf dem Stuhl am Esstisch kauernd, hatte sie die eindringlichen Fragen an sich abprallen lassen und hin und wieder den Kopf geschüttelt. Nein. Keine Ahnung, weiß nicht, es tut mir leid, kam es immer wieder aus zusammengekniffenen Lippen. Bis sie plötzlich eine Andeutung über einen Musiker aus dem Nordend gemacht hatte. Ein Gitarrist, der Vesna erst angeflirtet und dann, als sie verliebt war, fallen gelassen hatte. Vesna habe nur einmal darüber geredet und dann geschwiegen wie ein Grab. Die Formulierung hatte alle am Tisch zusammenzucken lassen. Kurz darauf war die blasse Serbin mit der Bitte gegangen, in ein paar Tagen noch einmal wiederkommen zu dürfen. Sie wollte alles über ihre Tochter erfahren.

Melanies stummes Nicken hatte gewirkt, als hätte man ihr das Jüngste Gericht angedroht.

Am Abend des nächsten Tages hatte Jona den Ikanovics einen Besuch abgestattet, um die versprochene Visitenkarte eines Trauertherapeuten persönlich vorbeizubringen.

In der eleganten Sitzecke vor dem Kamin hatte sie den Eltern gegenüber gesessen und die lähmende Stille ausgehalten. Wie ein Schatz lag das Notizbuch von Vesna, das die Polizei ihnen zurückgegeben hatte, auf einem Leinendeckchen in der Mitte des Tisches. Nach einer Weile legte Jona behutsam die Visitenkarte daneben.

„Ich bin mir sicher, ein Treffen mit Herrn Strobel wird Ihnen gut tun. Er ist ein warmherziger, kluger Mann."

„Danke", sagte Herr Ikanovic stellvertretend für seine Frau, die mit leeren Augen auf die Visitenkarte starrte. Sie schien Lichtjahre entfernt. Wie in Trance nahm sie das Notizbuch an sich und strich mit dem Zeigefinger den Schriftzug von Vesnas Namen nach.

„Sie sind doch auch Psychologin, wenn ich das richtig verstanden habe."

Jona hielt die Luft an.

„In erster Linie bin ich Melanies Tante. Und dann liegt mein Schwerpunkt in der Verhaltenstherapie. Trauerarbeit…"

„… So meine ich das nicht." In das blasse Gesicht der Mutter trat ein bittender Ausdruck. „Ich dachte, Sie könnten mir vielleicht helfen, die Texte zu entschlüsseln."

Sie schlug das Notizbuch auf, das eine beschriebene Seite offenbarte. Es schienen Verse zu sein, von denen über die Hälfte durchgestrichen waren. „Ich will meine Tochter verstehen. Wenigstens jetzt."

Jona tauschte einen schnellen Blick mit dem Ehemann, bevor sie vorschlug, sich die Verse gemeinsam anzusehen und sie einfach wirken zu lassen. Die vom Regenwasser wellig geformten Seiten sahen zerfleddert aus. Polizisten und der Staatsanwalt hatten darin geblättert, um herauszulesen, ob es sich nicht doch um eine kriminelle Tat handeln könnte. Doch nichts schien darauf hinzudeuten.

„Sie sollten sich noch etwas Zeit geben."

Das Knacken im Kamin untermalte die einsetzende Stille.

Jonas Blick wurde von den Flammen angezogen, die um ein dickes Holzscheit züngelten.

„Feuer hat sie immer so gerne gehabt. Sie konnte stundenlang davorsitzen", sagte Frau Ikanovic, ohne ihren Mann zu beachten, der leise „Jetzt lass doch" gemurmelt hatte und unruhig auf seinem Sessel herumrutschte. „Und wenn ich das ihren Freundinnen mal zeige? Es könnte doch sein, dass sie mehr wissen."

„Ich weiß nicht. Ich ..."

„Lesen Sie!"

Wie von Zauberhand lag das Notizbuch in Jonas Schoß, und die runde Mädchenschrift sprang ihr entgegen.

Nimm einen Menschen, schwärme von seiner Glut und versprich ihm, ein Feuer daraus zu machen, las sie und erinnerte sich an die Wortgewalt eines Jugendlichen, der einmal Patient ihres Kollegen gewesen war.

Den nächsten Satz machte ein dicker Filzstiftstrich unkenntlich. Jona suchte die Zeilen darunter.

Zieh ihm die Haut ab. Durchtrenne Fasern und Muskeln, dann das Herz. Ritze mit deinem Lächeln seine Narben. Damit die Glut tief innen brennt. Damit aus der Flamme ein alles verschlingendes Feuer wird.

Sie spürte den Blick der Mutter von der Seite und zwang sich, ihr Entsetzen zu verbergen, als sie sich ihr zuwandte: „Ihre Tochter war eine Dichterin."

„Wenn das ihre eigenen Worte sind", warf ihr Mann vom Kamin aus ein, in den er ein neues Holzstück geschoben hatte. Jetzt erst fielen Jona die Pokale auf, die den Kaminsims säumten. Vesna schien erfolgreich gewesen zu sein.

„Lesen Sie weiter!" Es war keine Bitte, es war eine Aufforderung. In dem Gedicht, das auf der linken Seite gekritzelt und auf der rechten in Reinschrift übertragen war, ging es um Verrat.

Nichts, das trägt. Niemand hält, stand wie eine Art Refrain hinter jedem Vers.

Jonas Blick blieb auf den Zeilen liegen. Wie konnte ein Mädchen mit Freundinnen wie Melanie solche Texte schreiben? Sie blätterte zu einem melancholischen Liebesgedicht, las es zweimal, überflog einen Entwurf zu einer Art Fantasy-Märchen und stockte, als sich ein loses Blatt aus dem Buch löste und auf den Teppich glitt.

„Es ist die Kopie des Abschiedsbriefes", sagte die Mutter. In ihrem Blick lag jetzt etwas Lauerndes.

„Das sind literarische Versuche. Hat ihre Tochter denn auch Tagebuch geschrieben?"

Behutsam legte Jona das Notizbuch auf den Couchtisch zurück, während sie ein „Nein" vernahm. Im Wohnzimmer staute sich die Hitze. Die Luft war durchsetzt von Schmerz und Hilflosigkeit. Alles sprach dafür, dass das Mädchen Geheimnisse gehabt hatte. Ihre Gefühle, in Textbotschaften verpackt, wirkten wie ein einziger Hilferuf. An wen? Oder waren all diese Worte nur deshalb aufs Papier geflossen, um dem Schmerz Ausdruck zu verleihen und dann stillschweigend an einem sicheren Ort verwahrt zu werden.

Unvermittelt sah Jona die Erinnerung an den Rückzugsort ihrer eigenen Jugend so klar vor Augen, als sei sie gestern erst dort gewesen. Am Stadionsee. Am Fuße eines Baumes nahe ihrer Lieblingsbank hatte sie selbstverfasste Briefe an ihren plötzlich verstorbenen Cousin vergraben. Vermutlich waren sie längst verwittert.

Ein Räuspern ließ sie aus ihrer Erinnerung aufschrecken. Frau Ikanovic saß mit im Schoß zusammengepressten Händen im Sessel und starrte sie an. Sie habe einen Plan, begann sie übergangslos. Sie würde den Jugendlichen, den Melanie erwähnt hatte, ausfindig machen und stellen. In jeder Musikkneipe nach ihm suchen. In jedem Club. Sie würde morgen beginnen, und zur Not Jugendliche gegen Geld anheuern, sich dort mit dem Bild ihrer Tochter umzuhören, das sie bereits mehrfach kopiert hätte. So viele Musikkneipen konnte es nicht geben. Ihre Stimme drohte zu kippen. Jona bedachte die verzweifelte Mutter mit einem langen Blick.

„Tun Sie sich das nicht an."

„Ich muss."

„Er wird lügen. Wenn Sie ihn überhaupt finden."

„Ich möchte sehen, wie ein Mensch aussieht, der so etwas macht."

Jona schluckte im letzten Moment die Worte, die ihr auf der Zunge lagen, hinunter.

„Es ist kein Einzelfall, leider, es ist sogar gerade in Mode."

„Ich verstehe nicht."

„Unattraktive oder schüchterne Mädchen zu demütigen. Die Jungen betrachten das als eine Art Sport und prahlen damit voreinander."

„Ich hab davon gelesen", kam es vom Türrahmen, in dem Herr Ikanovic inzwischen lehnte. Er schien ihre Nähe zu meiden und doch auf seine Art Kontakt halten zu wollen. Hilflos baumelten die Arme an seiner kräftigen Gestalt herunter.

„Wir haben alle versagt", sinnierte er, ohne seine heftig aufatmende Frau zu beachten. „In ihrem Abschiedsbrief klagt Vesna die ganze Welt an. Wir waren auch ihre Welt. Sie können ihn lesen, wenn Sie möchten. Die letzten Worte meiner Tochter sind schon durch viele Hände gegangen."

Einige Atemzüge herrschte Stille, eine erwartungsvolle Stille.

Jona kannte sie aus Therapiesitzungen, in denen Patienten etwas von sich preisgegeben und ihren Beistand erhofft hatten. Sie nickte, während sie die Kopie des Briefes von Frau Ikanovic entgegennahm und sich innerlich gegen die Zeilen zu wappnen suchte. Mel hatte auch zu der unmittelbaren Welt des Mädchens gehört.

Die Welt ergibt einfach keinen Sinn mehr. Um mich Hyänen. Leere Gesichter, Lügen, Verbote, Verrat, las sie und spürte, wie ihr heiß wurde.

Ein Windstoß fuhr durch die meterhohe Fichte am Wegesrand. Unwillkürlich blieb Jona stehen und starrte auf den Hügel frisch ausgehobener Erde, auf den sie unbewusst zugesteuert war, während ihre Gedanken an den Abend vor drei Tagen zurückkehrten.

Nachdem sie sich von Ikanovics verabschiedet hatte, war sie nicht gleich nach Hause gegangen. Stattdessen hatte sie sich am Tresen des Café Süden ein Stück Papier geben lassen, um Satzfetzen von Vesnas Notizheft zu notieren, die sich ihr eingebrannt hatten.

Der Zettel steckte seither wie ein stummer Begleiter in ihrer Daunenjacke. Sie holte ihn hervor.

Egal, was sie sagen – ich steige endgültig aus, stand zuoberst auf dem Papier.

Aussteigen – das war keine Formulierung für den Freitod, wenn man bedachte, wie romantisch Vesna veranlagt war. Wovon war sie ausgestiegen? Und wer waren *sie*? Die Hyänen. Junge Männer, die ihr nachgestellt hatten, oder die Freunde dieses Jungen? Das passte nicht.

Ich werde niemanden benutzen, erst recht IHN nicht, Ihn NIE!

Lange sinnierte sie über die Zeilen, die sie niedergeschrieben hatte. Sie begriff es noch immer nicht. Vesna war doch diejenige, die von einem Jungen benutzt worden war.

Dann war etwas mit Fasern, Muskeln und Herz durchtrennen gewesen. Einem Feuer, das alles verschlang. Und dieser Zweizeiler, der ihr die Berger Straße entlang wie ein Gespenst gefolgt war:

Wenn du aufsteigst, geht deine Welt unter.
Wenn du zu den Sternen fliegst, stirbt die Erde.

Jona hob ihr Gesicht und heftete den Blick auf die mit Brettern abgedeckte Grube und den Erdhügel daneben.

So etwas konnte unmöglich ein vierzehnjähriges Mädchen schreiben. Es klang eher wie ein Zitat. Eine Liedzeile, ein Refrain einer dieser deutschen Bands. Aber Melanie hatte auf ihre Nachfrage nur mit dem Kopf geschüttelt. Sie kannte weder die Liedstelle noch eine Band, die so etwas sang.

Seit Vesnas Tod kam sie den Aussagen Iskas nach jeden Tag wie paralysiert aus der Schule.

Die Nachricht von Vesnas Freitod war den Schülern von ihrem Klassenlehrer Malte Brandt mitgeteilt worden. Ausgerechnet von ihm!

Die meisten hatten es längst über WhatsApp, Instagram oder andere sozialen Medien erfahren. Wie um Himmels willen mochte so eine digitale Nachricht aussehen? Im Telegrammstil, mit Dutzenden von Emoticons oder Emojis versehen, oder als Videobotschaft?

Ein Brief des Direktors war am gleichen Tag bei allen Familien, deren Kinder in der Klasse waren, eingegangen. Iska hatte ihn ihr gezeigt. Seit ihrem ersten Anruf vor knapp zwei Wochen sah Jona ihre Schwester so häufig wie sonst Monate nicht. Morgens wanderten ihre ersten Gedanken zu dem Haus in Niederrad, in dem kaum mehr gelacht wurde. Zwischen zwei Therapiesitzungen verspürte sie den Drang, anzurufen und nach Neuigkeiten zu fragen, und abends vor dem Schlafengehen galten ihre letzten Gedanken der bleiernen Stimmung in diesen Wänden.

Rainer war von seiner Rallye heimgekehrt, er gab sein Bestes, kam früher von der Arbeit, regte Spieleabende an, suchte das Gespräch mit seiner Tochter, beratschlagte sich mit Iska, wenn die Kinder im Bett waren, und dennoch rief ihre Schwester sie jeden Morgen an, sobald er sich zur Arbeit begeben hatte.

Einmal war Mel mit einer prallvollen Tasche zur Schule gegangen. Rainer hatte sie nach ihrer Heimkehr unauffällig inspiziert und einen verschwitzten Bodysuit gefunden. Ein anderes Mal lag das pinkfarbene Smartphone mit gesperrten Tasten auf dem Flurschrank. Melanie blieb weiterhin verstockt, doch als Iska ihr einmal heimlich folgte, war sie wie angekündigt in die Schule zum Nachmittagsunterricht gefahren.

Jona trat durch die steinerne Friedhofspforte ins Freie. Die ersten dunklen Töne mengten sich ins Himmelsgrau. In weniger als einer Stunde würden sich die Kegel der Autoscheinwerfer durch die Dunkelheit schieben. Eine Kette gefräßiger Lichtaugen. Und sie mit ihrer Vespa wie ein einäugiger Pirat dazwischen.

Nachdenklich überquerte sie den Vorplatz. Seit sie sich mit der Wortgewalt des verstorbenen Mädchens beschäftigte, drängten sich ihr bildhafte Vergleiche auf. Als habe ihr Vesna eine andere Sicht der Welt eröffnet. War es ihrer Nichte ebenso ergangen? Als enge Freundin des Mädchens konnten ihr die Schwermut und lyrische Ader ihrer Freundin nicht verborgen geblieben sein. Doch aus der Vierzehnjährigen war innerhalb der letzten Wochen ein verstockter Teenager geworden.

Nur widerwillig hatte sie einem gemeinsamen Nachmittag zugestimmt. Einem Besuch im Tierheim – wie früher. Louis, der Cockerspaniel mit den traurigen Augen, hatte ihre Nichte nach einem Moment des Zögerns stürmisch begrüßt und sich mit den Vorderpfoten an ihr Bein geklammert. Der Spaziergang im Forst des Riederwalds war wortkarg verlaufen. Wie so oft hatte Louis das Tempo vorgegeben, doch diesmal riss Mel den hechelnden Hund mehrmals unbeherrscht an der Leine zurück.

Später kniete sie sich vor ihn und kraulte ihn mit unendlicher Zärtlichkeit hinter seinen Ohren. Der Anblick der beiden in sich gefangenen Wesen schnitt Jona ins Herz. Auf der Vespa-Fahrt nach Niederrad hatte sich Melanie wie eine Ertrinkende an ihren Körper geklammert. Noch immer sah Jona die Verzweiflung, die beim Abschied vor der Haustür in Melanies Augen aufgeblitzt war. Da war mehr als der Schmerz über den Tod der Freundin gewesen. Sie hatte getrieben gewirkt, fast fiebrig.

„Damit die Glut tief innen brennt", murmelte Jona und starrte erschrocken auf ihren Helm im Topcase, das sie gerade geöffnet hatte. „Damit aus der Flamme ein alles verschlingendes Feuer wird." Vesnas Worte, kurz vor ihrem Tod geschrieben. Im Originalton.

Ein alles verschlingendes Feuer. Das klang nicht wirklich nach Liebeskummer. Vielleicht waren die Mädchen in etwas hineingeraten. Eine Organisation, undurchsichtige Kontakte mit jungen Männern. Nein, nicht Melanie, das war absurd. Drogen!, schoss es ihr durch den Kopf. Was galt die Vernunft einer Vierzehnjährigen, und sei sie noch so ausgeprägt, gegen den alles außer Kraft setzenden Sog einer synthetischen Stimulanz. Drogen. Gruppenzwang. Dazugehören wollen.

Der Himmel schien aus gegossenem Blei zu sein. Jona sah noch einmal zum Friedhof, bevor sie die Vespa startete und sich dem Feierabendverkehr überließ. Unwirklich hoben sich die roten Bremslichter gegen die Dämmerung ab, Stop-and-go vor jeder Kreuzung, und an der letzten roten Ampel, der Main lag hinter ihr und die Innenstadt war durchquert, standen die Worte Herrn Ikanovics so deutlich vor ihren Augen, als hätten sie nur auf ihren Auftritt gewartet: *Wenn es ihre eigenen sind.*

In der Wohnung schlug ihr Kälte entgegen. Das Küchenfenster war weit geöffnet, aus der Untertasse am Sims hatte der Wind Asche und Zigarettenstummel herausgefegt. Fluchend schloss Jona den Flügel und drehte im Wohnzimmer die Heizung auf.

Während der Laptop hochfuhr, zog sie mit klammen Fingern den Zettel aus der Daunenjacke. Vesnas Worte, an die sie vom Notizheft erinnert hatte. *Wenn es ihre eigenen sind*, hatte Herr Ikanovic gesagt und sie mit seinen Zweifeln daran auf die Idee gebracht.

Der Cursor blinkte. Jona holte tief Luft und gab den ersten Satz, den sie notiert hatte, in die Suchmaschine ein. *Egal, was sie sagen – ich steige endgültig aus.*

Portale für Autos reihten sich untereinander, das Angebot einer spanischen Übersetzung dieses Satzes, Auszüge aus Kriminalromanen, bei denen die Worte jedoch einzeln im Text auftauchten.

Sie versuchte es mit der nächsten erinnerten Zeile, in der Vesna schwor, niemanden jemals benutzen zu wollen, erntete erneut Unbrauchbares aus Presse und Rundfunk, und tippte weitere Zitate aus Vesnas Notizbuch in die Suchmaschine.

Und dann lag die Quelle Vesnas lyrischer Inspiration unvermittelt vor ihr.

Schwarze, kursive Schrift auf altrosa Hintergrund.

Fasziniert starrte Jona auf die Maske des Blogs.

Links oben prangte das Foto eines kolorierten Horizonts über der See, eine Möwe im Aufstieg.

A love that cannot live will never die, stand darunter.

Die Begriffe *Poesie*, *Outfit*, *Bücher* und *Musik* waren in einer Navigationsleiste aufgeführt.

Beim Hinunterscrollen erschienen Fotos vom Meer in allen Variationen. Aufschäumend, glitzernd, mit Möwen und Strand und bleich auf der Wasseroberfläche schimmerndem Mond. Einzelne waren mit Kommentaren versehen, Ortsangaben, Smileys oder kurzen Gedichten. Ein Foto mit Wolkenschichten in verschiedenen Grautönen war mit den Worten *nichts, das trägt. niemand hält* übertitelt. Der Refrain des Gedichtes von Vesna, in dem es um Verrat ging!

Jona öffnete ihre Daunenjacke und lehnte sich im Stuhl zurück. Wenn sie davon ausging, dass die Übereinstimmung der Worte kein Zufall war, dann hatte Vesna sich aus literarischen Vorlagen bedient. Das war nichts Ungewöhnliches. Die halbe Welt ging so vor.

Aber von wem war der Blog?

Vergeblich suchte sie nach einem Impressum. Ein Internetauftritt ohne Kontaktdaten war dilettantisch oder sehr bedenklich. Als sie zum Seitenanfang zurückkehrte, fiel ihr das Archiv ins Auge. Vertikal waren an der rechten Bildseite Titel zu Einträgen aufgelistet.

My Way
Erste Schritte
Zeit für Glück
Vorsicht vor der blauäugigen Hexe
Herzschmelze

Show must go on
Unter Kannibalen.

Sie hielt inne und klickte den ersten Beitrag an, ein Foto. Die Rückenansicht einer jungen Frau in altrosafarbenem Kleid, die Haare aufgesteckt, den Blick auf das offene Meer gerichtet und so verpixelt, dass sie nicht zu erkennen war.

Ein Kunstmotiv. Oder ein Spiel mit der Identität der Bloggerin, die es zu enträtseln galt. Prüfend glitt Jonas Blick über das Bild, über jedes Detail. Diese dunkle Linie am Handgelenk erinnerte sie an etwas. Sie zoomte den Bildausschnitt heran, verkleinerte ihn wieder und suchte fieberhaft nach einer Erinnerung, bis es ihr endlich einfiel: Das Freundschaftsbändchen an Mels Handgelenk! Vesna war mit Mel befreundet. Der Gedanke, dass die romantisch ins Bild gesetzte Schöne Vesna selbst darstellte, trieb ihren Puls in die Höhe, während sie sich das Foto an der Pinnwand ihrer Nichte zu vergegenwärtigen suchte. Sie war es. Oder?

Flink huschten ihre Finger über die Tasten, um den nächsten Titel auf der Blogmaske anzuklicken. *Erste Schritte* – Eine Schilderung, in der ein Mädchen sich auf eine Verabredung mit einem Jungen vorbereitete. Schminke, Kleidung, Ohrringe, das konnte von jedem Teenager stammen, konnte sogar versteckte Produktwerbung von einer Marketingfirma sein. Aber die eingestreuten Sätze, in denen Selbstzweifel anklangen, passten nicht dazu.

Kann die Welt ein so großes Herz haben, das meine zu erhören?, hieß es am Ende des Eintrages, und: *Seine Lippen legen Musik auf die meinen.* Das klang schwermütig. Nach der etwas kitschigen Poesie eines verliebten Mädchens, das sich mitteilen musste. Aber wieso über einen anonymen Blog? Warum weihte sie nicht einfach ihre beste Freundin ein? Melanie schien kaum etwas darüber zu wissen. Wenn sie ihnen allen nichts verheimlichte. Der Text selbst war vage formuliert, weder Namen noch Orte stachen hervor. Auch das Aussehen des Jungen wurde an keiner Stelle beschrieben. Nur der *Mund, der meinen Namen auf der Zunge trägt* fand Erwähnung.

Ob dieser Junge der heimliche Adressat des Blogs war? Dann war die Anonymität ein Spiel.

Aber ganz gleich, ob Vesna den Blog selbst verfasst hatte oder ein anderer; Mel musste damit konfrontiert werden.

Hinter den Worten *Zeit für Glück* versteckten sich Liebesgedichte, kurze und auch welche mit mehreren Strophen, die oft mit dem Thema des Engels spielten. Einzelne Verszeilen davon hatte die Verfasserin auch in andere Texte eingeflochten.

Der Eintrag über die blauäugige Hexe entpuppte sich als eine abstruse Geschichte über eine Art Sphinx aus der Unterwelt, die es vermochte, mittels eines blauen Lichtstrahls die Welt zu manipulieren. Tore, die sich unter dem blauen Lichtspeer öffneten, flüchtende Wesen, unter dem Strahl zu Eis gefrierend.

Sollte das Fantasy sein oder waren das Metaphern? Aus dem Zettel, der neben dem Laptop lag, prangte ihr das Zitat von der Glut und dem alles verschlingenden Feuer entgegen. Feuer und Eis. Glut und Kälte. Verdammt, das passte. War Vesna das Feuer und der Junge, der sie gedemütigt hatte, das Eis?

Die Melodie ihres Handys erlöste sie von diesen Gedanken. Sie sah auf das Display. Steiner. Natürlich. Auf sein untrügliches Gespür für Überschreitungen konnte man sich verlassen. Kaum tat sie etwas Grenzwertiges, trat er auf den Plan. Liebenswürdig. Hartnäckig. Schon alleine, dass er es achtmal läuten ließ. Instinktiv klappte sie den Bildschirm ihres Laptops zu. Neunmal. Sie trat mit dem Handy in der Hand ans Fenster und lehnte ihre Stirn an die kühle Scheibe, bevor sie sich meldete.

„Störe ich?“, erklang es aus dem Hörer.

„Nein.“

„Wie geht es dir?“

„Prächtig.“

„Oje.“

Sie hörte ein Lächeln, wusste, dass er warten würde, bis sie von selbst weiterredete.

Es war eine Art Vorsicht und seine Art, ihre Stimmung zu sondieren. Bullenstrategie, hatte sie es einmal im Spaß genannt. In Wirklichkeit war es Feinheit. Feinheit und das Bewusstsein, durch einen Anruf ungefragt in die Welt eines anderen zu dringen. Die Stille in der Leitung besaß etwas Intimes.

„Ich bin fast jeden Tag bei meiner Schwester“, begann sie, „und bei Mel. Man kommt kaum an sie ran.“

„Wir könnten einen Ausflug machen. Mit ihr zusammen.“

„Ulf, sie ist völlig gefangen in sich. Und sie weiß, dass du bei der Polizei bist.“

„Ich will sie ja nicht verhören.“

„Sie meidet alles, was damit zu tun hat. Vermutlich fühlt sie sich schuldig.“

„Verstehe.“

Eine Gesprächspause entstand. Jona setzte sich an den Schreibtisch zurück und schob den Bildschirm ihres Laptops auf. Der Blog, die blauäugige Hexe, Zitate aus dem Notizbuch eines gestorbenen Mädchens. Konnte sie ihm davon erzählen, ohne sich lächerlich zu machen. Oder eine Fahndung auszulösen? Ohne zu überlegen, klickte sie den untersten Beitrag an und sah auf das Datum. Er war bereits vor vier Wochen geschrieben. Und der erste? Am vierzehnten November.

„Ulf. Wie alt ist dein Sohn nochmal?“

„Dreizehn. Und er hat seine Mutter verloren, als er neun war. Etwas Übung mit Kindern im Schockzustand habe ich.“

Jona biss sich auf die Lippen. Sie war stillschweigend von einer Scheidung ausgegangen.

„Du glaubst nicht an den Freitod des Mädchens?“, kam es nach einer Weile.

„Wie kommst du darauf?

Wieder das hörbare Lächeln in der Leitung.

„Ich will dich sehen“, sagte er plötzlich, „nicht nur wegen Vesna Ikanovic. Ich setz mich jetzt in den Wagen und komme vorbei.“

Für einen Augenblick erschien ihr das Zimmer in einem anderen Licht, und sie spürte ein Kribbeln. Dann blieb ihr Blick an dem Beitrag *Unter Kannibalen* hängen.

„Morgen ist die Beerdigung. Danach melde ich mich. Versprochen.“

„In Ordnung“, sagte Steiner, bevor er ankündigte, sie an einem der nächsten Abende zu bekochen und dann das Gespräch beendete.

Machte der Mann denn alles richtig?

Das Lächeln in ihrem Gesicht erlosch, als sie sich erneut dem Computer zuwandte.

7

Kies knirschte unter ihren Sohlen. Melanie senkte den Blick, sah auf ihre neuen schwarzen Sneakers. Ein Geschenk ihrer Mutter. Ein Geschenk zum Begräbnis – so zynisch wie die Sonne auf ihrem Rücken. Ausgerechnet an Vesnas Beerdigung musste sie scheinen und die Vögel zu diesem krass absurden Gezwitscher verleiten.

Ihr Armbändchen scheuerte am Handgelenk. Sie versuchte, sich auf ein Eichhörnchen zu konzentrieren, das in den Schutz eines Nadelbaumes huschte. Aufschauen ging nicht. Neben ihr lief ihre Mutter, schräg hinter ihr Tante Jona. Wie ein Sonderkomitee.

Kim hatte sie in der Trauerhalle beschwörend angesehen. Nein, warnend. Sie war alleine gekommen und blieb im Trauerzug weit hinten. Auch Dorothee gab sich Mühe, Abstand von ihr zu halten. Verschwand zwischen ihren Eltern wie ein kleines Mädchen.

Dieser Heuchelverein. Die Trauerhalle voll von Menschen, die keine Ahnung hatten.

Im Blumenmeer war der Sarg beinahe untergegangen. Sie hatte auf ihn gestarrt, während der langen Rede des Pfarrers, den Abschiedsworten, von Zetteln abgelesen, und diesem elend langen Gothicsong, den Vesna Tag und Nacht gehört hatte. Wie gruselig, als er durch die Trauerhalle schallte.

Ihre eigene Abbitte war stumm. Stumm und nutzlos. Ungehörte Beschwörungen, ihr zu vergeben, die Vesna nicht erreichten. War sie wirklich in dieser Kiste, hinter der sie herliefen?

In ihrem Rücken Gesprächsfetzen der Trauergemeinde. Wie

lange mussten sie denn noch in diesem Hinrichtungskonvoi laufen. Angehörige, Lehrer, Schüler, Freunde. Und Verräter wie sie selbst.

„Alles ok, Melanie?"

„Ja."

Zaghaft kroch der Arm ihrer Mutter um ihre Schulter. Sie versteifte, als sie im gleichen Moment den ausgehobenen Erdhügel am Ende der Grabreihe entdeckte.

Ein offenes Grab wie im Fernsehkrimi.

Das Gefühl der Schwerelosigkeit kam ganz plötzlich. Sie war ohne Körper. Ein Geist am Rande der Kulisse. Alles um sie herum unecht. Nicht mal 3D. Und viel zu klein. Kameraklein. Das Warten und Unter-Sich-Blicken. Die Reihe der schwarzen Langmäntel. Zwanzigsekundentakt. Alle starrten auf die Zeremonie am Grab.

„Mel." Tante Jona beugte sich zu ihr. „Jetzt kommst du dran."

Jetzt kam sie dran. Ihre Füße setzten sich in Bewegung, ihre Augen scannten den Weg. Schwerelos. Und die Schaufel so leicht wie eine Feder. Klong. Ein Steinchen zwischen der Erde, die sie auf den Sarg schippte.

Noch nicht mal zehn Sekunden, dann stand sie auf der anderen Seite des Grabes. Sie hatte vergessen, den Eltern die Hand zu drücken.

Jona löste sich aus der Reihe und suchte Mels Blick, doch ihre Nichte auf der anderen Seite des Grabes wirkte weggetreten. Es waren mindestens vierzig Trauernde, die Vesna das letzte Geleit gaben und sich am Grab verabschiedeten. Das konnte dauern.

Plötzlich trat ein Mädchen mit Pferdeschwanz aus der hinteren Reihe, steuerte mit festen Schritten das Grab an und nahm eine Blume aus dem Kübel. Blitzschnell rollte sie ein Stück Papier um den Stil der Rose und ließ diese ins Grab fallen.

Jona fasste das Mädchen näher ins Auge und erkannte die Rothaarige, die damals mit Melanie in der Schulpause unterwegs gewesen war. Jetzt stellte sie sich direkt neben Mel, so eng, dass die Ärmel ihrer Jacken sich berührten.

Die Zeremonie ging weiter, als wäre nichts Außergewöhnliches geschehen.

Noch immer schien die Sonne. Jona kniff die Augen zusammen und fing einen raschen Blickwechsel zwischen der Rothaarigen und einer Schülerin in Springerstiefeln auf, die im hinteren Feld der Trauergruppe stand. Kim! Die Freundin mit dem forschen Auftreten. Sie sah weicher aus als auf dem Foto an Melanies Pinnwand, und verweint. Hinter ihr stand ein etwas älter wirkender Junge. Er wirkte isoliert. Konnte es sein, dass der Junge, der Vesna gedemütigt hatte, zur Beerdigung gekommen war? Nein, das war absurd. Jona atmete tief durch. Das Wichtigste war jetzt Melanie. Sie rückte in der Reihe auf. Einige Erwachsene waren noch vor ihr, vermutlich Lehrer. Die zurückhaltende, blasse Lehrerin, mit der sie auf dem Schulhof gesprochen hatte, war auch unter ihnen. Sie sollte noch einmal versuchen, mit ihr Kontakt aufzunehmen, bevor sich alles auflöste.

Als Jona zehn Minuten später als eine der letzten vor der Grube stand, warf sie einen raschen Blick hinein. Das eingerollte Papier auf dem Sargdeckel hatte sich zwischen Blumen und Erde behauptet und leuchtete weiß aus der Grube.

Vor den Toren des Südfriedhofes sammelten sich die Trauergäste. Die meisten unterhielten sich angeregt, auch der Verkehr der befahrenen Darmstädter Landstraße fegte die Andacht der letzten eineinhalb Stunden fort. Wie zum Beweis, dass Tod und

Leben nur ein schmaler Grat trennte, stand das Portal an der Schnittstelle.

Als Jona die junge Lehrerin am Rande des Parkplatzes rauchen sah, bahnte sie sich einen Weg durch die Umstehenden. Plötzlich stand Kim vor ihr. Schwarze Lederjacke, Augenbrauenpiercing, am Hals ein Tattoo: Kleine, blaue Kreise mit einer Sprechblase darüber, in der drei Buchstaben standen: *BLA*. Die kobaltblauen Augen schienen sie durchdringen zu wollen. *Vorsicht vor der blauäugigen Hexe*, schoss es Jona durch den Kopf, während sich die strengen Gesichtszüge dicht vor ihr in einem Lächeln auflösten. Verwirrt sah sie dem Mädchen hinterher, das zielstrebig auf Melanie zulief, sie am Arm fasste und mit sich unter eine der Rotbuchen zog.

„Mann, du siehst aus wie ein Zombie."

„Lass mich." Melanie befreite ihren Oberarm aus Kims festem Griff. „Das tut weh."

„Alles okay?"

„Okay?"

Sie schluckte die aufkommende Panik herunter. Nicht heulen. Nicht hier. Vor allem nicht hier. Das alles musste aufhören. Sie konnte die Schule wechseln und sich totstellen, wenn die anderen sie zurückzuholen versuchten. Sie konnte sich in ihre Bücher vergraben und nach dem Abitur in eine andere Stadt ziehen, wo niemand sie kannte, niemand sie an all das erinnern würde. Etwas strich über ihren Oberarm.

„Ob du weißt, was Dorothee da ins Grab geworfen hat. Mit der Rose", fragte Kim sanft.

Melanie zuckte mit den Achseln. „Eine Entschuldigung?"

„Melanie." Sie spürte den warmen Druck zweier Hände, die sich auf ihre Schultern legten. „Es gibt nichts zu entschuldigen.

Vesna war hochsensibel. Sie hat's einfach nicht gepackt." Kims Mundwinkel zitterten. Ihre Stimme klang belegt, als sie daran erinnerte, dass alle gewusst hatten, worum es ging.

„Worum denn?"

„Die verkaufen Gefühle."

„Aber doch keine Selbstmordgefühle."

„Konnte doch keiner ahnen, wie es ihr wirklich ging. Außerdem hat sie sich doch nicht wegen uns von der Brücke gestürzt." Melanie sah, wie etwas in ihrem Rücken Kims Aufmerksamkeit erregte.

„Was macht ihr hier?", fragte eine dünne Stimme im gleichen Moment. Melanie fuhr herum und sah in Dorothees Gesicht, in dem ein stiller Vorwurf lag.

„Wie kommst du dazu, Vesna was ins Grab mitzugeben? Und was, verdammt, hast du geschrieben?"

Dorothees Blick gefror. Die Worte, die sie so langsam aussprach, als rede sie zu einer Kranken, passten nicht zu ihrer kindlichen Erscheinung.

„Was?", fragte Kim ungläubig.

„Aus heiterem Himmel und unbegreiflich für uns alle", wiederholte Dorothee ihre letzten Worte. Eine Pause entstand. „Damit wir nicht verdächtigt werden. Falls jemand sich die Mühe macht, den Zettel herauszuholen."

„Du bist ja krank."

„Das ist unsere Entlastung. Ich hab's auch für euch getan."

„Für mich musst du gar nichts tun."

„Ach ja." In dem zarten Gesicht spannte sich die Haut über die Wangenknochen, als könne sie jeden Augenblick reißen. Die Schöne und das Biest. Dorothee spielte ihre Rolle perfekt, selbst jetzt noch. Vielleicht war es gar keine Rolle.

„Ich bin heute im Gewächshaus. Ab vier. Die Tür ist offen."

Der Schwung, mit dem ihr Pferdeschwanz bei jedem Schritt hin und her wippte, ließ keinen Zweifel daran, dass sie flüchtete.

Kim brach als erste das Schweigen.

„*Die Tür ist offen* … Tickt die noch richtig? Was soll das heißen?"

„Dass sie sie jederzeit schließen kann. Ist ja immerhin der Garten ihrer Eltern." Jetzt erst wurde Melanie bewusst, dass sie zitterte. Sie musste nach Hause. Alleine sein, alleine Abschied nehmen. Und noch einmal Vesnas Notizbuch lesen, die WhatsApps, Mails und Bilder von ihr anschauen. Es war alles, was sie noch von ihr besaß. Sie spürte einen sanften Stoß gegen ihre Rippen.

„Jetzt sieh dir das an." Kim deutete auf die Gruppe der Trauergäste, die noch immer lose zusammenstand. „Deine Tante macht die Runde. Garantiert quetscht sie jeden über Vesna aus."

„Wo denn?"

„Sie geht die ganzen Lehrer durch", hörte Melanie ihre Freundin raunen und folgte mit den Augen der Richtung, in die Kims Finger wies.

Der Schuldirektor, ein Herr Ginger, hatte sich zu ihnen gestellt. An das Stahlrohr eines Einbahnstraßenschildes gelehnt, wirkte er verloren. Jona lockerte unauffällig ihre Hand, die kurz im Schraubstock seiner Rechten gelegen hatte. Groß, hager und schwarz gekleidet, besaß er etwas Strenges. Nur die braunen Augen wirkten suchend.

„Wir sind alle ratlos." Ginger zog an einer filterlosen Zigarette und ließ den Rauch aus seiner Nase strömen. „Unser Sozialarbeiter ist leider krank. Das Krisenteam hatte einiges zu tun. Das Angebot bleibt aber noch eine weitere Woche bestehen."

Jona sah zu, wie die junge Lehrerin eine schwarze Wollmütze über den Kopf zog. Krisenteam. Melanie hatte nichts davon erzählt.

„Und wen müsste ich ansprechen, wenn ich noch Fragen habe, Frau …?“

„Berg“, sagte sie und streckte ihr die Hand entgegen. „Eigentlich ist der Sozialarbeiter zuständig. Aber vielleicht kann Ihnen auch jemand aus dem Kollegium weiterhelfen. Oder Sie kommen einfach im Lehrerzimmer vorbei. Jeder im Kollegium hat ein offenes Ohr. Die Schüler sind gut betreut, auch Melanie.“ Sie sah auf die Uhr und lächelte entschuldigend, bevor sie sich verabschiedete.

Vom Rand des Parkplatzes winkte Iska. Auch ihre Nichte steuerte mit steifem Gang auf sie zu.

„Wann geht's denn endlich weg?“, fragte sie heiser, und Iska drückte sie ungeschickt an sich und deutete auf die Eltern von Vesna, die sich gerade in Bewegung setzten.

Im abgetrennten Raum des Restaurants hatte man die kleinen Tische zu einer langen Tafel zusammengeschoben. Herr und Frau Ikanovic saßen am Ende. Sie wirkten isoliert von den Verwandten, die sie umgaben. Ein Geruch nach Filterkaffee und Küche hing in der Stube, in die schräges Sonnenlicht fiel. Jona nahm neben ihrer Nichte Platz. Rustikale Holzeinrichtung, Kuchen, Kaffee, Schnaps. Dass der letzte Abschied genügsam zu sein hatte, schien ein stummes Gesetz festzuschreiben. Und ebenso, dass in jede Stille hinein die Melodie eines Handys erklang. Neben ihr reckte Melanie den Kopf vor und ließ ihren Blick durch die Tischreihe wandern, bevor ihre Hand in die Jackentasche wanderte. Nach einem Blickwechsel mit ihrer Schwester stand Jona auf, zog ihren Mantel und mit einem kurzen „Darf ich?“ die Jacke ihrer Nichte gleich mit von der Stuhllehne und verließ den Raum. Mel würde wütend auf sie sein. Aber besser das, als mit anzusehen, wie sie bei einem Trauermahl unter dem Tisch Nachrichten verschickte. Als sie die Jacke an den Garderobehaken hängte, ertönte die Melodie erneut. Sie kam eindeutig aus Mels Jacke. Jona schluckte. Unter ihrer Kopfhaut begann es zu kribbeln, Vorboten einer Aufregung, die sich ankündigten, wenn sie im Begriff war, etwas Unerlaubtes zu tun. Bevor sie nachdenken konnte, lag das pinkfarbene Smartphone schon in ihrer Hand. Es war entriegelt und zeigte den Eingang zweier WhatsApps, beide vom gleichen Absender. Als Profilbild eine Rose. Daneben der Anfang der Nachricht. *Besser kein Wort zu ...* So begannen beide Nachrichten. Sie starrte auf die Zeile. Eine Warnung. Wer zum Teufel verbarg sich hinter dieser Rose? Dazu müsste sie die Nachricht öffnen. Und Mels Vertrauen in sie zerstören. Aus den Augenwinkeln wurde sie gewahr, dass sich die Tür zur Stube öffnete.

„Schön, dass Sie mitgekommen sind.“ Frau Ikanovic blieb vor den Mänteln stehen und vermied einen Blick auf das pinke Smartphone, das in ihrer Hand pulsierte.

„Waren Sie schon bei Herrn Strobel?“, fragte Jona aufs Geratewohl.

Die Serbin schüttelte den Kopf. Ihr feines Gesicht war von Schatten untermalt. „Sie sehen Ihre Nichte doch öfter“, sagte sie und versuchte ein Lächeln. „Wenn Sie zufällig noch etwas über meine Tochter erfahren. Etwas, das sie erlebt hat, das ihr wichtig war in den letzten Wochen.“

„Sie sollten sich von einem Trauertherapeuten begleiten lassen. Es tut mir leid, dass ...“

„Bitte. Darf ich Sie in Ihrer Praxis aufsuchen?“

Die Antwort wurde von einem Kellner vereitelt, der sich mit

einem Tablett Kaffeetassen an ihnen vorbeischob. Jona sah ihm nach. Als sie sich umwandte, war Frau Ikanovic verschwunden. Der kurzen Begegnung mit ihr haftete etwas Traumartiges an. War ihr anzusehen, dass sie mehr wusste – oder verhielt es sich umgekehrt und sie war die Unwissende? Dann kannte die Mutter sich im Leben ihrer verstorbenen Tochter besser aus, als sie zugab und ahnte, dass Melanie in etwas verstrickt war. Etwas, das mit Vesnas Freitod zu tun hatte. Ihr wurde heiß.

Besser kein Wort zu ... Von *was* kein Wort, verdammt.

Ratlos schob sie das Handy in Mels Jackentasche zurück.

Im Gastraum vermied die trauernde Mutter jeden weiteren Blickkontakt mit ihr. Auch Melanie sah bei ihrer Rückkehr an den Tisch stur geradeaus.

Zwei Stunden später saß Jona auf ihrer Vespa und drehte den Gashebel bis zum Anschlag durch. Ohne die Sonne, die vom Horizont verschluckt worden war, presste die Kälte ihre Schultern mit einem Eisengriff zusammen.

Es war wie gegen eine Wand zu fahren. Ebenso das Gespräch mit ihrer Schwester. Gegen die Wand gefahren. Jona wich einer Pfütze aus und klappte das Visier ihres Helmes hoch. Ein Kälteband legte sich um ihre Schläfen. Kaum waren sie von der Beerdigung heimgekehrt, hatte Iska Tee aufgesetzt und von einem Familienausflug geredet, den sie am Wochenende planten. Melanies Einwände hatte sie ignoriert, den Wunsch nach Rückzug mit einem aufmunternden Lächeln fortgewischt und ihr selbst einen warnenden Blick zugeworfen, als sie ihrer Nichte angeboten hatte, noch einmal über die Beerdigung zu sprechen.

Iska, das Muttertier. Die Ampel blinkte orange. Sie bog in die Kennedyallee. Reifenquietschen hinter ihr. Im Rückspiegel schlingerte ein Lieferwagen und überholte. Der Fahrtwind trieb ihr Tränen in die Augen. Natürlich brauchte das Mädchen jetzt Ruhe und Verständnis. Ihre stummen Hilfeschreie musste Iska doch hören. Iska mit der sonst so akkuraten Ponyfrisur. Völlig zerwühlt, nicht nur die Frisur. Vielleicht wusste sie etwas und hielt es unter Verschluss, um ihre Tochter zu schützen. Da war das Bild: Das Bild, wie Iska genau in dem Moment aufstand, als Melanie sich ihr zugewandt hatte, um etwas zu sagen, aufstand und sie bat zu gehen. Melanie bräuchte Ruhe, hatte sie gesagt. Und an der Haustür ihr abgeklärtes: „Das braucht Zeit. Ich bin ja da."

Ein Fahrradkurier kam aus der Seitenstraße geschossen. Radschlittern, Schräglage, der Aufprall auf Asphalt; wie in Zeitlupe lief der Film vor ihren Augen ab, bevor ihr Roller zum Stehen kam, ohne seitlich wegzurutschen. Ihre Knie zitterten. Sie fuhr auf ein schraffiertes Feld am Bordsteinrand und starrte in die Seitenstraße. Sie hatte den Radfahrer überhaupt nicht kommen sehen. War damit beschäftigt gewesen, anderen Geheimnisse zu unterstellen. Erst Vesnas Mutter, dann ihrer Schwester. Wurde sie langsam paranoid?

Dein kleiner Hang zum Graswachsenhören, hörte sie Steiner in Gedanken sagen. Ulf. Sie hatte versprochen, sich nach der Beerdigung zu melden. Aber davor musste sie mit Melanie unter vier Augen reden. Sie musste. An der nächsten Ampel wechselte sie die Straßenseite und fuhr nach Niederrad zurück.

Auf dem Weg legte sie sich Gründe für ihre Umkehr zurecht. Doch als sie wenige Minuten später durchgefroren vor der Reihenhaustür stand, waren jegliche Ausreden in ihrem Kopf erloschen.

Iska öffnete erst nach dem zweiten Klingeln und endloser Zeit. Sie war blass.

„Melanie ist gerade weg. Sie wollte noch den Bus erwischen."

„Wohin?"

„Ich hab nicht gefragt."

Die Luft schien still zu stehen, als ihre Blicke sich aneinander maßen. Wortlos zog Jona den Helm auf und raste, so gut es das Kopfsteinpflaster zuließ, aus dem Hinterhof. Am Niederräder Kreuz sah sie gerade noch die Schlussleuchten des 61er Busses. Sachsenhausen also. Sie folgte dem Verkehrsbus in gebührendem Abstand und hoffte, dass ihre Nichte nicht in der letzten Reihe saß und sich nach dem Roller umblickte.

Als sie am Südbahnhof die aufrechte, schlanke Gestalt der Vierzehnjährigen aussteigen sah, parkte sie ihre Vespa an der Post gegenüber und folgte Melanie zu Fuß. Der mittlere Hasenpfad war eine einzige Baustelle. Metallleitungen und Rohre klafften aus dem aufgerissenen Gehsteig. Zäune sperrten die Bauzone ab und verjüngten die Straße, die an Einfamilienhäusern entlang sanft anstieg. Melanie ignorierte abgesperrte Flächen, eilte die Straße hinauf und bog schließlich rechts in ein Gartentor ein. Als Jona dort ankam, war sie bereits verschwunden. Das einstöckige Familienhaus mit Marmorfassade wirkte trotz der bis zum Boden reichenden Fenster abweisend. War ihre Nichte bereits im Haus? Dann musste jemand sie ungeduldig erwartet und die Tür bei ihrem Erscheinen sofort aufgerissen haben. Oder sie war direkt zum Garten durchgegangen. Jonas Blick wanderte durch das gepflegte Vorgärtchen mit Amphoren im Erdreich zu dem Steinweg, der am Haus entlang lief. Auf dem Marmorsockel prangte statt des Namensschildes ein fingergroßes *J*, die Klingel daneben schimmerte golden.

Vorsichtig schob sie das Gartentor auf und folgte den am Haus vorbei verlaufenden Steinplatten, bis sich unerwartet und von der Straße nicht einsehbar eine prächtige Gartenlandschaft vor ihr auftat. Ein geschmiedeter Pavillon bildete den Mittelpunkt und stand zwischen zwei größeren Teichen, über die ein Holzsteg führte. Getrimmte Bäume, die in nichts an ihren ursprünglichen Wuchs erinnerten, säumten wie eine kleine Armee kugeliger Zweigrekruten den Gartenzaun zum Nachbargrundstück. Im hinteren Teil des Gartens schoss ein meterhohes Feuerwerk von Bambus in den Himmel und verdeckte die Sicht. Erst bei genauerem Hinsehen wurde Jona des kleinen Gewächshauses gewahr, das dahinter lag. Dort musste sie sein. Melanie. Worin auch immer sie verstrickt war, hier lag der Schlüssel. Nach einem Blick zum Wohnhaus lief sie quer über die Wiese. Soweit sie sehen konnte, waren die Scheiben von hinablaufendem Kondenswasser beschlagen. Im selben Moment, in dem sie Melanies beige Jacke mit dem Kunststoffkragen erkannte, ging das Licht im Gewächshaus an und leuchtete die Szenerie aus. Drei Mädchen saßen sich auf umgestürzten Pflanzkübeln im Kreis gegenüber, jede eine Tasche vor sich.

Instinktiv duckte Jona sich und ging im Schatten eines Gestrüpps in die Hocke. Gut, dass sie nicht durchmarschiert war.

So gut es von ihrer Position aus ging, verfolgte sie das Szenario in dem beinahe leer geräumten Gewächshaus. Wenn sie nicht alles täuschte, waren das die zwei Mädchen, in deren Begleitung Melanie vor wenigen Tagen die Schweizer Straße entlanggelaufen war. Die robuste Kim und das zierliche Mädchen, das bei der Beerdigung einen Zettel auf den Sarg hatte fallen lassen. Was machten die drei da? Das sah nicht nach Mathe aus. Es wirkte konspirativ.

Die Rothaarige wühlte in ihrer Tasche und zog etwas hervor, über das sich nun alle drei beugten. Ihr Smartphone? Jona visierte das Bambusgeflecht vor dem Glashaus an. Zu gefährlich!

Eines der Mädchen konnte heraustreten, vielleicht verfolgte man ihr Treiben schon vom Haus aus. Ihr Blick huschte zur Fensterfront, hinter der weiße Seidenvorhänge die Sicht ins Innere verhinderten, doch ein auffälliger Schatten war nicht zu sehen.

Als sie sich wieder umdrehte, standen Kim und das rothaarige Mädchen voreinander und stritten offensichtlich um das Handy. Nein, kein Handy. Jona fixierte den Gegenstand, den nun die Rothaarige wieder in den Händen hielt und der aussah wie ... ein Mikrofon.

Sie sangen! Die Mädchen hatten heimlich eine Band gegründet – und stritten vielleicht darüber, wer von ihnen die Hauptsängerin sein durfte. Während des Streites war Melanie an eine Tasche gegangen und hielt etwas in die Höhe, das ihr die Rothaarige aus den Händen riss. Was machten sie da? Mobbten sie das Mädchen gemeinsam? Nein, undenkbar, nicht Melanie. Etwas flackerte auf, dann zog eine Fahne bläulichen Rauchs durch das Gewächshaus. Im selben Moment stellte die Rothaarige sich vor Kim, die an ihrer Zigarette zog, und stampfte mit dem Fuß auf. Sie glich in nichts mehr dem bemitleidenswerten Geschöpf, das noch vor wenigen Tagen hinter den beiden anderen die Schweizer Straße hergeeilt war. Ihr Körper schien vor Spannung zu bersten, ihr Nacken war durchgestreckt und durch das Glas des Gewächshauses drangen Fetzen ihrer erregten, hellen Stimme. Das Knirschen von Reifen ließ Jona aufhorchen. Eine Autotür wurde zugeschlagen, dann ertönte das unverkennbare Klacken von Schuhen mit hohem Absatz. Reflexartig sprang Jona aus dem Gebüsch und rettete sich mit wenigen Schritten in den Schutz der Hauswand.

Als sie vorsichtig um die Ecke lugte, sah sie eine schlanke, hochgewachsene Frau, deren rötliche Locken unter einer Baskenmütze hervorquollen.

Die Frau stockte irritiert, bevor sie auf das beleuchtete Gewächshaus zulief, unverkennbar die Mutter dieses wütenden Mädchens, das nun in der Bewegung innehielt und zu verstummen schien. Erleichtert beobachtete Jona, wie die Frau auf ihre Tochter einredete und den beiden anderen die Hand reichte. Es wirkte, als begegneten sie sich zum ersten Mal. Dann hatte sie auch nichts von der Band gewusst, und den heimlichen Proben auf ihrem Grundstück. Aber warum überhaupt heimlich? Und eine Band zu dritt aufzuziehen, war schwierig, allein wegen der Instrumente. Während sich das Gespräch im Gewächshaus zu entspannen schien, sah Jona sehr deutlich ein viertes Mädchen zwischen den anderen. Vesna, natürlich. Die schwermütige, talentierte Vesna war schriftstellerisch begabt gewesen – wieso nicht auch musikalisch. Vielleicht war sie sogar der Kopf der Band gewesen. War ihr das zum Verhängnis geworden? Jona schüttelte den Gedanken ab und warf einen letzten Blick auf die Szenerie im Treibhaus, bevor sie an der Rückseite des Hauses entlang zum Ausgang schlich. Als das kleine Gartentor hinter ihr in die Angel fiel, war ihr, als hätte sie gerade einen fremden Kontinent verlassen.

8

Aus den Boxen peitschte Musik. Bässe, die in den Magen fuhren. Die Luft roch säuerlich. Bestimmt vom Möchtegernmacho schräg hinter ihr, der wie ein Verrückter am Riemenzug des Rudergerätes riss. Und keine Luft zum Atmen. Melanie sah auf das Display des Crosstrainers. Erst drei Kilometer. Die rechts neben ihr hatte schon über fünf. Vor ihr, in 20 Meter Tiefe, lag die Zeil, über die Menschen liefen. Ein Stummfilm, untermalt von Techno. Sie stellte den Widerstand höher und trat wütend in die schwerer gewordenen Pedale. War Dorothee verrückt geworden? Dieser bescheuerte Wutauftritt. Niemand könne ihr verbieten, *CD* ihre Auftrittskleidung zu zeigen, wenn der Klassenraum leer sei. Das klang nach Sonderabmachungen. Und dann das Gestotter vor ihrer Mutter. Dabei war die nett gewesen. Hatte kein Wort über den Zigarettenqualm im Gewächshaus verloren. Und ihnen einen heißen Kakao angeboten und vorgeschlagen, im Haus zu üben. Für die Musik-AG. Die wusste nichts, sah man doch. Kein Grund, so hirnlos wie Dorothee zu plappern. Wie konnte sie bloß. Und wieso hatte sie selbst sich bloß überreden lassen, doch weiterzumachen. Weil sie feige war. Feige. Ein neuer Rhythmus donnerte von den Deckenboxen. So laut, dass man die eigenen Gedanken kaum noch hörte.

Es war Kims Idee gewesen, dieses Sportstudio. Bescheuert. Von wegen, das gehörte dazu. Kraft wollte die, um draufzuhauen. Kim wollte immer mehr. Aus allen Nähten platzen. Wie kam sie jetzt darauf? Ihr Pulsschlag am Hals ging plötzlich wie verrückt, der Schweiß am Rücken. Ohne Fleiß kein Preis. Was für ein verdammter Scheißsatz. Jeder Schritt ein Kraftakt. Ihre Oberschenkel brannten. Das war pure Gewalt am Körper. Ob Vesna den Aufschlag gespürt hatte? Und das Eintauchen. Ihr rechtes Ohr, alles dumpf plötzlich. Weitertreten. Warum fuhr sie nicht nach Hause, statt wieder zu lügen. Fuhr nach Hause und sah sich Bilder von ihr an. Vesna. Der kleine Vogel in ihrer Brust begann zu flattern. Nicht wieder dieses Gefühl. Weiter. Auf dem Crosstrainer bleiben. Ihre Wangen glühten. Wenn ihre Mutter wüsste, wie anstrengend das war, immer unter den Guten. Gut war nicht sehr gut. Vesna war sehr gut gewesen. Das Quäntchen Liebe, das ihnen allen gefehlt hatte, das Quäntchen Schmerz. Wenn ihre Eltern ... Stopp. Sie schloss die Augen, kam aus dem Tritt und konnte sich gerade noch durch einen Sprung vom Gerät vor einem Sturz bewahren. In ihrem Kopf kreiste es. Sie hielt sich am Crosstrainer fest und fixierte den grün angestrahlten Trichter im MyZeil-Glasbau, bis ihr der Straßenmusiker mit der Gitarre vor dem Schaufenster auffiel. Er schien in einem anderen Universum zu spielen. Allmählich legte sich der Schwindel. Genau das Zwielicht aus trübem Grau und Leuchtreklamen hatte Vesna so gemocht, und die Lichtballen in den Kronen der Bäume. Es gab sogar ein Gedicht von ihr darüber. Über die Unwirklichkeit grauer Tage.

Kalt kroch der Schweiß über ihren Rücken. Und genau in dem Moment sah sie sie. Mit Einkaufstüten beladen. Kim und Dorothee. Ungläubig verfolgte sie die beiden zwanzig Meter unter sich, dann, das Gesicht gegen die Glasscheibe gepresst, starrte sie ihren Freundinnen nach. Waren sie es wirklich? Dorothee war doch schmaler und lief nicht so breitbeinig. Aber wer war dann das Mädchen neben Kim? Kim mit einer Lederkappe, seltsam. Bevor sie die schwarz Gekleidete nach eindeutigen Attributen ihrer Freundin absuchen konnte, waren die beiden aus ihrem Sichtfeld gelaufen.

Der Abdruck der kühlen Scheibe brannte auf ihrer Wange. Sie nahm ihr Handtuch vom Crosstrainer und wischte sich den Schweiß ab, während sie durch die Reihen der auf den Geräten Stampfenden zum Ausgang lief. Ausnahmslos alle starrten, Knöpfe im Ohr, ins Leere oder auf die eingebauten Mattscheiben in den Sportgeräten. Sie hatte sich getäuscht. Um nichts in der Welt würde Kim mit Dorothee shoppen gehen. Das war lächerlich. Und mit welchem Geld auch. Zwei Meter neben ihr schlug eine Hantel auf den Boden. Sie blieb stehen. Nicht wegen des Knalls in ihren Ohren. Es war die Vision, eine Art Eingebung.

In der Duschkabine ließ sie heißes Wasser auf ihren Rücken prasseln, während die unbeschriebene Landschaft weißer Kacheln sie umschloss. Wenn sie sich damals für ein iPhone und eine Snap Map entschieden hätte, könnte sie die beiden auf dem Handy orten. Natürlich hatte ihre Mutter recht. Es war die totale Überwachung. Aber jetzt gerade wäre das verdammt gut. Sie schlug auf den Duschknopf, der den Wasserstahl wieder in Gang setzte. Alle zehn Sekunden von neuem. Sie hatte sich getäuscht, Kim trug nie etwas auf dem Kopf, warum denn heute plötzlich, und die andere hatte Dorothee nur entfernt ähnlich gesehen. Krass war ihr eigenes Misstrauen. Sie selbst. Sie hinterfragte bereits jedes Wort, jeden längeren Blick in der Schule. Und wenn jetzt auch noch ihre Fantasie mit ihr durchging. Wieder verebbte die Dusche und ließ sie schutzlos stehen; nackt in einer nackten Kachellandschaft. Konnte sie sich selbst noch trauen? Sie drehte den Regler um hundertachtzig Grad und stellte ihren Kopf direkt unter die Brause. Wie betäubt ließ sie das eiskalte Wasser auf sich niederprasseln, schnappte nach Luft. Zehn Sekunden, und Knopfdruck. Fühlte ihren Schädel taub werden, die Haut kribbeln, während das Wasser kalt und unbarmherzig auf ihren frierenden Körper einschlug, bis sie zu schlottern begann und in die Umkleide ging.

Aus dem Spind fiel ihr das Handy entgegen, das sie zwischen Pullover und Hose verstaut hatte. *Wo bist du?*, tippte sie und schickte die Nachricht weg. Die Antwort ihrer Freundin ließ nur wenige Sekunden auf sich warten. Wieder und wieder las Melanie die Worte, die einen Schlussstrich unter ihre Zweifel zogen.

Als sie auf die Fußgängerzone hinaustrat, fegte ein kalter Wind über die Einkaufsstraße hinweg und hatte auch den Musiker vor dem MyZeil-Gebäude vertrieben. Melanie wickelte ihr feuchtes Haar zu einem Knoten zusammen und zog ihre Wollmütze darüber, bevor sie Richtung Konstablerwache lief.

Die gläserne Schiebetür des McDonald's öffnete sich automatisch, ein Schwall warmer, verbrauchter Luft strömte ihr entgegen. Melanie suchte die Schlange vor der Theke ab und entdeckte ihre Freundin in einer der wenigen Sitznischen vor der Glasfront. Kim saß auf einem der Kunstledersitze; ihr schwarzer Hoodie mit Schriftzug war nicht zu übersehen. Dynamite. In goldenen, abgeblätterten Buchstaben prangte er über Kims Brust. Sie biss gerade in einen Burger, aus dem ein Tomatenstück in die Pappschachtel tropfte. Von Dorothee keine Spur. Wie ferngesteuert zoomte Melanies Blick auf die Tragetüte zwischen ihren Füßen. Hollister! Woher zum Teufel …

„Hey."

Ein Arm fuhr in die Höhe, auf dem Gesicht ihrer Freundin zeigte sich echte Freude. Melanie biss sich auf die Lippen. Beim

Näherkommen entdeckte sie die schwarze Lederkappe auf Kims Schoß. Die Freundin folgte ihrem Blick und setzte sie schräg auf ihr kurzes, welliges Haar.

„Cooles Teil, oder?"

„Eher wie ein Tankwart. Fehlt nur der Shell-Aufdruck." Sie setzte sich auf den freien Stuhl gegenüber und sah mit an, wie ihre Beleidigung Wirkung zeigte. Ein Lächeln zum Abspachteln. Kims Lieblingsformulierung galt jetzt für sie selbst.

„Stabiler Tipp. Den lass ich mir draufnähen. Aber lieber Esso. SOS."

Kim lächelte weiter, aber hinter dem Lächeln saß ein Ausdruck, den Melanie an ihrer Freundin noch nie gesehen hatte. Wie Louis. Geprügelter Hund. Das sonst so tiefe Blau ihrer Augen einfach nur leer.

„Jetzt chill mal." Die Kappe verschwand vom Kopf und glitt in die Einkaufstüte unter dem Tisch. „Ich geb dir einen Hamburger aus. Und Pommes."

„Hat Dorothee dir das Geld für die Klamotten gegeben? Oder hast du sie mitgehen lassen?"

Kim lehnte sich im Stuhl zurück.

„Interessant." Sie sog am Strohhalm ihres Shakes. Beunruhigend sachte landete der Plastikbecher wieder auf dem Tablett. „Du bist es doch, die klaut."

… *Ich liebe es* … Melanie starrte auf den Slogan, der sich über die braune Papiertüte auf dem Tablett zog, bis die Buchstaben vor ihren Augen verschwammen. Nur das Braun der Papiertüte blieb, eine braune, bedeutungslose Tüte von McDonald's, auf der etwas von Liebe stand. Ausgerechnet Liebe. Sie zwang sich aufzusehen.

„Das stimmt nicht."

„Und die Sache im Kaufhof?" Kim sah sie abschätzig an.

„Wenn du es unbedingt wissen willst: *CD* hat was springen lassen. Fürs Outfit."

„*CD* hat … ?" Raus aus dem Sumpf. Kims Parole. *CD* hatte ihren Sumpf also trockengelegt. Mel schnaufte verächtlich. „Du nutzt sie aus."

„Keine Sorge, du kriegst auch noch was. Wir werden alle unterstützt. Genau gleich."

Wieder wanderte der Plastikbecher in Kims Hand. Der Vanilleshake Grande. Ab jetzt alles Grande. Und Kleidergeld. Kim war auf der Sonnenseite angelangt. Sie würde sich von niemandem in den Schatten zurückdrängen lassen. Aber wer sollte ihr überhaupt in die Quere kommen wollen. Sie stockte.

„Von wem weißt du, dass ich was geklaut habe?"

„Ich dachte, wir sind befreundet. Wieso erzählst du mir nicht selbst davon?"

„Auf sowas ist man ja nicht unbedingt stolz." Melanie verstummte unter der plötzlich auftauchenden Erinnerung. Sie im Auto, in den Beifahrersitz geknautscht, den Geruch nach Vanilleduftbaum der Nase. Und *CD* am Steuer, die begann, kaum dass sie sich in den Straßenverkehr eingefädelt hatte, von Geheimnissen zu sprechen. Geheimnisse, die doch nie geheim bleiben würden, sobald man ins Interesse der Öffentlichkeit rückte. Und die man vorher enthüllen müsste, damit sie nicht gegen einen verwendet werden konnten. Das Lächeln *CDs*, der Blick, der lange auf ihr gelegen hatte, so lange, bis die Ampel auf Grün umgesprungen war. Und das Schweigen im Wagen.

„Hey, bist du verstummt?" Kim lehnte sich im Kunstleder zurück.

„Ich hatte es *CD* im Vertrauen erzählt."

„Ich weiß gar nicht, wie es ihr rausgerutscht ist. Aber *CD* hat dann erzählt, sie hätte selbst mal als Kind geklaut."

„Vielleicht gehört das dazu. Dass man lernen soll, sich nie sicher zu fühlen. Und jede Schwäche bestraft wird."

„Das klingt psycho, ehrlich. Die geht doch nicht rum und plaudert Geheimnisse aus. Die hilft uns. Wir haben sie gefragt. Schon vergessen?"

Melanie nahm den Shake, den die Freundin ihr wie ein Friedensangebot gereicht hatte und sog das kalte, breiige Getränk aus dem Strohhalm. Da war die Frage gewesen. Im Treppenhaus. Wie nebenbei. Ob Kim die blauen Flecken am Arm vom Sport habe. Es sei keine Schande, sich Hilfe zu holen. *CD* hatte von einer Hotline gesprochen, die man jederzeit anrufen könne, wenn man bedroht würde.

„Wir müssen aufpassen, was wir sagen."

„Warum denn? Verdammt, Melanie." Der Plastikbecher fiel zu Boden. Vom Nebentisch sah ein indisch aussehender Mann über seinen Kaffee hinweg neugierig zu ihnen herüber.

„Wieso warst du eigentlich mit Dorothee shoppen?"

Es dauerte einen Moment, bis eine Antwort kam. Einen Moment zu lange, und zu sorgfältig formuliert. Kim erzählte von einer zufälligen Begegnung in der Pizzeria, von Geld, das Dorothee von *CD* erhalten habe und ihr vorstrecke, bis auch sie dran wäre, und so nur geliehen sei.

Etwas stimmte nicht. Vielleicht war es die Art, mit der Kim Dorothees Namen aussprach. Vertraut. Und warum wurde ausgerechnet die Einzige von ihnen, die aus einer reichen Familie kam, bevorzugt?

„Es ist Dorothee, die dich kauft."

Kim, die gerade dabei war, eine schwarze Lederhose mit Nieten aus der Einkaufstasche zu ziehen, hielt in der Bewegung inne. Ihre Augen waren schmal geworden.

„Jetzt spinnst du echt."

„Merkst du, was passiert?“

„Ja, du drehst langsam durch.“

Aus den Augenwinkeln sah Melanie jemanden auf sich zukommen. Sie riss ihren Kopf zur Seite. Ein fremdes Mädchen auf dem Weg zur Theke, einfach nur ebenfalls rothaarig und schmal. „Wir streiten uns, weil jede von uns andere Dinge weiß. Oder mitbekommt. Und dann interpretieren wir und verdächtigen uns gegenseitig.“

„Du machst das“, gab Kim schneidend zurück.

„Und Vesna ...“ Melanie brach den Satz ab. Wie eine Welle rollte die Erinnerung an den eisgrauen, kalten Nachmittag heran. Vesnas Dringlichkeit, die in ihrer Bitte lag, sich zu melden. Und dann ihr Schweigen. Ihr Schweigen, das sie mit in den Tod genommen hatte, genau wie die Enttäuschung über sie und die falschen Verdächtigungen. „Denk mal an den Eintrag in diesem Lederbuch.“ Sie beugte sich über den Tisch. „Die Behauptung von Dorothee, *CD* hätte ihr gesagt, sie wäre ihre heimliche Favoritin. Was, wenn Dorothee das nur erfunden hat, um sich wichtigzumachen? Die ist doch seit Vesnas Tod richtig aufgeblüht.“

„Du machst es schon wieder“, sagte Kim. Doch etwas in ihrem Ausdruck hatte sich verändert. Sie schob die Packungen auf dem Tablett zusammen und zerknüllte die Papiertüte. „Stimmt es, dass du dich auch mal mit Moritz getroffen hast? Bevor er Vesna abserviert hat.“

„Hat *sie* das behauptet?“ Melanie sprang auf. Schlingerte wie auf hoher See. Ihre rechte Hand krallte sich am Rand des Plastiktisches fest, bis Kim sie sanft auf den Stuhl zurückzog.

„Sie hat es irgendwo aufgeschnappt. Und sich nicht getraut, dich darauf anzusprechen.“

„Ich kenn den Typen gar nicht“, hörte Melanie sich eine Tonlage zu hoch sagen. „Nur von Fotos.“

Die nächste Erinnerung überschwemmte ihre Gedanken. Vesna, die ihr das Smartphone wie eine Kostbarkeit reichte. Auf dem Display das Bild eines etwa Zwanzigjährigen, schulterlanges, blondes Haar, Lachfältchen. Ein Engel, hatte Vesna gesagt und war rot geworden, während sie ihr die In-Ear-Kopfhörer in die Ohren gesteckt hatte, damit ihre Eltern nichts von der Musik mitbekamen, die er ihr geschickt hatte. *Fallen Angel.* Der Engel, der ihr einen Pfeil durchs Herz jagte. Von wegen. Abgeschossen hatte er sie. Aber darüber hatte Vesna kein Gedicht geschrieben, keine einzige Zeile. „Irgendjemand verbreitet Lügen über uns.“

„Mel, das ist …“

„Jemand, der von allem weiß. Und dass Vesna dabei gewesen ist.“

„Wir fragen Dorothee nochmal, woher genau sie das hat“, sagte Kim, während ihre Hand in die Kleidertüte tauchte, wie um sich zu vergewissern, dass der Inhalt nicht verschwunden war.

„Sie darf es nicht weitererzählen“, sagte Melanie, „auch nicht ihren Eltern. Hey, warte mal ...“

Aber Kim war bereits aufgestanden und trug das Tablett mit dem Plastikmüll zur Geschirrablage. Als sie das Fast-Food-Restaurant verließen, war es dunkel. Grell stachen die Leuchtreklamen der Kaufhäuser gegen den dunklen Himmel.

Auf dem Sachsenhäuser Berg war es wie ausgestorben. Melanie stellte ihr Handy lautlos und eilte an der Baustelle vorbei die Straße hinauf. Die Anrufe im Fünf-Minuten-Takt waren reiner Terror. Kim war bei ihrem Sprung aus der Bahn zu verblüfft gewesen, um ihr zu folgen. Sollte sie doch mit ihren neuen Klamotten nach Hause fahren. Auf der rechten Seite tauchte das Haus mit der Marmorfassade auf. Sowohl im Erdgeschoss als auch im ersten Stock brannte Licht. Entschlossen trat sie durch die Tür des Vorgärtchens und klingelte.

Es dauerte eine Ewigkeit, bis Dorothees Mutter ihr im Bademantel und mit nassen Haaren öffnete.

„Ist Dorothee da?"

Unwillkürlich rutschte Melanies Blick zu den nackten Füßen, zwischen deren Zehen Wattebausche klemmten. Frau Johansen war ihrem Blick gefolgt und lächelte.

„Sie muss jeden Moment wieder da sein. Komm doch rein."

Bevor sie beteuern konnte, dass sie nicht stören wolle, schwebte die Mutter ihrer Freundin mit den Worten, sie solle es sich auf dem Sofa bequem machen, die breite Steintreppe hinauf.

Im Wohnzimmer sah es genau wie vor ein paar Wochen aus. Als wäre die Zeit stehen geblieben. Vom Fenstersims aus, entlang der Heizung und eines gigantischen Fernsehers, verströmten Kugelleuchten ein warmes Licht. *Shineballs,* hatte Dorothee damals gesagt und ihnen stolz auf der weißen Ledercouch Platz angeboten, von wo aus sie den Casting-Clip gesehen hatten.

Melanie trat ans Fenster und sah in den Garten, der bis auf eine angestrahlte Buddha-Figur am Pavillon dunkel war. Ob Dorothee im Gewächshaus übte? Doch hinter dem Schatten des Bambusgewächses war kein Licht auszumachen. Vielleicht saß sie dort im Dunkeln. *Das ist Bullshit,* hörte sie Kim in Gedanken sagen. Kim, die um keine Ausrede verlegen wäre, wenn die Mutter vor Dorothees Heimkehr wieder hinunterkommen und sie ins Kreuzverhör nehmen würde.

Mit klammen Fingern öffnete Melanie ihre Tasche, schob die

Plastiktüte mit dem verschwitzten Sportzeug zur Seite und löste ein Blatt vom Notizblock. *Entschuldigung*, schrieb sie, *ich muss überraschend weg. Mein Bruder hat sich ausgeschlossen und …*

Sie hielt inne. Von der Flurtreppe her erklangen Schritte, und das blitzschnell zerknüllte Papier verschwand in ihrer Jackentasche. Kaum hatte sie die Schnallen ihrer Tasche geschlossen, betrat Frau Johansen in einer Art Hausanzug und Ballerinas das Zimmer. Auf ihrem Kopf saß ein zum Turban geschlungenes Handtuch.

„Dorothee müsste jeden Moment vom Einkauf kommen. Magst du was trinken?"

„Nein, danke." Sie presste das Papierknäuel in ihrer Jackentasche zusammen.

„Oder hast du es eilig?"

Sie schüttelte den Kopf, während sie fieberhaft nach einem Gesprächsthema suchte. Nur nicht die Musik-AG.

„Es geht um ein Ethikreferat", hörte sie sich sagen, „wir haben uns gemeinsam für eins gemeldet."

„Das ist gut. Dorothee kann Druck brauchen. Sie ist unglaublich faul." Frau Johansen lächelte, während ihr selbst der Schweiß ausbrach. Die Gesprächspause dauerte schon zu lange. Und dieser freundliche Blick, der auf ihr lag. „Ich weiß, dass Vesna eine gute Freundin von dir war", sagte sie plötzlich. „Dorothee hat es mir erzählt. Es tut mir schrecklich leid."

Für einen Moment flirrte die Stille im Raum. Melanie starrte auf die rote Locke, die sich aus dem Turban gelöst hatte und sich am beinahe faltenlosen Hals hinabschlängelte. Dann knackte es im Hausflur, und kurz darauf trat Dorothee mit einer Drogerietüte in der Hand ins Wohnzimmer. Die Überraschung stand ihr ins Gesicht geschrieben.

„Das Referat für Ethik …", begann Melanie zögerlich.

„Oh, das Referat!“, wiederholte sie zu laut und schob sie die ersten Stufen der Steintreppe hinauf.

An der Türschwelle zu Dorothees Zimmer blieb Melanie unwillkürlich stehen. Das war kein Zimmer, sondern ein Feenreich. Holzboden, Teppich, Tisch, die ganze Einrichtung strahlte in einem unberührten Weiß, nur der Stoffbaldachin über dem Bett schimmerte rosafarben. In der hinteren Ecke lagerte eine Kissenlandschaft wie für eine Prinzessin.

„Jetzt komm schon rein.“

Sobald die Tür hinter ihnen ins Schloss gefallen war, wandte Melanie sich zu ihr um. „Ihr wart zusammen Klamotten kaufen. Du und Kim. Gerade eben. Ist das Geld von dir oder von *CD*?“

Dorothee wich zurück und ließ sich auf der Bettkante nieder. Ihre Haut war so blass, dass sie sich kaum von dem Stoff des Baldachins abhob. „Bist du sauer?“

Endlose Sekunden verstrichen. Weiße Sekunden. Weiß wie ein Rauschen, durch das jetzt ihr Name drang.

„Setzt du dich bitte?“

Wieder verging eine Weile, bis Melanie einen Stuhl mitten im Raum platzierte und sich daraufsetzte. Vor das Bett. Absurd. Wie das Jüngste Gericht. Beine übereinandergeschlagen, Rücken an der Lehne. Original ihre Mutter, wenn sie wütend war.

Dorothee streckte ihren Rücken durch. „Kim wollte mit mir nur mal Outfits checken, nach der Schule. Du warst schon weg. Und dann waren wir in so einem geilen Laden, und sie entdeckte diesen Lederkram. Ich hatte mir schon was gekauft. Von meinem Ersparten. Ich hab mich geschämt. Und Kim war nicht wegzukriegen von der Kleiderstange. Geh schon mal vor, hat sie zu mir gesagt. Und ich dachte, bevor sie jetzt ein Ding dreht und erwischt wird, sag ich einfach, dass *CD* mir was gegeben hat. Bescheuert, ich weiß. Ich bin nicht so gut im Lügen." Melanie sah, wie sie rot wurde. Wie damals im Gewächshaus, als sie sie bei der Entdeckung der Mikrofone entlarvt hatte. Sie schob die Erinnerung beiseite.

„Wir hatten eigentlich ausgemacht, dass das unter uns bleibt, aber naja ..." Dorothee zuckte mit den Schultern.

„Und warum hast du behauptet, ich hätte mich mal alleine mit Moritz getroffen?"

„Ich?" Dorothee presste ihre Hände auf die Matratze, bemüht, einen letzten Rest Würde zu bewahren. Ihr Gesichtsausdruck verriet, wie bestürzt sie war.

„Hast du nicht?"

„Vielleicht habe ich *CD* ja falsch verstanden. Oder die hat Vesna falsch verstanden, als sie darüber gesprochen haben." Dorothee lispelte plötzlich. „Keine Ahnung, ob es von Kim oder *CD* kam. Ich weiß nicht, was los ist. Alle spielen verrückt."

„Wer denn noch?"

Dorothee schüttelte den Kopf. Aus ihren Augen quollen Tränen. Es dauerte eine Weile, bis sie etwas sagte.

„Deine Mutter? Weiß sie was?" Melanie beugte sich vor und fixierte das blasse Gesicht ihrer Freundin. „Weiß sie, dass Vesna in der Musik-AG war?"

Der Gedanke war von ganz alleine gekommen. Warum hatten sie sich das noch nie gefragt?

„Sie war neulich das erste Mal im Gewächshaus. Außerdem kriegt sie sowieso nie was mit. Weder von uns noch von mir. Die sieht nur, was sie will."

„Und was will sie?", fragte Melanie leise.

„Eine First-Class-Tochter. Begabt. Beliebt. Besonders. Aber das war bisher wohl nichts."

Die Art, mit der Dorothee sich mit dem Handrücken über

die Nase wischte, verdeutlichte die Diskrepanz zwischen ihr und einer First-Class-Tochter. Melanie zog ein Taschentuch aus ihrer Hosentasche, aber Dorothee war schon in ihre eigene Welt abgetaucht.

„Klavier werd ich wohl nie richtig lernen, hunderte von Stunden umsonst“, begann sie. „Ballett habe ich vor einem Jahr geschmissen. Ich glaub, jetzt hat sie’s aufgegeben. Jedenfalls lässt sie mich damit in Ruhe. Vielleicht liegt es auch nur an ihrem Vierzigsten.“ Gedankenversunken nahm sie das Taschentuch und schnäuzte sich.

„Sie hat bald Geburtstag und seit ein paar Wochen ist jedes zweite Wort am Telefon Midlife-Crisis. Und dass sie jetzt ins Obwohl-Alter kommt.“

„Obwohl-Alter?“

„Sportlich, obwohl schon vierzig. Keine Falten, obwohl, ach, egal.“

„Strange.“

„Von mir erwartet sie wohl nichts mehr“, kam es mit erstickter Stimme.

„Das ist doch Quatsch.“ Vorsichtig legte Melanie eine Hand auf die bebende Schulter ihrer Freundin. „Hat doch auch was Beruhigendes, oder?“

Doch Dorothee starrte ins Leere. „Aber da kommt noch was“, flüsterte sie schließlich. „Du weißt, was in sechs Wochen ist.“

Es dauerte einen Moment, bis Melanie begriff. Sie rückte ein Stück von ihrer Freundin ab und betrachtete das verheulte Gesicht, in das rötliche Strähnen fielen. „Das Casting! Du willst deiner Mutter den Recall zu ihrem Geburtstag schenken.“

„Die werden uns nehmen. Kim auf jeden Fall. Dich auch. Aber auch mich. Mich auch. Wir halten doch zusammen.“

Wir halten doch zusammen. Wie eine Endlosschleife zog der Satz auf dem Heimweg durch ihre Gedanken. Dorothee hatte sie beim Abschied kurz umarmt, ihr schmaler Körper hart wie ein Brett. Wir halten doch zusammen. Konnte sie denn überhaupt aufhören? Die gesamte Busfahrt über nagte diese Frage an ihr.

Zu Hause bot sich das übliche Szenario. Benjamin spielte auf der Playstation, während ihr Vater das Abendbrot zubereitete. Nudelsalat. Ihr Lieblingsessen. Zum zweiten Mal in dieser Woche. Als sei Nudelsalat das Allheilmittel.

Seit Vesnas Tod bemühte ihr Vater sich, besonders locker zu sein, doch sie bemerkte seine verstohlenen Blicke, wenn er sich unbeobachtet glaubte.

Der Riemen der vom Sportzeug ausgebeulten Tasche drückte gegen ihren Schulterknochen.

„Ist Mama noch im Büro?“

Er erschien im Flur, Schürze um die Hüften. In den Augen der typische, wachsame Ausdruck, als gelte es, Indizien für ihre Gefühle herauszulesen. Warum fragte er sie nicht einfach, wie es ihr ging?

„Sie ist oben.“

Oben? Eine Vorahnung ergriff sie. Als sie den ersten Treppenabsatz erreichte, wurde sie zur Gewissheit.

Sie schob die halb geöffnete Tür ihres Zimmers auf und sah alles gleichzeitig. Sah ihre Mutter Wäsche in den Schrank sortieren, sah das geöffnete Sockenfach, sah das mit einem Bändel zugeschnürte, lederne Notizheft in der Mitte ihres Schreibtisches. Das Foto lag obenauf. Sein Bildnis. Zerschnitten durch einen Sprung, der sich über das gesamte Glas des Aufstellrahmens zog. Gefallener Engel. Hinter Glas gepresst, lächelte er gegen ihre Zimmerdecke. Warum hatte Vesna es ausgerechnet bei ihr deponieren müssen?

Wie in Zeitlupe sah sie ihre Mutter einen Schritt in ihre Richtung machen.

„Ich habe es zwischen den Socken gefunden", sagte sie und schloss wie nebenbei den Flügel des Kleiderschrankes. „Es war keine Absicht."

„Seit wann sortierst du meine Wäsche ein?"

„Der junge Mann darauf, er sieht nett aus. Du kannst mir doch erzählen, wenn du verliebt bist." Sie schob ihren Pony aus dem Gesicht und lächelte plötzlich warm. „Ist er dein Freund?"

Es wurde still.

Krass, tönte Kims Stimme in ihrem Kopf. Du bist verdächtig, wie krass. Warum hatte sie ihr Versprechen nicht eingehalten und das Tagebuch vernichtet? Kim würde wütend werden. Schrecklich wütend, wenn sie es erfuhr. Aber das mit dem Foto wusste niemand.

„Melanie?"

„Es ist … ja schon vorbei. Eine Schwärmerei, sonst nichts. Geht dich auch nichts an." Ihr Blick huschte zu dem Buch mit der spiralförmigen Einprägung.

„Essen ist fertig", rief es von unten.

Worte aus einer anderen Welt. Hier stand die Zeit still. Wie eine stumme Anklage lagen Foto und Tagebuch auf dem Schreibtisch. Ihre Mutter lächelte hilflos. Vielleicht hatte sie wirklich nicht hineingesehen.

„Ich hab gelogen. Das Foto hat Vesna mir gegeben", hörte Melanie sich sagen und spürte, wie gut es tat, die Wahrheit auszusprechen. „Ich habe es für sie aufbewahrt. Genau wie dieses Tagebuch. Damit es ihre Eltern nicht finden."

Schweigend trat ihre Mutter an den Schreibtisch und betrachtete sein Gesicht. Moritz, der gefallene Engel. Das Schwein.

„Dann ist er das? Der, wegen dem sie Liebeskummer hatte."

Melanie nickte, wusste bereits im Voraus, was nun kommen würde.

„Ich wollte es Frau Ikanovic ja geben. Aber im Buch steht auch, wie genervt Vesna von ihren Eltern war. Muss man sowas über sich selbst lesen? Ich mein, wenn die eigene Tochter gerade gestorben ist?"

Es war nicht gelogen. Es fehlte nur etwas. Ungefähr fünfundneunzig Prozent. Im Geiste erschienen die Seiten, die sie die ersten Tage wieder und wieder im Schein der Taschenlampe gelesen hatte, bereit, beim ersten Geräusch von der Treppe ihren Lichtstrahl zu löschen und das Buch in der Wandritze verschwinden zu lassen.

„Melanie." Ihre Mutter zog sie plötzlich an sich wie eine Ertrinkende. Hatte sie geflüstert, dass sie ein gutes Mädchen sei? Von der Wendeltreppe ertönte das dumpfe Geräusch von Schritten. Sie löste sich aus der Umarmung. „Melanie, wenn du Hilfe brauchst ..."

Mehr als ein Kopfschütteln gelang ihr nicht, bevor sie aus ihrem Zimmer nach unten flüchtete.

Allmählich wurde es ruhig im Haus. Benjamin lag schon im Bett. Ob der Fernseher noch lief? Aber um etwas zu hören, müsste sie ihre Tür öffnen, und das war definitiv das falsche Signal. Sie trat ans Fenster, hinter dem sich lautlos die Zweige der Tanne unter den Windböen aufbäumten. Dunkle Schattenarme, die durch die Luft ruderten.

Dorothees Verzweiflung war echt gewesen, ebenso ihr Entsetzen, als sie sie verdächtigt hatte, Gerüchte in die Welt zu setzen. Was, wenn es in Wirklichkeit Kim war, die sich die Sache mit ihr und Moritz ausgedacht und in Umlauf gebracht hatte?

Melanie blinzelte. Ihr Blick verschwamm, und hinter dem

Schleier sah sie ihre Freundin vor sich; im Schneidersitz auf dem Boden, einen Stick mit den neuesten Kopien ihrer Lieblingsserie, Chips und zwei Fläschchen Kaliskaya mit Orangengeschmack vor sich. Der kleine Kick des Verbotenen und ihr schelmisches Lächeln. Die Erinnerung tat weh.

Sie sprang auf, trat vor die Pinnwand und betrachtete das Foto, das sie damals als Schnappschuss gemacht hatte. Vesna und Kim sahen so einträchtig in die Linse, als seien sie dickste Freundinnen gewesen. Kims Augen leuchteten wild und fordernd. Sie sah glücklich aus. Und unergründlich.

Aber deswegen war sie noch niemand, der Lügen verbreitete oder Geheimnisse verriet. Oder in Familiensachen herumstocherte. Und was gab es da schon groß? Noch gab es nicht einmal ein Publikum, das so etwas interessieren könnte.

Vom Flur her drangen Geräusche, eine Tür fiel ins Schloss. Sie löschte das Licht und wartete im Halbdunkel, bis nichts mehr zu hören war, bevor sie sich entkleidete und das Fenster kippte. Kalte Luft strömte durch den Spalt und trug den Geruch nach nasser Erde ins Zimmer.

Erst als sie im Bett lag und in das schaukelnde Nadelgeflecht der Tanne sah, fiel es ihr ein. Die Praxis! Der Luftzug, der über ihr Bett strich, fühlte sich plötzlich eisig an. Wie hatte sie das vergessen können? Den Wirbel um den Mitarbeiter ihrer Tante, der letztes Jahr gestorben war. Monatelang war es Gesprächsthema in der Familie gewesen. Es stand in der Zeitung. Und es hatte ihre Tante beinahe den Job gekostet. Und ihre Kraft. Die Bettdecke auf ihrem Körper wog plötzlich Zentner.

Natürlich wussten ihre Freundinnen davon. Jede von ihnen hätte das weitererzählt. Jede.

Wenn alles wieder begann – wegen ihr. Sie sprang aus dem Bett und holte ihr Smartphone, mit dem sie unter die Decke kroch. Die WhatsApps mit Kim gingen bis ins letzte Jahr zurück.

Unter ihren Fingern jagten die Nachrichten der letzten Monate übers Display, Fotos, Videos, Selfies, Textblasen, bis eine Doppelreihe Emoticons ihr in die Augen stach. Schrei-Emoticons, und davor der Satz, dass es sich um ein Verbrechen handelte, keinen Unfall.

Krass. Musst du mir später erzählen, stand als Antwort darunter. Natürlich hatte sie ihr später unter dem Schwur der Geheimhaltung Einzelheiten erzählt. Aber was galt Kim ein Schwur?

Melanie ließ ihr Handy sinken und sah zu, wie das Lichtfeld des Displays unter der Bettdecke erstickte. Aus den Konturen des Halbdunkels löste sich eine Erinnerung.

Die Nacht lag knapp zwei Jahre zurück. Eine Nacht wie aus einem Film. Dunkel und warm. Die Grillen zirpten aus dem Wald, der das Gelände des Landschulheims säumte.

Sie hatte sich barfuß durch den Gang zur Toilette geschlichen, als ein klatschendes Geräusch an ihr Ohr drang, gefolgt von einem dumpfen Schlag. Atemlos lauschte sie in die einsetzende Stille. Nicht lange, und es raschelte. Unterdrückte Stimmen waren zu hören, jemand keuchte. Es kam eindeutig aus der Herbergsküche am Ende des Ganges, deren Tür nur angelehnt war. Ihr Mund wurde trocken. Sie tastete sich im fahlen Licht der Notscheinleuchte bis zur nächsten Tür vor, die Schutz bot, und drückte sich an die Wand. Während sie spürte, wie der Widerstand des Schalters in ihrem Rücken nachgab, hörte sie bereits das Flattern der Neonröhre, die im nächsten Moment ihr weiß-gelbes Licht in den Flur warf.

Die Geräusche am Ende des Ganges verstummten.

Wegrennen, jetzt. Das Blut hämmerte gegen ihre Schläfen. Nur zehn Meter zu ihrem Zimmer, in dem Vesna friedlich schlief. Sie würde nicht weiterschlafen können, die ganze Nacht nicht. Und am Morgen vielleicht erfahren, dass jemand Hilfe gebraucht hätte. Atemlos setzte sie einen Schritt in Richtung der Küche. Dann den nächsten. Wo waren bloß die Lehrer, wenn man sie mal brauchte.

Hinter der angelehnten Tür ging das Gerangel von neuem los, und als plötzlich ein Mädchen „Nein" schrie, stürzte sie in die Küche und schlug mit der Hand auf den Lichtschalter.

Drei Augenpaare blinzelten sie erschrocken an, während die beiden Jungen, die an dem Mädchen gezerrt hatten, ihren Griff lockerten. Die Braunhaarige kannte sie vom Sehen. Sie war aus der Parallelklasse. Stand gegen die Geschirrspülmaschine gedrückt und presste eine Plastiktüte gegen ihre Brust.

„Braucht hier jemand Hilfe?" Sie sah dem Mädchen direkt in die Augen.

„Ja, du, wenn du nicht gleich Leine ziehst", zischte der schmalere der beiden Jungen, dem ein Schneidezahn fehlte.

Ein paar Sekunden herrschte vollkommene Stille. „Ich melde das", sagte sie schließlich und holte tief Luft. „Es sei denn, ihr lasst sie in Ruhe und haut ab."

Unschlüssig sahen sich die Jungen an. Der, der ihr gedroht hatte, spuckte aus und ging auf sie zu.

„Lass mal", sagte der andere, der noch immer den Arm der Braunhaarigen verdreht hielt. „Lohnt sich nicht für so eine."

Die Metallverkleidung der Geschirrspülmaschine schepperte unter seinem Fußtritt. Er schubste die Braunhaarige von sich und lief zur Fensterfront. Jetzt erst sah Melanie, dass eines davon angelehnt war. Keine Schüler! Sie hielt die Luft an, während der Schmächtige ihr einen letzten verächtlichen Blick zuwarf und seinem Kumpel durch das Fenster nach draußen folgte.

Wortlos lauschten sie den sich entfernenden Schritten. Erst das Klacken, mit dem das Licht im rückwärtigen Flur ausging, erlöste Melanie aus der Starre.

„Meinst du, sie sind weg?"

„Garantiert". Die Stimme des Mädchens klang rau. Wie ein Reibeisen, dachte Melanie und fühlte sich plötzlich unwohl, als sie sah, wie die Plastiktüte im Hosenbund des Mädchens verschwand. Es raschelte, als sie an ihr vorbeilief und das Licht löschte.

„Muss uns ja nicht jeder sehen. Lass uns verduften, bevor jemand kommt." Im Halbdunkel konnte sie für einen Jungen durchgehen. Auch die Art, wie sie sich im Türrahmen postierte.

„Danke übrigens. Du bist mutig." Sie lachte auf. „Und das im Mickey Mouse Shirt."

„Ich hab den Blick meiner Mutter aufgesetzt. Volume zwei: Nur über meine Leiche. Hilft immer."

„Den merk ich mir." Das Mädchen fasste sie am Arm. „Und wie geht Volume eins?"

Unwillkürlich musste Melanie lächeln. Ihre erste Begegnung mit Kim stand so greifbar im Raum, als hätte sie gerade eben stattgefunden.

Später waren sie über die Feuerleiter auf das Flachdach des Küchentraktes geklettert. Wie sich herausstellte, hatten sich die zwei Jugendlichen aus dem Dorf bei einem Deal mit ihr betrogen gefühlt. Kim erzählte von ihrem älteren Bruder, der kleine Mengen Gras an sie abtrete. Zum Verkauf. Eine Art Taschengeld. Auf die Frage nach ihren Eltern war sie verstummt. Lange hatte sie den sternenübersäten Himmel betrachtet, als stünde zwischen den Gestirnen ein unsichtbarer Text geschrieben. Nur die Grillen aus dem angrenzenden Wald hatten gezirpt. Die

Worte, die dem langen Schweigen folgten, würde Melanie nie vergessen. Das Mädchen hatte von ihrer Mutter erzählt, die nach ihrem tagelangen Verschwinden mit einem anderen Mann im Schlepptau aufgetaucht war und ihre Sachen mitgenommen hatte. Und von einer Telefonnummer, die sie immer anrufen konnten. So die Worte der Mutter, während sie ihr und ihrem Bruder einen Zettel in die Hand gedrückt hatte. Handgeschrieben, mit einer fremden Vorwahl.

Ihre Abschiedslüge, hatte Kim gesagt, das Gesicht noch immer dem Sternenhimmel zugewandt. Eine Weile hatten sie auf dem Flachdach gesessen, Beine um die Knie geschlungen, unter sich Dutzende Zimmer mit schlafenden Schülern. Sie hatte sich gerade gefragt, ob Vesna aufgewacht und das leere Bett neben sich bemerkt hatte, als Kim zu reden begann.

Dass sich keiner von ihnen bei der Mutter gemeldet habe, nicht ein einziges Mal. In der Anfangszeit sei manchmal nachts das Telefon gegangen. Endlos. Natürlich die Mutter. Betrunken. Voller Reue, die genau bis zum nächsten Morgen hielt. Aber sie seien standhaft geblieben, alle. Nur ihr kleiner Bruder habe sich abends in den Schlaf geweint und war später zu ihr ins Bett gekrochen. Bis ihr Vater das mitbekommen und unter Androhung von Prügel verboten hatte.

An dieser Stelle war Kim verstummt. Und sie hatte nicht gewagt, nachzufragen. Keines der Worte war gelogen, keines übertrieben, das spürte sie. Es war das Ehrlichste, was sie je in ihrem Leben gehört hatte.

Wenig später waren sie in ihre unterschiedlichen Schlaftrakte zurückgekehrt. Lange hatte sie schlaflos gelegen und dem regelmäßigen Atem ihrer besten Freundin gelauscht, die im Bett gegenüber Traumwelten durchstreifte, in denen prügelnde Väter und trunksüchtige Mütter garantiert keine Rolle spielten.

Melanie stand auf und blieb unschlüssig im Zimmer stehen. Im Haus war es still. Auch das Lichtfenster im Innenhof, das als matter Abglanz der Küchenbeleuchtung aufs Kopfsteinpflaster fiel, war erloschen. Sie war allein. So alleine wie noch nie in ihrem Leben. *Fucking lonely*, würde Kim sagen. Seit dem Landschulheim hatte sie nicht mehr über ihre Mutter gesprochen. Einmal nur, ein halbes Jahr nach ihrem Gespräch, sie waren mit dem Rad gemeinsam zur Griesheimer Schleuse gefahren, um in die aufschäumenden Wasserstrudel zu schauen, fing sie unvermittelt von ihr an. „Meine Mutter", hatte sie gesagt und dabei einen dicken Stock in die Strudel geworfen, „wird das alles noch sehr bereuen." Es hatte nicht nach einer Drohung geklungen. Einfach nur abgrundtief traurig.

Und dennoch hatte sie selbst, den Blick auf ebenjenen Stock, der im Strudel des aufsteigenden Wassers tanzte, Kim schwören müssen, es keiner Menschenseele zu erzählen. Es war das höchste Maß an Sicherheit, das Kim kannte. Ein Schwur. Ein Ehrenkodex und Freundschaftsbeweis.

Wie kam sie nur auf die Idee, dass Kim Lügen über sie verbreiten würde oder einen Schwur brach?

9

Der Winter hatte sich endgültig zurückgezogen. Verschlafen legte die Märzsonne ihre Strahlen über Frankfurt und schmolz den Morgenfrost auf den Dächern. Der Wetterumschwung ließ Dinge, die gerade erst geschehen waren, einer anderen Zeit angehören. Dabei war es erst eine Woche her, dass sie ihrer Nichte auf den Sachsenhäuser Berg gefolgt war. Heimlich. Und sich danach geschworen hatte, ein offenes Gespräch mit allen zu führen.

Einen Tag später hatte Frau Ikanovic vor ihrer Praxis gestanden. Sie war nur noch ein Schatten ihrer selbst und wirkte in dem schwarzen Mantel wie ein Geist. In ihren Augen jedoch hatte ein Flackern gelegen, das bei jeder Erwähnung ihrer Tochter aufglomm. Sie schien den Tod Vesnas noch immer nicht akzeptiert zu haben und klaubte sich manisch Informationen über sie zusammen.

Seit sie eine Kladde gefunden hatte, in der eine Art Charakterentwurf von Vesna stand, verrannte sie sich in der Vorstellung, ihre Tochter an einen Scharlatan verloren zu haben. Einen, der sie für seine Zwecke hatte umschmieden wollen. Dieser Musiker, hatte sie mehrmals eingeflochten, bis Jona sie daran erinnerte, dass Sänger einer Band immer leichtes Spiel mit jungen Mädchen und es deswegen gar nicht nötig hätten, sich eines zu formen. Und dass er sie offensichtlich einfach verlassen hatte, vielleicht sogar, weil er mit der schwärmerischen Kraft ihrer Tochter nicht umgehen konnte.

Nur mit Mühe hatte Jona dem Bedürfnis widerstanden, der Mutter endlich den Teil der Wahrheit zu erzählen, den sie kannte. Mels geduckte Haltung und ihr unsteter Blick standen ihr zu deutlich vor Augen. Solange sie nicht wusste, welche Rolle ihre Nichte in der ganzen Sache spielte, konnte jede falsche Information hochexplosiv sein. Frau Ikanovic schien zu allem bereit. Herr Strobel, der Trauertherapeut, hatte sie nach dem ersten Termin nicht wiedergesehen.

Auch Melanie verweigerte sich jeder Hilfe. Sie zog sich entweder in ihr Zimmer zurück oder traf sich mit ihren beiden Freundinnen, wie Iska erzählte.

Seit der Beerdigung waren sie sich nur einmal kurz beim Sonntagskaffee begegnet. Und je länger Jona darüber nachdachte, wie es dazu kommen konnte, dass sie all die familiären Dinge tat, die ihr bis dahin ein Gräuel gewesen waren, desto tiefer spürte sie eine Sehnsucht, ihr Misstrauen zu verlieren und ein Teil davon zu werden. Ihre alte Welt, in der sie sich nach ihrer Praxis mit einer Freundin traf oder abends bei einem guten Bordeaux einen Krimi las, befand sich in einem unerreichbaren Paralleluniversum.

Auch die letzte Begegnung mit Steiner schien Ewigkeiten her. Mehrere Anläufe hatte es gebraucht, bis sie endlich einen Termin gefunden hatten.

Es war das erste Mal, dass sie ihn zu Hause besuchte. Durch die Straße im Nordend war sie schon oft mit der Vespa gefahren, und nun stand sie vor dem Eisentor und betrachtete das Klingelschild mit seinem Namen. Ulf Steiner. Schmucklos und einladend. Wie oft hatte sie sich gefragt, wie seine kleine, private Welt aussehen mochte. Sie spürte ein zartes Pochen zwischen den Brustwirbeln und drückte den Klingelknopf.

Statt der Stimme aus der Gegensprechanlage erschien der

Kommissar kurz darauf selbst vor der Tür, um die zugesperrte Einfahrt aufzuschließen.

„Ein Hochsicherheitstrakt." Er strahlte sie an. „Eine Auflage der Vermieterin. Sie wohnt im Zweiten und hat sich gerade mal wieder ausgeschlossen. Da muss die gute, alte Scheckkarte her." Er zuckte entschuldigend mit den Schultern und bat sie, schon mal in den vierten Stock zu gehen.

Die Wohnungstür war angelehnt. Unschlüssig drückte Jona mit den Fingerspitzen dagegen. Als erstes begegnete ihr Mick Jagger. Aufreizend blickte er aus dem an einer Tür gehefteten Poster. Konnte dahinter Jakobs Zimmer liegen, das Zimmer eines Dreizehnjährigen? Im Vorübergehen warf sie einen Blick in die Stehküche. Einbauschränke! Die Ablagen aufgeräumt und sauber. Bevor sie Zeit hatte, darüber nachzudenken, stand sie bereits an der Schwelle zum Wohnzimmer.

Das also war Ulf Steiners Zuhause. Ein Esstisch mit vier Stühlen, ein halbwegs gefülltes Bücherregal, eine Stehlampe aus Chrom, die ihren gebogenen Hals in den Raum reckte. Vom Türrahmen aus war nur ein Teil der braunen Wildledercouch zu sehen. Auf dem Weg zur Couch blieb sie abrupt stehen. Rechts von ihr erstrahlte in Originalgröße, beinahe drei auf zwei Meter, Botticellis Venus von der Wand. Ein Kunstdruck auf Leinen gezogen. Die Spätnachmittagssonne warf ein goldenes Licht auf die Liebesgöttin. Je länger Jona das Meisterwerk betrachtete, desto spürbarer war die Melancholie, die von ihm ausging. Eine brennende Kerze auf dem Boden verlieh dem Ort etwas Intimes.

Schönheit, das war es, was ihr entgegenschlug. Unantastbarkeit und Wehmut. Ob das Bild eine Huldigung an seine verstorbene Frau war? Während sie es sich auf der Ledercouch bequem machte, beschloss sie, ihn nicht nach ihr zu fragen.

An seine Schweigsamkeit hatte sie sich inzwischen gewöhnt, auch an die feine Ironie seiner Worte, in der so viel Wärme mitschwingen konnte. Und doch würden heute unausgesprochene Fragen beantwortet werden.

Sie genoss die milden Strahlen der Märzsonne, die nach dem langen Winter wie ein kleines Wunder das Zimmer mit rötlichem Gold auskleideten, und schloss ihre Augen. Hinter den Lidern tanzten Lichtreflexe, blinkende Punkte.

„Schön, wenn du lächelst." Steiner lehnte im Türrahmen und hielt eine Schachtel Pralinen in die Höhe. „Sie kann es einfach nicht lassen. Dabei öffne ich ihr ungefähr einmal im Monat die Tür."

„Vielleicht macht sie es absichtlich."

„Oder sie sieht mich gerne joggen." Die Arme über der Brust verschränkt, begann er zu grinsen. „Die untergehende Sonne meint es gut mit dir."

Er verschwand im Flur und kehrte kurz darauf mit einer Tasse Tee und einer Nelkenzigarette zurück. „Jakob ist auf Klassenfahrt. Du kannst also ungestraft den Raum einnebeln."

Kurz darauf ging die Kühlschranktür, und das Klappern eines Schneebesens drang aus der Küche. Jona streifte ihre Straßenschuhe von den Füßen. Das Licht besaß etwas Magisches. Als würde Botticelli mit seinen Farben Überirdisches in den Raum einrühren. Schönheit und Schwermut. Wie von selbst tauchte das melancholische Gesicht Vesnas vor ihr auf. Die Gedichtzeilen in ihrem Blog waren getränkt von ebenjener Stimmung. Wenn es sich wirklich um Vesnas Blog handelte.

Gedankenversunken öffnete sie das Fenster und steckte sich die Nelkenzigarette an. Unten auf dem Gehweg verhedderte sich der Mantel eines jungen Mannes in den Speichen seines Fahrrads, als er versuchte, dieses an einen Eisenzaun zu ketten.

Unbeeindruckt von seinem Kampf schlängelten sich zwei Mütter mit Kinderwagen zwischen dem Lenker und einem Laternenpfosten vorbei. Jona sah einem Wagen nach, der auf der Suche nach einer Parklücke die Straße entlang schlich. Im Nordend fehlte nichts so sehr wie freie Flächen und Platz. Der Altbau an der Straßenseite gegenüber lag so nah, dass sie sogar die Mimik des Mannes erkennen konnte, der in einem Buch las. Ihr Blick wanderte von den beleuchteten Fenstern zum Dachfirst, hinter dem sich weitere Giebel erstreckten. Jede Minute musste die Sonne im Dächermeer versinken. Nordendromantik. Sie zog an ihrer Nelkenzigarette. Nahm einen Schluck Tee. Fühlte, wie es plötzlich still in ihr wurde. Etwas rührte sie, so tief, wie sie es nur aus Krisen kannte. Die Welt ringsum schien sich aufzulösen, und all das, was sonst vertraut war, in ein neues Licht zu setzen. Als wäre das Gewöhnliche und die Beruhigung, die darin lag, aus dem Bewusstsein gefiltert, und nur der Kern, nur das Wesenhafte übrig geblieben. Eine Art Schmerz. Die unumstößliche Gewissheit, dass sich etwas in ihrem Leben gerade verrückte. Knisternd fraß sich die Glut durch die Zigarette.

Hatte sie eben an das Wort *Heimat* gedacht?

Sie drückte den glühenden Stummel am Fenstersims aus und ließ ihn nach einem prüfenden Blick in die Tiefe fallen. Wahrscheinlich hatte sie nur den Nordendblues.

Als kurz darauf eine Fischplatte und zwei Gläser heller Roter auf dem Tisch standen, schlich sich wie von selbst ein Lächeln auf ihr Gesicht.

„Rot zu Fisch?", fragte sie und hörte, wie ihre Stimme einen Schlenker nach oben machte.

Zwei Stunden später saßen sie sich noch immer am Esstisch gegenüber. Ihr Vorhaben, kein Wort über Vesnas Tod zu verlieren, war bei der ersten Erwähnung des Mädchens in Vergessenheit geraten. Der Rotwein und Steiners aufmerksame Miene taten ihr Übriges. Und während eine Stimme Jona einflüsterte, dass nichts weniger sexy war als Problemgespräche, hörte sie sich von Melanie erzählen, die offensichtlich unter Schuldgefühlen litt und sich zurückzog.

„Der Tod eines nahestehenden Menschen weckt oft Schuldgefühle."

„Weiß ich doch." Sie leerte ihr Glas und knallte es auf den Untersetzer.

„Und was macht dir dann Angst?", fragte er sanft.

„Mels Zerrissenheit." Sie fing seinen fragenden Blick auf und sah zu, wie er eine weitere Flasche Burgunder entkorkte. „Und dass sie in etwas verwickelt sein könnte."

„Die Freundin deiner Nichte litt unter Liebeskummer. Vielleicht gab es Eifersüchteleien unter ihnen, die sie jetzt bereut. Wenn ich meinen Sohn höre – da geht es nur um Mädchen. Und um die Playstation."

Die Rose! Die Rose als Profilbild, auch die heimlich gelesene WhatsApp auf Melanies Handy: *Besser kein Wort zu ...* Melanie war kein Kind mehr. Hinter der Rose auf dem Profilbild konnte ein Verehrer stecken. Herrgott, Eifersucht. Vielleicht hatte Steiner ins Schwarze getroffen. Wieder einmal. Mit seiner Intuition, die ...

„Jona."

Sie spürte zwei Finger auf ihrem Handgelenk.

„Wollen wir nicht mal auf die Couch umziehen?"

Ihr Blick streifte das braune, einladende Wildleder und glitt weiter zur Venus an der Wand. Im flackernden Schein der Kerze wirkte sie atemberaubend. Gütig sah sie aus. Und mitfühlend. Jona zog ihren Arm vom Tisch.

„Entschuldige."

„Stimmt was nicht?“ Steiner sah schon wieder anders aus. Gar nicht mehr wie der Kriminalkommissar, der sie bei ihrer ersten Begegnung im vergangenen Jahr einem unverschämten Verhör unterzogen hatte. Das Gesicht wirkte ohne die Brille, die er irgendwann ausgezogen haben musste, noch filigraner.

„Du solltest diese Sache ruhen lassen. Der Fall mit Tesch letztes Jahr war etwas anderes. Aber zu viel Misstrauen ...“, er brach den Satz ab.

Jona nickte und fuhr sich durch ihr braunes, kurzes Haar. Trotz der etwas unterkühlten Wohnung lag ihr ein Schweißfilm auf der Stirn. Sie musste raus aus diesem Zimmer, angefüllt mit Zuneigung und Verständnis und dem unerträglichen Gefühl, das einzig falsche Element darin zu sein.

Vor der Haustür bot Ulf Steiner ihr noch einmal an, ein Taxi zu rufen. Jona betrachtete seine aufrechte Gestalt, die im Lampenschein fremd wirkte.

„Ich fahr vorsichtig“, sagte sie nach einer Weile und hielt fröstelnd die Jacke vor der Brust zusammen. „Also dann.“

Doch statt der üblichen Erwiderung zog Ulf Steiner sie an sich und küsste sie.

Auf der oberen Berger Straße ging das Nachtleben erst los. Kleine Grüppchen standen unter Heizpilzen zusammen und rauchten. Doch dafür hatte Jona keinen Blick. In ihren Gedanken wiederholte sich der Kuss und das Lächeln Steiners in Endlosschleife, und ihre Lippen brannten unter der Erinnerung des warmen, fordernden Mundes. Beinahe wäre sie an einer roten Ampel umgekehrt, um dort anzuknüpfen, wo ihr fluchtartiger Abschied dem Beginn vorzeitig ein Ende gesetzt hatte. Aber etwas hatte sie davon abgehalten. Den Helm an den rechten Ellbogen geklemmt, war sie wie in Trance den vertrauten Straßen gefolgt, während die kalte Abendluft ihr ins Gesicht geschnitten hatte. Selbst das schmucklose Treppenhaus mit der Kachelverkleidung, dessen Stufen sie leichtfüßig erklomm, schien in ein weicheres Licht getaucht.

Sie schloss ihre Wohnungstür auf und blieb irritiert stehen. Stimmen drangen aus dem großen Zimmer. Der flackernde Schein des Fernsehers färbte es bläulich. Aus den Augenwinkeln sah sie ihre Strickjacke zu Füßen des medizinischen Skeletts liegen, die sonst über Mr. Bones' spitzen Knochen hing. Geh wieder, flüsterte eine innere Stimme. Niemand besaß den Schlüssel zu ihrer Wohnung.

Sie knipste das Licht an und trat zögernd in den Flur. Das Wohnzimmer war leer. Angespannt sah sie in der Küche und im Bad nach, doch auch hier hielt sich keiner auf. Irritiert kehrte sie ins Wohnzimmer zurück. Ihr kleines TV-Gerät stand noch von gestern auf einem Schemel vor dem zusammengerollten Futon. Der Kerzenständer samt abgebranntem Wachsstummel lag eine Armeslänge weiter auf dem Boden. Also doch ein Einbruch. Oder war das Ganze eine Inszenierung. Sie griff nach ihrem Handy, als sie am Fuße des flachen Holztisches etwas liegen sah. Etwas Helles. Ihre Brust klopfte, als sie einen Schritt darauf zutrat und in grüne Augen sah. Paula!

Mit drei Schritten stand sie bei dem zusammengerollten Tier. Die Katze aus dem ersten Stock streunte gerne durchs Treppenhaus und musste durch die angelehnte Tür ihrer Wohnung geschlüpft sein, als sie am Nachmittag den Müll in den Container gebracht hatte. Jetzt rollte sie sich schnurrend zur Seite und legte ein Stück der Fernbedienung frei, auf der sie es sich bequem gemacht hatte.

Erleichtert kraulte Jona ihr weiches Fell, während aus dem Fernseher Applaus brandete. Eine Frau mit Locken bis zur

Taille und beinfreiem Kleid betrat die Bühne. Trotz der hohen Absätze wirkte sie winzig in dem Spektakel von Scheinwerfern und hellen Lichtsäulen, die von irgendwoher projiziert wurden. Sie habe das Lied ausgesucht, hauchte sie ins Mikrofon, weil es ihr über eine schwierige Situation im Leben hinweggeholfen habe.

„Bitte nicht“, murmelte Jona. Sie schnappte sich die Katze und klingelte bei dem Nachbarn im ersten Stock, der jedoch noch unterwegs zu sein schien. Nachdem sie einen Zettel vor seiner Wohnungstür hinterlassen hatte, stellte sie eine Dose Thunfisch und eine Untertasse mit Wasser neben den Futon und griff nach der Fernbedienung.

Die lockige Schönheit sang gerade eine Ballade von Rihanna. Erstaunt verfolgte Jona den Auftritt der jungen Frau, die höchstens zwanzig sein konnte. Die Stimme war brillant. Und voller Gefühl. Als der letzte Akkord verklungen war, tobte das Publikum erneut, und die Sängerin blieb lächelnd vor dem Tribunal der am Bühnenrand platzierten Jury stehen.

„Ich möchte allen Mut machen, ihrem Traum zu folgen“, gab sie auf die Frage, wie sie sich fühle, zur Antwort. „Es ist so großartig, hier zu stehen, und ich weiß, dass es schwierig ist, aber ich werde hart an mir arbeiten, um eine richtig erfolgreiche Sängerin zu werden.“

„Träum weiter.“ Jona hielt die Dose fest und fühlte die kleine, raue Katzenzunge über ihre Hand lecken. „Also, ich sag mal so …“, begann ein Mittdreißiger der Jury, Chucks und weißes Hemd über zu kurzen Jeans.

„Jetzt kommt's!“, knurrte Jona und rutschte gegen ihren Willen näher an den Fernseher heran.

„… deine Stimme ist nicht schlecht. Aber du hast da noch was vor dir …“

„Und was macht eine echte Sängerin, die hart an sich arbeiten und erfolgreich werden will?“, fuhr eine Jurorin, die durch zwei geflochtene Zöpfe ihre Verbundenheit mit der jugendlichen Welt ausdrücken wollte, fort. Ihre Frage zielte auf keine Antwort ab, sondern bildete den Auftakt zu einer Weisheit, das verstand nicht nur die Sängerin, sondern auch das Publikum, das mucksmäuschenstill auf die entscheidenden Worte wartete.

„Sie sieht Niederlagen als Herausforderung an. Show must go on.”

Der Zoom der Kamera schwenkte in die Totale auf das Gesicht der jungen Sängerin. Ihre Wangen waren rot, der Glanz in ihren Augen erloschen. Jeder Muskel schien erstarrt, als trüge er Sorge dafür, nicht das komplexe Geflecht der widerstreitenden Gefühle aus dem Gleichgewicht zu entlassen. Nach endlos währenden Sekunden kämpfte sich ein Lächeln auf ihr Gesicht.

„Ja, klar“, sagte sie mit einer Stimme, die wie plattgetreten klang. „Danke.“

„Danke?“ donnerte Jona und sah aus den Augenwinkeln, wie ein heller Schatten aus dem Zimmer stob. „Ja, verdammt, für was denn?“

Sie folgte der Katze in die Küche und stellte die vollautomatische Espressomaschine an. Il Mostro, nannte sie sie im Geheimen. Damals hatte sie ihrer Schwester für dieses Geburtstagsgeschenk auch gedankt, obwohl ihr eine eisige Bemerkung auf den Lippen gelegen hatte. Später musste sie zugeben, dass der Kaffee aus der Maschine perfekt schmeckte und ihr Schraubkännchen immer öfter in den Schrank verbannte.

Gedankenversunken kehrte sie mit der Tasse ins Wohnzimmer zurück. Auf dem Bildschirm strahlte die gleiche Sängerin, und nun flossen doch Tränen – Tränen der Freude. Das Publikum war in Jubel ausgebrochen. Scheinbar hatte die Jury sie in

Jonas Abwesenheit aus ihrem Albtraum erlöst und gelobt. Peitsche und Zuckerbrot.

Ab jetzt fraß ihnen die junge Frau aus der Hand, das sah man schon an dem Knicks, den sie plötzlich in Richtung der Jurorin machte.

Ab jetzt würde man ihr erzählen können, sie sei zu wuchtig, zu aufdringlich, zu scheu, zu verkommen, zu naiv, zu alt oder einfach nicht geeignet; einfach alles würde man ihr erzählen können, und sie würde es glauben und es versuchen zu ändern. Oder es nicht glauben und es dennoch versuchen zu ändern.

Jona stöhnte und stellte den Fernseher aus. *Show must go on* – wie zynisch die Worte aus dem Mund der Jurorin geklungen hatten.

Sie nahm einen Schluck Espresso. Neulich erst hatte sie diese Worte gelesen. Bevor sie sich erinnern konnte, bei welcher Gelegenheit, klingelte es an ihrer Wohnungstür.

Der Ludwig aus dem Ersten, wie ihn jeder im Haus nannte, stand vor der Tür. Halbglatze, Tränensacke, Hände in den Taschen seiner Cordjacke, aus der ein Sudoku ragte. Er verströmte einen Geruch nach Wirtschaft und zuckte entschuldigend die Achseln.

„So umtriebig trotz ihrer sechzehn Jahre“, sagte er, als die Katze sich an seine Beine drängte, zog eine Tafel Schokolade aus seiner Tasche und drückte sie Jona in die Hand. „Für die Umstände.“

Jona musste lächeln.

„Ihr gefiel es. Sie hat sich auf die Fernbedienung gelegt und in eine Casting-Show reingezappt.“

„Casting-Show?“ Er griff sich an die Mütze. „Das Gekreische. Die jungen Dinger. Meine Frau hat immer geschimpft. Aber alle Folgen gesehen.“

„Das machen viele."

Er nickte, wandte sich zum Gehen. Am unteren Absatz drehte er sich noch einmal um und sah sie bedeutungsvoll an.

„Zickenkrieg."

Ob es sich um ein Zitat seiner verstorbenen Frau handelte oder er das Wort anderswo aufgeschnappt hatte, war nicht ersichtlich.

Jona wünschte eine gute Nacht und schloss die Tür.

Erst später am Computer machte es klick. Als sie den Blog aufrief, sprang ihr eine Überschrift ins Auge: *Show must go on.*

Ein Sprichwort, eine Allerweltsfloskel, auf unzählige Situationen zutreffend, und doch hatte sie sich schon beim ersten Lesen dieses Eintrages vorgenommen, ihre Nichte darauf anzusprechen. Sie klickte den Titel an und überflog den halbseitigen Text, der realistischer als die anderen Beiträge geschrieben war. Er begann mit den Worten: *Stell dir vor, du hast eine Schiffsreise mit wirklich guten Freundinnen geplant*, und schilderte im Konjunktiv die Vision einer imaginären Person, die im Laufe jener Überfahrt feststellen musste, dass ohne ihr Wissen der Kurs geändert wurde, Proviant verschwand, ihre Einträge im Schiffslogbuch umgeschrieben wurden, zwei der Freundinnen ihre Kajüte zusammengelegt hatten, ihr Schiff an einem Riff zu zerschellen drohte und das Rettungsboot einen Platz zu wenig vorwies. Unter dem Text befand sich das Foto eines Windjammers mit abgeknicktem Mast.

Dass es um Verrat ging, war nicht zu übersehen. Aber ob diese Metapher mit dem Foto wirklich der Fantasie eines vierzehnjährigen Mädchens entsprang, war fraglich. Zudem hatte es nicht das Geringste mit dem zu tun, was sie eben im Fernsehen verfolgt hatte. Jury und Kandidaten saßen niemals im gleichen Boot.

Ratlos schloss sie den Blogbeitrag.

Der Eintrag *Unter Kannibalen*, der als nächstes folgte, war kryptisch gehalten. Wortspiele, eine sarkastische Aufzählung von verunglückten Sängertypen und lyrische Sätze ohne erkennbaren Zusammenhang.

Fallen Angel

Ich bin nicht.
Freude zu Staub, Mut zur Enthauptung.
Wer einmal entgleist …
Ein gefallener Engel steigt niemals wieder auf.

Jona hielt inne und sah zu dem Dachfirst des gegenüberliegenden Hauses. Die Worte erinnerten sie an den Zweizeiler, den sie seit dem ersten Lesen nie mehr vergessen hatte, und der plötzlich Sinn machte: *Wenn du aufsteigst, geht deine Welt unter.* Wenn jemand aufstieg, blieben andere zurück.

Sie nahm einen Bleistift und zeichnete eine ansteigende und wieder absteigende Kurve, setzte ein Strichmännchen auf den höchsten Punkt und malte an deren unteren Rändern zu beiden Seiten wiederum Strichmännchen. War so das Bild gemeint – dass die Zurückgebliebenen unten blieben? Aber Vesna hatte von der eigenen Welt gesprochen, die dabei unterging. Vielleicht war es ja ihre eigene Persönlichkeit, die beim Aufstieg unterging. Wie bei der jungen Sängerin in der Casting-Show. Jona malte dem oberen Strichmännchen Flügel. Hatte Vesna sich selbst als Engel gesehen? Und war in den Augen dieses Jungen gefallen – weil er sie verraten hatte. Sie stockte. Das Fallen konnte sich auch schon auf ihren Sturz von der Brücke beziehen. Das Mädchen als Wasserleiche. Kein Platz mehr auf dem Rettungsboot …

Entgegen ihrer guten Absichten mixte sie sich in der Küche einen doppelten Cynar auf Eis mit Zitrone, bevor sie sich wieder den Zeilen am Computer widmete.

Abwechselnd sah sie auf den Monitor und auf ihr Papier mit der Skizze, lauschte dem Klirren des Eises, wenn sie einen Schluck trank und versuchte die Informationen der letzten Stunden in einen Zusammenhang zu bringen, bis sie schließlich die Strichmännchen am Fuße des gemalten Hügels einkreiste.

Wenn du aufsteigst, geht deine Welt unter. Konnte es sein, dass diese Welt gar nicht kryptisch gemeint war, sondern ganz real? Vesnas eigene Umwelt. Familie, Verwandte, Freundinnen.

Also auch Mel! Und diese beiden anderen Mädchen. Kim mit den blauen Augen. Und der Junge aus der Band. Eifersüchteleien, hatte Steiner gesagt. Ludwig aus dem ersten Stock sprach von Zickenkrieg. Und sie selbst?

Tüftelte an Worten, von denen sie nicht einmal wusste, ob sie wirklich Vesnas Feder entsprangen. Aber in ihrem Kopf reihte sich weiterhin eine Assoziation an die nächste.

Kannibalen waren Menschenfresser, die das Fleisch der Menschen aßen. Sie zerfleischten. *Zieh ihm die Haut ab. Durchtrenne Fasern und Muskeln, dann das Herz.* Wenn Vesna diesen Blog nicht geschrieben, sondern nur Stellen daraus kopiert hatte, sah alles anders aus. Beruhigender.

Aber da waren die Mädchen in diesem Gewächshaus gewesen. Singend, tanzend, die Rothaarige mit dem Mikrofon in der Hand. Eine heimlich gegründete Band, hatte sie damals gedacht, als die Rothaarige das Mikrofon hatte verschwinden lassen, bevor ihre Mutter dort aufgetaucht war.

Sie griff zum Telefonhörer und wählte die Nummer ihrer Schwester.

Die halbe Nacht und der komplette Tag, beinahe vierzehn Stunden am Stück, etliche Sendungen, zwei Staffeln, Second-Screen-Berichte, Coach-Serien, sie hätte schwören können, dass man krank davon wurde, und dennoch hatte sie sich nur wenige Stunden Schlaf gegönnt und war immer wieder in die digitale Welt der Träume und gescheiterten Hoffnungen eingetaucht. War es wirklich erst gestern gewesen, dass Ulf Steiner sie vor seinem Haus geküsst hatte? Der Abend kam ihr vor wie aus einem anderen Leben, verdrängt von einem Feuerwerk aus Glamour, Hysterie, strahlenden Gesichtern und den Tränen der Verlierer. Verdrängt von Bekenntnissen Jugendlicher, die den Kosmos ihrer Träume ungeniert vor der Kamera ausleuchteten, bis auch die letzte Gefühlsregung blank auf dem Seziertisch lag. Die Naivität mancher Kandidaten hatte sie erschüttert. Und dennoch war sie in den Sog der Contests geraten. Sie konnte sich noch so oft sagen, dass all die Sendungen und die großen Gefühle, um die es ging, eine mediale Inszenierung waren – es half nichts. Mehrmals hatte sie sich dabei ertappt, wie sie mit einem besonders aufgeregten Sänger mitfieberte oder sich elend fühlte, wenn eine Sängerin mit offensichtlich geringem Selbstwertgefühl mit Häme überschüttet wurde.

Als würden die Gefühlsausbrüche und Diskussionen der Kandidaten, die eingeblendet wurden, echt sein. Aber die jungen Menschen, die waren echt. Auch wenn ihre Vergangenheit aufgepeppt und zu rührigen Filmchen verarbeitet wurde, auch wenn gnadenlos übertrieben und erfunden wurde. Es funktionierte, selbst bei ihr.

Gestern Abend noch hatte sie sich dazu durchgerungen, ihre Schwester am Telefon auf Castingshows anzusprechen und zu fragen, ob das ein Thema bei Melanie sein könnte. Die Antwort hatte aus einem verächtlichen Schnauben bestanden, und dem Vorschlag eines Treffens am nächsten Tag. Heute.

Jona streckte ihre Beine unter dem Tisch aus und sah auf die Uhr. Viertel nach acht. Ringsum waren sämtliche Tische der Weinstube besetzt. Sie hatte damit gerechnet, dass Iska vor ihr da sein würde. Sie war immer die Pünktlichere von ihnen gewesen. Und die, die stets auf Gerechtigkeit bedacht war. Schon alleine der Treffpunkt Sachsenhausen – die goldene Mitte zwischen Bornheim und Niederrad. Wieder schweifte ihr Blick durch den Schankraum. Das Ambiente passte nicht zu Iska. Es schien aus der Zeit gefallen. Aber schön. Vielleicht sollte sie mit Ulf das nächste Mal hierher gehen. Das Schmucklose würde auch ihm gefallen, schließlich …

„Wartest du schon lange?“ Iska stand, in einen hellen Mantel gehüllt, vor ihr. Sie sah müde aus. Noch im Stehen blieb ihr Blick auf den Gläsern liegen. „Ich trinke unter der Woche nichts.“

„Vergiss es.“ Jona füllte beide Gläser. „Du wolltest in eine Weinstube.“

Einen Moment maßen sich ihre Blicke aneinander, dann sank ihre Schwester auf den Stuhl.

„Du warst bei Ikanovics, du versuchst Melanie anzurufen, du bist ihr neulich hinterhergefahren. Und dann deine Frage nach Castings. Was soll das?“

Jona betrachtete ihre Schwester. Sie wirkte gealtert. Ein Netz von feinen Furchen zog sich über ihre Wangen, und um das

Kinn saß ein neuer Zug. Sie wusste also von ihren vergeblichen Anrufen. Vielleicht überprüfte sie Mels Handy und hatte ihre Nummer aus der Chronik gelöscht. Das würde Mels Schweigen erklären.

„Wenn ich mich in deine Tochter reinversetze …"

„Ja?"

„Sie sieht so verzweifelt aus."

„Teenager sind wegen allem verzweifelt – ihrem Aussehen, den Schulnoten, der letzten Party, die ohne sie stattgefunden hat. Oder auch einfach, wenn nicht die richtige Jeans frisch gewaschen im Schrank liegt."

Iska trank einen Schluck Wein und setzte das Glas lauter als nötig ab. „Wir dürfen jetzt keine Verzweiflung in sie hineininterpretieren. Du kennst Melanie doch. So gewissenhaft. Am Ende lässt sie sich was von jemandem einreden. Von wegen sie hätte Vesnas Absichten kennen müssen oder alles verhindern können."

„Mir macht etwas ganz anderes Sorgen." Jona schenkte Weißwein nach. „Die Freundin mit dem Halstattoo. Kann es sein, dass sie Mel zu irgendwas zwingt?"

„Wie kommst du denn darauf?"

„Bei der Beerdigung hat sie auf Mel eingeredet wie auf einen lahmen Gaul. Richtig massiv wirkte das."

Iska winkte ab.

„Harte Schale, weicher Kern. Melanie hilft Kim oft bei den Hausaufgaben. Ich find's klasse, wie sie sich trotz ihrer Familienverhältnisse in der Schule durchboxt."

„Durchboxt", wiederholte Jona lächelnd, doch ihre Schwester schien taub für Spitzfindigkeiten. Sie war damit beschäftigt, ein Päckchen Zigaretten aus ihrer Jackentasche zu fischen und die Folie abzuziehen.

„Du rauchst wieder?“

„Ich habe etwas gefunden.“ Bedächtig zog Iska eine Zigarette aus der Schachtel. „In Melanies Schrank. Beim Einräumen. Ein gerahmtes Foto, das Glas gesprungen, als hätte jemand draufgeschlagen. Es zeigt diesen Typen, der Vesna so mies behandelt hat.“

„Woher weißt du, dass er es ist?“

„Ich hab Melanie darauf angesprochen. Weil ich dachte, es sei ihr Freund. Aber dann …“ Iska holte tief Luft, als koste es Kraft, die nächsten Worte auszusprechen, „… dann sagte sie, dass sie das Foto für Vesna aufbewahrt hätte. Damit ihre Eltern es nicht finden.“

„Lass uns rauchen.“ Jona griff nach ihrer Jacke und stapfte durch den Schankraum zum Ausgang.

Draußen ging ein frischer Wind. Eine Kastanie überschattete den Bürgersteig. Es war dunkel, nur die Scheinwerfer der vorbeifahrenden Wagen leuchteten die Straße aus. Gierig sog Jona die kühle Abendluft ein, während in ihrem Rücken die Tür ein zweites Mal ins Schloss fiel.

Nachdem sie eine Weile schweigend geraucht hatten, streckte Iska ihr das Handy entgegen. Der junge Mann lächelte aus dem Display, als könne der Riss durch sein Konterfei seiner Rechtschaffenheit nichts anhaben. Fein sah er aus, ein wenig eitel und …

„Verliebt!“, murmelte Jona und vergrößerte den Bildausschnitt unter ihren Fingern. „Der Junge sieht doch total verliebt aus.“

„Das hat er ja gut zum Ausdruck gebracht.“ Die Glut des zu Boden geworfenen Zigarettenstummels erstickte unter Iskas Schuhsohle.

„Ich wollte das Foto eigentlich Vesnas Mutter zeigen. Sie hat ein Recht darauf zu wissen, wie er aussieht. Aber dann …“ Sie wich Jonas Blick aus. „Es kam mir falsch vor. Ich weiß gar nicht, was ich damit lostrete."

Ein Sportwagen bremste auf der Straße und entließ eine junge Frau, die der Fahrerin Kusshände durch die hinabgelassene Scheibe zuwarf. Als das Klacken ihrer Absätze in der Ferne verklungen war, spürte Jona ihr Handy vibrieren.

„Ich hab dir gerade das Foto geschickt. Mach damit, was du willst."

„War da noch mehr? Tagebücher oder Briefe? Vesna schrieb doch so gerne, hat ihre Mutter erzählt."

Iska schüttelte den Kopf. Sie sah nachdenklich aus.

„Meinst du, da war was?", fragte sie zögernd. „Ich meine, zwischen Melanie und dem Schönling?"

„Woher soll ich das wissen?", hörte Jona sich fragen, während ihr wie so oft schon das WhatsApp-Bild mit der Rose durch den Kopf ging.

Fröstelnd folgte sie ihrer Schwester in die Weinstube.

Eine Stunde später umschloss der kühle Frühlingsabend sie erneut. Die Schlussleuchten des Taxis, das ihre Schwester nach Niederrad brachte, waren hinter der Kurve verschwunden und hinterließen die Erinnerung an ihr gleißendes Rot. Flucht, dachte Jona. Und: Maßlosigkeit. Wann hatte sie Iska je so hastig Wein trinken sehen? Innerhalb kurzer Zeit hatte sie ihr Glas geleert und, wenn sie sich unbeobachtet glaubte, verstohlen auf ihre Armbanduhr gesehen. Ob es stimmte, dass sie Vesnas E-Mail-Adresse noch von einem Schulausflug besaß? Sie versuchte sich vorzustellen, wie Iska ins Zimmer ihrer Tochter schlich und heimlich nach deren Adressbuch suchte, und schüttelte unwillkürlich den Kopf. Wahrscheinlich hatte ihre Schwester die Wahrheit gesagt. Im Schein der Laternen erstreckte sich die Straße schnurgerade bis zum Schweizer Platz. Nicht weit von hier befand sich die Schule, an deren Toren sie noch vor wenigen Wochen nach Mel Ausschau gehalten hatte. Bevor sie einen Plan fassen konnte, hatten ihre Beine sich bereits in Bewegung gesetzt.

Auf dem Lehrerparkplatz standen einige Wagen. Vielleicht ein Elternabend. Iska hatte nichts darüber verlauten lassen, ob sie wegen Melanie in der Schule gewesen war, beim Krisenteam oder dem Vertrauenslehrer. Wieder fiel ihr die Eilfertigkeit ein, mit der sie versprochen hatte, ihr Vesnas E-Mail-Adresse gleich morgen zu schicken. Als knüpfe sich daran ein Auftrag.

Der raue, kalte Stein der Schulmauer brannte unter ihrer Handfläche. Was war eine Mutter bereit, für ihr Kind zu tun? Den ganzen Weg über hatte sie diese Frage begleitet. Ihre eigenen Eltern waren liebenswürdige Menschen, die zu wissen glaubten, was richtig und was falsch war, und die ihren Kindern die Erfahrung des Scheiterns ersparen wollten.

Der Vater mit Ratschlägen, die er auf den sonntäglichen Wanderungen durch den Taunus wie nebenbei hatte einfließen lassen. In seiner typischen Funktionsweste und den Wanderstiefeln war er ihnen vorausgestapft und hatte seine Belehrungen durch Naturbetrachtungen untermauert. Unwillkürlich musste sie lächeln. Ihre Mutter hatte ihre Lebensweisheiten in Prophezeiungen über ihr späteres Leben verpackt, oft am Küchentisch beim Abendbrot oder vor dem Zubettgehen. Iska hatte sich diese Szenarien zu Herzen genommen. Schon als kleines Mädchen hatte sie versucht, alles richtig zu machen und dabei einen ewigen Kampf um Gerechtigkeit geführt. Immer ging es um ungleich verteilte Liebe. Seit sie denken konnte, fühlte Iska sich benachteiligt. Was würde sie nicht alles tun, wenn sie ihre eigene Tochter im Unrecht glaubte.

Jona warf einen letzten Blick zu den beleuchteten Fenstern der Fassade und nahm sich vor, doch noch mal in die Schule zu gehen. Vielleicht konnte sie im Lehrerzimmer unauffällig erfahren, ob Iska Hilfe gesucht hatte.

Zu Hause gönnte sie sich einen Pastis zum Schaumbad. Gerade als der erste Schluck des Anisschnapses ihre Kehle hinabrann, hörte sie ihr Smartphone in der Küche läuten. Sie tauchte ihren Kopf unter und genoss das warme Wasser, das sich auf ihr Gesicht legte und die Welt um sie ausschloss. Als sie wieder auftauchte, wusste sie, wer ihr eine Nachricht geschickt hatte.

Mit nassen Haaren setzte sie sich an ihren Laptop. Die E-Mail-Adresse als Eingabe für einen Blog war obligatorisch. Dass Iska sie ihr heute Abend noch geschickt hatte, sprach dafür, dass sie Angst hatte – Angst um Melanie. Aber die E-Mail-Adresse alleine genügte nicht, sie brauchte das Passwort. Ihre Nichte fragen? Die Wahrscheinlichkeit, dass sie log, war groß.

Vesna war ein kluges, romantisch veranlagtes Mädchen gewesen, das ihre Gefühle und Erlebnisse verschlüsselt ins Tagebuch geschrieben hatte. Ihr Notizbuch, das Frau Ikanovic ihr damals auf den Schoß gelegt hatte, strotzte vor Poesie und Metaphern, auch wenn niemand sie zu dechiffrieren vermochte. Wenn der Blog von ihr war, musste das Passwort irgendwo darin versteckt sein.

Seufzend klickte sie den Blog an und zwang sich, die euphorischen, düsteren und poetischen Texte aufmerksam zu lesen.

Irgendwas mit Aufgang oder Untergang. Weltuntergang. Nein. Sie las die Titel der Blogbeiträge durch, gab jeden einzelnen nacheinander ein. Suchte nach symbolischen, starken Wörtern in den Texten, doch keiner der Begriffe, die sie eingab, wurde vom Blog akzeptiert.

Und was Symbolisches? Die hämischen Texte wirkten wie eine Art stiller Rache an jemandem. Rache? Zu kurz als Passwort. Und Vergeltung? Wieder blinkte es im Eingabefeld, bevor das Wort erlosch. Oder auf Englisch. *Revenge*. Nichts. *Castingshow*. Ihr Atem stockte, während sie das Wort eintippte, doch auch dieser Begriff war falsch.

Vielleicht brauchte sie den Namen des Musikers, in den Vesna verliebt gewesen war. Ihre Finger verharrten auf den Tasten. Das war es. Der Musiker. Sein Name. Oder der seiner Band. Verflucht, sie wusste zu wenig Konkretes über die Sache.

In der Küche rauchte sie eine Nelkenzigarette. Nelke und Pastis, sie musste irgendwann damit aufhören, aber nicht jetzt. Das typische Suchtargument. Wer sagte, dass Therapeuten abgegrenzter waren als ihre Klienten? Sie drückte die Zigarette aus und stellte die Flasche ins Regal zurück. Wieder im Wohnzimmer, sah sie sehnsüchtig zum Futon, bevor sie ihren Platz am Schreibtisch einnahm. Auf eine Weise fühlte sie sich dem Mädchen so nah, auch wenn sie nicht wusste, ob die Worte wirklich von Vesna stammten. Die intensiven Texte, diese Verlorenheit und die Liebe zum Schönen. Und dann diese Gedichte. Viele von ihnen spielten mit dem Begriff des Engels. Liebesgedichte. Der Musiker mit seinen blonden Locken glich ja wirklich ein wenig einem Engel. Wenn man verliebt war.

Engel, gab sie als Passwort ein, dann: *meinEngel*. Nichts.

Sie scrollte sich weiter durch den Blog, durchforstete jeden Beitrag, bis sie beim letzten angelangt war. *Unter Kannibalen*. Ein starkes Wort. Sie tippte es ein und sah, dass es falsch war. Las noch einmal die Beschreibungen der verunglückten Sängertypen, bis sie an dem Gedicht hängenblieb. *Fallen Angel. Freude zu Staub*, stand dort, und das Wort *Enthauptung*. Und dass ein gefallener Engel niemals wieder aufstand. Wie Vesna.

Ihre Finger zitterten, als sie den Begriff *Enthauptung* eingab. Fehlanzeige. Dann den des gefallenen Engels. Erst auf Deutsch, dann auf Englisch. *FallenAngel*, ohne Leerzeichen zu einem Wort zusammengezogen.

Die Bildschirmmaske änderte sich, und Jona starrte auf das Blogfeld, auf dem verschiedene Spalten untereinander aufgelistet waren. Sie hatte Recht gehabt, Vesna hatte diese Worte ins Netz gesetzt, Beitrag für Beitrag, während ihre Welt aus den Fugen geraten war. Sie hatte den Blog des Mädchens geknackt, sie könnte ihn sogar fortsetzen.

Ein Schauer durchfuhr ihren Körper.

10

Wie ein Mahnmal ragte der sandsteinfarbene, fensterlose Bunker in den Himmel. Unnahbar und trist. Nur die Lüftungsschlitze steckten dünnen Schießscharten gleich in seiner abgeblätterten Fassade. Auf dem Eisentor prangte ein Graffiti. Ein Bunker ohne Namen oder Klingelschild, mitten im Wohngebiet, von niemandem beachtet und ideale Brutstätte für Bands, die sich hinter den dicken Wänden trafen, um Musik zu machen.

Ein Uterus, dachte Jona und lehnte sich im Fahrersitz des Mercedes zurück. Zwei junge Männer in Mänteln bogen um die Ecke. Unter dem Arm des kleineren klemmte ein Verstärker. Der andere trug einen Violinenkasten auf dem Rücken. Trotz der schlechten Straßenbeleuchtung war zu erkennen, dass es sich bei keinem der beiden um Moritz handelte. Vesnas Engel.

Sie kurbelte das Seitenfenster hinunter und steckte sich eine Nelkenzigarette an. Fallen Angel. Eine geniale Eingebung. Die beste überhaupt, die sie je hatte. Jemand wie sie, für die Blogs und alles, was mit sozialen Medien zu tun hatte, fremdes Land war, knackte ein Passwort. Genial. Und bestürzend, dass Vesna den Blog wirklich selbst geschrieben hatte. Aber Iska ins Vertrauen ziehen? Sie inhalierte den Rauch tief ein. Warum hatte ihre Schwester den Namen von Moritz' Band plötzlich gewusst?

Die jungen Männer verschwanden im Innern des Bunkers, dessen Eisentor nur anlehnte. Sie hätte hineingehen können, gestern und vorgestern auch schon.

Es war der dritte Abend in Folge, den sie in Steiners Mercedes saß und auf Moritz wartete. Den Sänger und Gitarristen, dem Vesna in verschlüsselten Botschaften und Gedichten ihr Herz ausgeschüttet hatte, nicht wissend, dass er es wenig später in zwei säuberlich getrennte Hälften zerteilen würde. Der Zigarettenstummel, der aus dem Wagenfenster flog, erlosch zischend auf dem nassen Asphalt.

Jetzt, da sie wusste, dass es sich um Vesnas Sehnsüchte und Ängste handelte, gab es keinen Zweifel, dass Moritz die Schnittstelle zwischen Mels Leben und Vesnas Tod war.

Was wollte sie ihn fragen?

Wie zur Antwort tauchte im Rückspiegel ein hochgewachsener, junger Mann mit einer Gitarre um seine Schultern auf. Blondes, schulterlanges Haar rahmte ein Gesicht ein, dessen feine Züge trotz der spärlichen Straßenbeleuchtung zu erkennen waren. Jona atmete tief durch. Sie wartete einige Augenblicke, bis sie ihren Wagen verließ und dem Jungen in den Bunker folgte.

Mit einem metallischen Klicken fiel die Eisentür hinter ihr gegen den Bolzen des Schlosses und schnitt sie von der Außenwelt ab. Die kalkige Luft schien noch kälter als draußen. Beklommen folgte Jona dem Gang, der sie tiefer ins Innere und zu einer Steintreppe führte, und lauschte nach Schritten, während ihr Blick über die Wände glitt. Am Putz klebten fleckige Plakate, Metallleitungen liefen unterhalb der Decke. Plötzlich hallte ein Trommelwirbel durch den Bunker. Als er abbrach, knallte eine Tür in die Verankerung, und das Deckenlicht erlosch.

Langsam lief Jona im fahlen Licht der Notbeleuchtung die Treppe hinauf und trat in den Schutz des Toilettenraumes. Ob Vesna hier gewesen war? In ihrem Blog hatte nichts davon gestanden. Ihr schien es wichtig gewesen, die Identität des Jungen nicht preiszugeben. Vielleicht wusste er von dem Blog und wollte nicht erkannt werden – weil er ihre Demütigung schon plante! Jona spürte, wie ihr Herz zu pochen begann, und in ihre Empörung mischte sich ein anderes Gefühl. Es war, als könne sie das aufgeregte, glückliche Herz des jungen Mädchens spüren, das ebenso wie sie im Schutz der Toilette gestanden und das Leben hinter dem Proberaum belauscht hatte. Weil da ein Engel hinter der Tür Musik machte, der coolste Gitarrist überhaupt, dessen Lippen Musik auf die ihren gelegt hatten.

Vesna war im Bunker gewesen, auf eigene Faust und unbemerkt von den Musikern. Was für ein außergewöhnliches Mädchen.

Vom Stockwerk über ihr ertönte laute Rockmusik, und im selben Moment öffnete sich eine der Metalltüren und Fallen Angel erschien in einem rosa T-Shirt mit zwei Bierflaschen in der Hand.

„Moritz." Sie trat aus dem Schatten der Toilettentür und fing seinen überraschten Blick auf.

„Ich muss mit Ihnen reden. Es geht um Vesna Ikanovic."

Der Musiker stellte die Bierflaschen ab und lehnte sich gegen das Metallgeländer. In seiner Haltung lag Abwehr. Als hätte es das Leuchten in seinen Augen vor ein paar Wochen nicht gegeben. Das Leuchten auf jenem Foto, das sie inzwischen als WhatsApp-Bild in ihrem Smartphone mit sich trug.

„Was denn jetzt noch?" Er schob eine blonde Haarsträhne hinters Ohr. Von nahem wirkte er jünger, nicht mal zwanzig. „Ich hab sie doch in Ruhe gelassen."

„Interessante Formulierung."

Aus dem Probenraum jaulte eine E-Gitarre auf. Moritz verzog sein Gesicht. „Wer sind Sie überhaupt? Vesnas Mutter? Sie haben mir damals doch …". Er schluckte. „Wie geht es ihr?" Seine Stimme war weicher geworden. Die Frage wirkte so aufrichtig, dass Jona sich zwingen musste, an die Worte des Abschiedsbriefes zu denken.

„Vesna ist tot. Ihre Leiche ist vor Wochen aus dem Main gefischt worden."

„Was?"

„Sie haben das nicht mitbekommen? WhatsApp, Instagram, Facebook?"

Der Musiker schüttelte den Kopf. „Ich hatte keinen Kontakt mehr", sagte er tonlos.

Die Tür des Proberaums ging auf und eine baumlange Gestalt mit einem Zöpfchen-Kinnbart steckte den Kopf heraus und hielt seine Drumsticks in die Höhe.

„Hey, Alter, was ist?"

„Fangt schon mal ohne mich an."

Erst als die Tür sich wieder geschlossen hatte, wandte Moritz ihr sein Gesicht zu. Es war bleich. „Hat sie sich das Leben genommen?"

„Wie kommst du darauf?"

„Psychisch labil, das haben Sie mir doch selbst am Telefon gesagt."

Von unten hallten Schritte durch den Bunker. Jemand lachte.

Wortlos setzte sich Moritz in Bewegung. Rauchen verboten, las Jona im Vorübergehen, als sie ihm folgte. Jemand hatte einen rauchenden Totenkopf an die Wand gesprayt und das Verbotsschild in die Rauchblase seines Joints gesetzt.

Hinter der Eisentür, die Moritz öffnete, erstarb jedes Geräusch. Rohes Mauerwerk klaffte wie eine Wunde aus dem engen, meterlangen Gang. Niemand würde sie hier hören. Ihre Augen huschten über die Reihen zugemauerter Türen, bevor sie sich ihm gegenüber auf dem Boden niederließ.

„Was meintest du eben mit ‚psychisch labil'?"

„Wer sind Sie?"

„Eine Bekannte von Vesnas Familie", sagte sie schließlich. „Alle denken, du wärst schuld an ihrem Tod. Im Abschiedsbrief schreibt sie von Verrat."

Der Gitarrist schlang seine Arme um die Knie. Er hatte rote Augen. „Ich begreif das nicht. Alles war okay. Mann, ich war verliebt, schon beim Gig auf dem Schulfest. Ich hab nur sie gesehen. Der totale Flash, wenn sie lachte, mit ihren großen, dunklen Augen."

„Sie war melancholisch."

„Klar, das hab ich dann auch mitgekriegt. Aber es lief doch gut. Wir haben viel gelacht. Uns an den coolsten Orten getroffen. Sie wollte mir Songtexte schreiben und …" Er verstummte und starrte auf den Betonboden. „Dann hat sie mich versetzt. Stattdessen lag ein Brief da. Von ihr. Sie war stinksauer. Angeblich hat mich eine Freundin von ihr mit einem anderen Mädchen gesehen. Kann gar nicht sein. Ich hab versucht, sie anzurufen. Keine Chance. Zwei Stunden später krieg ich ne SMS, in der sie sich entschuldigt, weil sie mich versetzt hatte. Sie hätte mit ihren Eltern zu Bekannten fahren müssen. Als ich nach Hause komme, liegt da wieder ne Message von ihr. Sie könne nicht ohne mich leben. Ich soll vergessen, was sie geschrieben hat. Bullshit."

Moritz presste seine Beine fester an den Oberkörper. Nichts erinnerte mehr an einen Engel. Seine Arme zitterten.

„Ich ruf sie an, und sie tut, als wär nichts gewesen. Als ich sie auf den Brief angesprochen habe, ist sie ausgeflippt. Der wäre nicht von ihr, jemand würde sie mobben. Ich fand es strange." Vollkommene Stille legte sich über den schmalen Steingang. Eine Stille, die auch auf den Musiker übergriff. „Ab da war sie anders. Sie wollte sich nur noch heimlich treffen. Immer an völlig abgefahrenen Orten. Echt unbequem. Ich hab versucht, mit ihr zu reden. Ich wollte, dass sie kapiert, wie krank ihre Eifersucht ist. Mann, wir waren kurz davor, miteinander …“, er brach den Satz ab und lächelte. „Ich war verliebt. Verstehen Sie?“

Jona nickte.

„Eine Woche später wieder so ein seltsamer Brief. Als ich zur Probe kam, klemmte er unter der Eisentür. Wüste Beschimpfungen. Ich würde sie ausnutzen. Und solle sie in Ruhe lassen. Drei Stunden später rief ihre Mutter bei mir an.“

Moritz sah auf. Sein Blick durchbohrte sie. „Ich dachte, Sie seien das.“

„Vesnas Mutter ist zierlich, blond und halb so groß wie ich.“

„Sie hat mich angefleht, ihre Tochter nicht mehr zu treffen. Vesna wäre psychisch labil. Wenn sie sich aufrege, könnte das einen Schub auslösen. Ich hab gefragt, ob Vesna krank sei, und sie sagte, bei manchen Leuten wird sie es.“

„Und da hast du dich zurückgezogen?“, fragte Jona. Die Kälte des Betonbodens drang durch ihre Kleidung, und noch bevor der Junge ihr gegenüber nickte, wusste sie, dass er die Wahrheit sagte.

„Das war so spooky. Plötzlich war sie mir fremd, und mir fiel ihre unglaubliche Euphorie ein, als sie davon sprach, Texte und Songs für die Band zu schreiben. Ich dachte, das sei … verrückt. Ich hab mich nie mehr gemeldet.“ Moritz senkte den Blick. Es dauerte eine Weile, bis er wieder aufsah. „Ich muss jetzt.“ Mit einem Sprung war er auf den Füßen und bei der Eisentür.

„Warte.“ Mühsam erhob Jona sich. „Hast du die Briefe noch?“

„Hätten Sie sowas aufgehoben?“

„Und der Anruf?“

„Ihre Mutter, wie gesagt.“

„Hatte sie einen Akzent?“

Der Gitarrist schüttelte den Kopf und zog energisch an der Eisentür. Am Geländer standen seine Bandkumpels.

„Eins noch“, hörte sich Jona fragen, während sie unwillkürlich einen Blick in den Proberaum warf. „Kennst du ihre Freundin Melanie?“

„Den Namen hab ich mal gehört. Aber kennengelernt hab ich sie nicht.“ Er nahm dem Drummer mit dem Kinnbart die Bierflasche aus der Hand, um einen langen Schluck zu trinken. „Aber wieso fragen Sie das alles, wenn Sie eine Verwandte von ihr sind?“

„Vesnas Mutter ist Serbin. Sie spricht anders als ihre Tochter mit deutlichem Akzent. Das am Telefon muss eine andere gewesen sein.“ Jona reichte dem perplexen Musiker den Zettel mit ihrer Telefonnummer.

„Sollte sich diese Frau nochmal bei dir melden, gib mir bitte Bescheid.“

Ihre Beine zitterten, als sie unter den Augen der verblüfften Jugendlichen die Steinstufen des Bunkers hinabstieg.

„War die von den Bullen?“, hörte sie, bevor die Musik von einem der Proberäume jeden weiteren Gesprächsfetzen übertönte.

Unten angekommen, warf sie einen letzten Blick zurück. Aus dem Lüftungsschacht quoll Metallschrott und Kabelgewirr. Irgendjemand hatte eine Blechdose in das kreisrunde Loch gelegt, das aus der Wand kam. *Chill mal*, stand darauf.

11

Shout out loud, if you feel unseen – die Zeile aus dem Refrain ihres Songs, den sie nach Vesnas Tod nicht mehr weiterschreiben konnte, lag wie ein Fluch über jedem neuen Tag. Nicht gesehen werden war alles, was sie sich wünschte, wenn sie ihr Zimmer verließ. Seit ihre Mutter die Sachen gefunden hatte, gab es das nicht mehr. Der Schrank, die Schublade des roten Schreibtisches und ihre Geheimfächer, nichts war mehr heilig. Alles angetastet. Am Frühstückstisch die gleichen Morgengespräche wie immer, doch kaum senkte sie den Kopf, wechselten ihre Eltern rasche Blicke. Vielleicht waren sie ihr heimlich zum Mawi gefolgt, wo sie auf Vesnas Bank gesessen hatte, vielleicht kontrollierten sie ihr Handy und kannten die aufmunternden WhatsApps von *CD*. *Nicht unterkriegen lassen*, stand da, oder *Schürt die Heldin in euch*, und *Vesna hätte nicht gewollt, dass du aufgibst.*

Seltsam, dass *CD* so etwas schrieb.

Ihr überraschender Besuch im Gewächshaus hatte alle elektrisiert und auch beklommen gemacht. Wie sie aus dem Nichts aufgetaucht war und plötzlich in der Mitte des unterkühlen Glashauses stand, um diese Ansprache zu halten.

Worte könnten Räume füllen, hatte sie gesagt, und Boten sein für Wahrheiten. Sie hatte Boote verstanden und an Brücken gedacht. Brücken; das Wort war tabu, ausgerissen aus ihrem Kopf wie die Seiten aus Vesnas Notizbuch.

Während der Rede hatte sie *CD* angeschaut, ihre bleiche Haut unter den Wangenflecken, und sich gefragt, ob sich hinter der weichen Kontur eine schärfere verbarg.

Aber egal, wie sie es drehte und wendete, im Scheinwerferlicht der Anklage stand nur sie selbst.

Zischend öffneten sich die Türen des Busses. Ein Turnbeutel schlug gegen ihre Kniekehle, bevor der Schüler sich vorbeidrängte und in Richtung Schule rannte. Als der Bus abgefahren war, blieb sie allein an der Haltestelle zurück. Auf der Straßenseite gegenüber lag das Schulgebäude, ein Kasten, glatt wie eine Fabrik.

Sie setzte sich in Bewegung. Blei in den Beinen. Mit einem Zombie hatte Kim sie auf der Beerdigung verglichen. Zombie. Blutleer und untot. Wie konnten die anderen einfach weiter büffeln, weiter Schulbrote essen und in Deutsch über Texte reden, zu denen Vesna garantiert die schönsten Sprachbilder gefunden hätte.

Ihr Stuhl im Klassenzimmer war noch immer unbesetzt. Niemand wagte sich daraufzusetzen. Auch die Lehrer ließen ihn stillschweigend frei. Zwei Tage nach Vesnas Tod hatte sie plötzlich dagelegen, die gelbe Rose, und seitdem tauschten abwechselnd Schüler die verblühte gegen eine frische aus. Sie selbst hatte es noch nie getan. Der Klassenraum, ihr eigenes Zimmer, das Gewächshaus, jeder Winkel dieser verfluchten Welt, alles war seit Vesnas Tod zum Ort ohne Seele geworden. Melanie stockte. Vor dem Schultor stand ihre Tante. Blaue Vespa. Jacke mit bunten Punkten. Unübersehbar, auch für die anderen. Man kam einfach nicht an ihr vorbei. Vielleicht durch den Hintereingang. Doch Jona hatte sie schon entdeckt und lief ihr entgegen. Sie wirkte ungelenk, und ihr Gesicht sah anders aus, verspannt irgendwie, auch wenn sie sich Mühe gab zu lächeln.

„Ich muss mit dir reden. Alleine. Ist die erste Stunde wichtig?“

Melanie zuckte mit den Schultern. Ihr Bauch zwickte, als hätte sie Nägel gefrühstückt. Alleine hieß ohne ihre Mutter. In den letzten Tagen stalkte die regelrecht. Totalüberwachung. Früher hatte sie ihr immer vertraut.

„Sag einfach, du hast verschlafen. Und lass uns schnell verschwinden."

Ein Helm wurde in ihre Hand gedrückt, und bevor sie begriff, wie ihr geschah, war sie schon mit der Vespa in Richtung Bornheim unterwegs.

Wenig später saß sie neben ihrer Tante am Küchentisch und starrte in den Monitor. Spinnengleich huschten Jonas Finger über die Tastatur und klickten sich ins Netz. Ihr Satz, dass sie jetzt absolut ehrlich sein musste, stand unkommentiert im Raum.

„Worum geht es denn?"

„Um Vesna. Mel, hör mal…"

„Hör du mal." Sie rückte mit ihrem Stuhl ab „Was geht dich das alles an? Es ist meine Freundin gewesen. Ich bin halbtot vor Trauer. Aber es ist meine Trauer. Scheiße." Sie schlug mit der flachen Hand auf den Holztisch. „Halt dich da raus."

In ihren Ohren rauschte es, dazu der intensive Blick ihrer Tante, die jetzt zu reden begann, langsam, als rede sie mit einer Kranken. Dabei war es krankes Zeug, das sie da redete. Von fingierten Nachrichten, Verleumdungen, von jemandem, der sich am Telefon als Vesnas Mutter ausgegeben und Lügen verbreitet hatte. Bei dem Gitarristen, in den Vesna verliebt gewesen war.

Die Küche schien sich im Kreis zu drehen. „Also eine weibliche Stimme", fuhr Jona fort, ohne auf das Kreisen zu achten. „Eine Frau oder ein Mädchen."

Ein Mädchen!

„Du meinst, ich? Meinst du mich?" Sie sprang auf und trat

vom Holztisch zurück. „Spinnst du? Woher weißt du … woher kennst du Moritz überhaupt?"

Das Blut pulsierte hinter ihren Augen. Also hatte ihre Mutter doch in dem Lederbuch mit der Spirale gelesen und ihr davon erzählt. Dabei war alles, was darin stand, gelogen. So falsch wie das Lächeln ihrer Tante.

Die Küche war eng, viel zu überheizt. Und Tante Jona vertiefte sich in den Monitor. Stur. Immer im Recht. Immer informiert. Eine heiße Welle der Vorahnung schoss in ihr Gesicht.

„Was stand denn da drin, in den Nachrichten?"

„Beschimpfungen. Vesna hat behauptet, dieser Moritz würde was mit einer anderen haben. Später kamen SMS und Briefe, in denen sie sich demütig entschuldigte."

„Und wo sind die?"

„Moritz hat sie weggeworfen."

„Ach ja. Sagt wer? Dieser Idiot. Und wenn sie doch von Vesna waren?"

Warum, verdammt, starrte ihre Tante die ganze Zeit in den Computer.

„Setz dich bitte."

Zögernd sank Melanie auf den Küchenstuhl und sah auf den Bildschirm. Ein Blog. Auf der Startseite flog eine Möwe über einen See. In Schnörkelschrift ein englisches Zitat. *A love that cannot live will never die.*

Statt einer Erklärung scrollte Jona weiter nach unten. Meerfotos tauchten auf, mit Möwen, mit Mond, mit Gedichten dazwischen.

Nichts, das trägt, niemand hält. Melanie hielt die Luft an und fixierte die Verszeile. „Von wem ist der Blog?"

Nach einem Mausklick erschien ein verpixeltes Foto auf dem Bildschirm. Darauf eine Frau in einem rosa Kleid, die aufs Meer sah, von hinten fotografiert. Der leicht schief gelegte Nacken kam ihr bekannt vor. Melanie wandte sich um, spürte den warmen Blick ihrer Tante auf sich. Sie wusste, wer es war. Und dann wusste sie es auch. Ein geheimer Blog! Warum hatte Vesna ihr nie davon erzählt. Weil sie selbst darin vorkam. Das Rauschen in ihren Ohren schwoll an.

„Ich hab nichts getan", flüsterte sie. „Egal, was Vesna geschrieben hat."

„Deine Freundin schreibt von Hyänen, von Verrat, Lügen und Kannibalen. Ziemlich düster. Auch die Gedichte und Liedzeilen. Lies selbst."

Melanie sprang auf und flüchtete aus der Küche. Im Flur bleckte Mr. Bones seine schnurgeraden Zähne. Sie sah zur Tür, schielte ins Wohnzimmer und warf sich auf den Futon. Lies selbst, lies selbst, da war sie, die Abrechnung, ein Blog, für jeden zu lesen. Ihr Mund öffnete sich, kein Wort kam heraus, nur Schluchzen.

Wie lange sie geweint hatte, geborgen von Jonas Körper, wusste sie nicht. Zum ersten Mal seit Wochen hatte sie nichts gedacht oder gefühlt, hatte nur dem Ausbruch ihres Körpers nachgegeben, bis endlich die verbotenen Worte geflossen waren.

Von der Idee, bei einem Casting mitzumachen. Den heimlichen Vorbereitungen. Den Treffen. Dem privaten Gesangsunterricht, den ihre Lehrerin in Aussicht gestellt hätte. Irene Berg. Wie sie ihnen geholfen hatte, ihren speziellen Typ auszuarbeiten. Unverwechselbar. Starke Mädchen mit einem eigenen Sound, einer Persönlichkeit.

Für die Castingshow, die bald anlaufen würde: *Zeig dich!* Ein neues Format. Alles kam von einem selbst: Der Songtext, die Geschichte seiner Entstehung, das Outfit, dazu der Lebenstraum, mit einer Handykamera gedreht. Nur die Musik durfte man sich aus einem Programm runterladen, das sie ins Netz gesetzt hatten. Sowas wie Karaoke.

Sie hatte ihrer Tante von dem Gewächshaus erzählt, ihrem *On Stage*, das sie so oft wie möglich aufsuchten. Und von der Idee der Lehrerin, sich im gegenseitigen Konkurrieren zu üben. Im Sich-Ausstechen, dem Probelauf für das Finale. Nur zum Schein. Natürlich hielten sie zusammen. Eine für alle, alle für eine, so hatten sie es sich geschworen. Auch von dem Schwur hatte sie erzählt und sogar ihr Gelübde gebrochen und die Namen der anderen preisgegeben.

Melanie setzte sich auf und putzte ihre Nase. „Und dann hat sich Vesna verliebt. Auf dem Schulfest. Natürlich in den Sänger der Band, und natürlich hat sie ihn auch gekriegt." Ihre Kehle brannte. „Plötzlich war sie so anders. Entweder euphorisch und albern. Oder total deprimiert. Sie saß da und schaute tiefsinnig aus dem Fenster, während wir anderen probten. Aber das krasse war, dass ihre Texte genauso wurden. Tiefsinnig und poetisch und besser als alles, was sie je geschrieben hat."

Ihr Blick blieb an den Büchern im Regal hängen, Hunderte von Einbänden, schräg und bunt, wie in Vesnas Zimmer.

Ewige Freundschaft hatten sie sich geschworen, und jetzt lag ihr Freundschaftsbändchen auf dem Flussgrund oder in der Rechtsmedizin. Eine Snapchat-Nachricht als letztes Lebenszeichen, und der anklagende Tonfall auf dem Video mit Vesnas großen, traurigen Augen.

„Es war ein Missverständnis. Vesna dachte wohl, Kim und ich machen gemeinsame Sache. Kim hatte mir ein Briefchen vor die Haustür gelegt, in dem sie mich fragte, ob wir zusammen einen Handyfilm drehen wollen, und Vesna kam kurz danach und hat es gefunden."

„Und warum war Vesna bei dir?"

„Sie wollte mir unbedingt was erzählen. Keine Ahnung, was."

Sie glitt auf den Futon zurück, starrte gegen die Decke. Hörte ihre Tante mit der Schule telefonieren, danach ein weiteres Gespräch, leiser. Wie eine Melodie, so fein. Wie die Risse an der Decke. Wie die Schritte, auf Socken. Kleiderrascheln. Gelenke, die knackten. Jona saß plötzlich dicht bei ihr.

„Vesna wollte dir was mitteilen. Das macht man doch nicht, wenn man sich verraten fühlt."

Nur undeutlich spürte Mel, wie eine Decke über ihren Körper gelegt wurde. Vernahm die beruhigende Stimme ihre Tante, schöne Worte von Freundschaft in leisem Tonfall. Es war warm unter der Decke, eine warme Höhle, in die von weit her der lose Faden von Worten zu ihr wehte, bis er schließlich ganz abriss.

Als sie erwachte, tippte ihre Tante gerade etwas in den Computer. Sie deutete auf die Tasse Schokolade, die vor dem Futon stand, und auf deren Oberfläche Haut schwamm.

„Sag mal, eure Musiklehrerin, Irene Berg. Die hat euch von dieser Castingshow erzählt?"

Melanie schob sich in die Senkrechte und betrachtete ihre Tante, die eine Aktenmappe schloss und den Laptop zuklappte.

„Sie hat euch verboten, darüber zu reden. Richtig?"

Zögernd nickte sie. „Es war aber Dorothee, die die Ausschreibung im Netz gefunden hat. Sie hat auch Frau Berg überredet, uns zu unterstützen. Mit Kims Hilfe."

„Dann war die Undercover-Aktion also eure Idee."

„Es sollte eine Überraschung werden. Erstmal für unsre Eltern. Die müssen das ja erlauben. Ne Genehmigung beim Jugendamt holen, bei der Schule und sowas."

„Mel, auf der Beerdigung, da hat deine tätowierte Freundin

mich beobachtet und auf dich eingeredet. Wenn sie dich unter Druck setzt …"

„Kim kriegt Prügel, wenn das rauskommt. Und Frau Berg garantiert Ärger, wenn ihr Name fällt. Jetzt, wo Vesna tot ist." Sie biss sich auf die Lippen. „Wir haben ihr versprochen, geheim zu halten, dass sie uns hilft."

„Man könnte denken, jemand wollte, dass deine Freundin ausscheidet. Vielleicht gerade, weil sie so gut war."

„Keine von uns."

Den weiteren Vormittag über, den sie am Computer ihrer Tante im Blog las, dachte sie an diese drei Worte.

Klar, dass Kim *die blauäugige Hexe* war. Sie konnte kratzbürstig und schroff sein. Aber sie als Sphinx aus der Unterwelt zu bezeichnen, die manipulierte, war krass. Ob sie selbst wohl in einem der Einträge vorkam? Sie lauschte nach Geräuschen und hörte, wie ihre Tante in der Küche werkelte.

Mit zittrigen Fingern klickte sie den Beitrag *Unter Kannibalen* an und spürte im gleichen Moment einen Stromstoß. In dem halbseitigen Text reihte sich eine zynische Beschreibung an die nächste. Wahrscheinlich war er nach diesem ätzenden Streit im *On Stage* entstanden. Sie hatten sich dort getroffen, um Charaktertypen für die Show zu entwerfen. Verpackung ohne Inhalt, hatte Vesna gemeckert. Sie wollte lieber an den Texten arbeiten. Aber mit Dorothee und Kim war es durchgegangen. Sie hatten sich Posen ausgedacht und gespielt und dabei gekichert, als seien sie beste Freundinnen.

Kim wollte unbedingt in Nietenkleidung auftreten, Dorothee konnte sich nicht entscheiden, wie ihre rote Mähne am besten zur Geltung kam. Ihr selbst war das Theater peinlich gewesen. Sie wollte einfach nur extrem aussehen. Extrem irgendwas.

Statt zu singen hatten sie wilde Träume gesponnen und über die Unmusikalischen aus der Musik-AG gelästert. Eine lauter als die andere. Nur Vesna hatte stumm in der Ecke gesessen, Stift und Notizbuch in der Hand.

Wieder fiel Melanies Blick auf die Mattscheibe.

Coole Luftgitarrenbraut. Das war Dorothee, die sich ihre Haare zerwühlt und auf Rocker gemacht hatte. *Kleine Mädchen spielen große Oper*, stand in Klammern. Hinter *Stumpfe Träume in Schwarz* verbarg sich eindeutig Kritik an Kim. Schwarz war ihr Markenzeichen. *Lady Gaga für Arme,* spottete eine Zeile.

Und hier. Sie schluckte. *Die Mitläuferin.* War sie das? Oder Vesna selbst?

In den ersten Wochen hatten sie noch alle gemeinsam um den Heizradiator des Kakteenhauses gesessen, mit klammen Fingern und Songideen im Kopf. Aber dann waren sie bei jedem Treffen auf das Casting gekommen. Sie, die Auserwählten, die Finalisten, die Superstars.

Irgendwann in der Zeit hatte Vesna begonnen, von Großmäulern und Sinkwettbewerb zu sprechen.

Ihr Blick blieb auf dem Gedicht liegen.

Entgleisung, ja. Aber eine Enthauptung. Ein Engel, der niemals wieder aufstand. Das klang wirklich krank. Sie hatte auf letzte Eindrücke von Vesna gehofft, auf kleine Bruchstücke ihrer gemeinsamen Welt, aber …

Eine Berührung am Rücken ließ sie aus ihren Gedanken aufschrecken.

„Bist du okay?“ Jona hielt ihr die Jacke entgegen. „Im Laufen redet es sich besser.“

„Ich möchte nach Hause.“

Der aufmerksame Blick ihrer Tante war kaum auszuhalten.

„Gut“, sagte Jona schließlich und zog sich einen Stuhl an den

Schreibtisch heran. „Eines möchte ich dich aber doch noch fragen."

Alles, dachte Mel. Nur nicht, ob sie weitermachen wollte.

„Du hast vorhin beteuert, nichts getan zu haben. Egal was Vesna geschrieben hat. Was meinst du damit?"

Melanie starrte in das vertraute Gesicht ihrer Tante, das aus Einzelheiten zu bestehen schien. Die Brauen, der geschürzte Mund, und diese grünen Augen, die sie voller Wärme ansahen. Leuchteten richtig. Durchleuchteten sie. Als könnten sie tief in den Abgrund sehen, in den schwarzen Schlund, in den sie fiel und fiel und ...

„Mel. Wovor hast du so große Angst?"

Die Stille im Raum war unerträglich. Sogar das Ticken des Weckers war zu hören. Ein alter Klappwecker auf dem Schreibtisch. Tick Tick Tick.

„Ich hab keine Angst."

„Und wer sind die Hyänen, von denen Vesna schreibt?"

„Weiß nicht." Sie schluckte. „Vielleicht wir. Weil wir alle auf den Recall gegeiert haben. Und ja irgendwie Konkurrentinnen waren."

Jona lehnte sich im Stuhl zurück.

„Komm schon, das ergibt keinen Sinn. Ihr seid Freundinnen. Du wirst es irgendwann deiner Mutter erzählen müssen. Also, wenn ihr wirklich weiterhin vorhabt, euch zu bewerben."

Wieder das Ticken des Klappweckers. Ein Uraltding. Tickte seinen eigenen Takt. Was wusste Tante Jona schon von der Kraft eines Schwures? Sie lebte nach ihren eigenen Gesetzen. In ihrer eigenen Welt. Sie wusste ja noch nicht mal, was das Wort „Staffel" bedeutete.

„Versprichst du mir etwas?" Jona wischte sich über die

Augen. Sie sah plötzlich müde aus. „Gib mir Bescheid, wenn du in Not bist."

„Mach ich."

Melanie erhob sich und streifte sich im Gehen ihre Jacke über. Bevor sie ins Treppenhaus trat, tippten ihre Finger gegen das Schild von Mr. Bones' Kappe, wie sie es immer taten. Und wie immer lächelte er mit gebleckten Kiefer zurück. Seit neuestem trug er eine Hornbrille und eine schwarze Fliege um seinen knochigen Hals. Ihr war plötzlich zum Heulen. Auch, wenn Jona sie zum Abschied in die Arme geschlossen hatte. Oder gerade deswegen.

Erst als sie das Haus verlassen hatte und die Bergerstraße hinab zur Haltestelle lief, atmete sie auf und fühlte, wie ihre Kraft zurückkehrte. Sie musste den anderen von Vesnas Blog erzählen. Am besten auf der Party morgen. Wenn sie erfuhren, was darin stand, würden sie vielleicht auch aufhören wollen.

Die Party fand im Mainfeld statt, im vierzehnten Stock eines der Hochhäuser.

Es war nicht leicht gewesen, bei dem Streit der Eltern die Nerven zu bewahren. Ihr neues Outfit unter der Jacke hatte gejuckt, und Kims geheimnisvolle Andeutungen, vor dem *Point of no Return* auf die Party zu kommen, machten es auch nicht besser. Aber das wirklich Seltsame waren ihre Eltern, die ihre Rollen getauscht zu haben schienen. Bis Mitternacht hatte ihre Mutter ihr Ausgang gegeben und sich gegen den Willen ihres Vaters, der sonst nachgiebiger war, durchgesetzt. Für einen Moment hatte sie geglaubt, ihre Mutter wolle ihr folgen. Überprüfen, ob sie die Wahrheit sagte. Aber sie hatte ja nicht wirklich gelogen. Party im Mainfeld. Das stimmte ja. Nur die Umstände …

Schon im Flur roch es nach Gras. Melanie schob ihre Hände in die Jackentasche. So sah also ein Hotspot aus. Eine Wohnung, ganz normal. Am Garderobehaken hing ein brauner Parka. Und das Bild einer Kawasaki. Jemand hatte seinen gebrauchten Kaugummi auf das Glas gedrückt, genau in das Visier des Motoradfahrers.

Sie trat ins Wohnzimmer, schob sich an einem Kreis Sitzender vorbei, die einen Joint herumreichten, und entdeckte Kim in der Küche. Kurze Zeit später saßen sie im Wohnzimmer auf dem Boden, eine Flasche in der Hand. Süße Kirsche mit Wodka. Etwas war anders an Kim. „Das wird krank gut", hatte sie zur Begrüßung gesagt und dabei so komisch gelacht. Ihre Lippen waren knallrot geschminkt. Genauso ihre Nägel, und dann diese breiten Metallringe an ihren Fingern. Wie Schlangen.

„Kim, ich muss mit dir reden, mit euch beiden. Kommt Dorothee nicht?"

„Jetzt chill mal. Wir hatten doch was vor."

Im nächsten Moment sprang Kim auf und gesellte sich zu einem Jungen, der barfuß im Raum stand und sich Chips aus einer übergroßen Tüte in den Mund stopfte. Sie lachte schon wieder laut und künstlich.

Melanie sah sich im Raum um. Wollte sie das wirklich? Niemand konnte sie zwingen, ihre Jacke ausziehen und das silberne Kunststofftopp, das schon unter den Achseln scheuerte, zu zeigen. Das Fläschchen Kaliskaya in ihrer Hand wurde warm. Sie würde zehn davon trinken, genau wie Vesna und sie das vorgehabt hatten, um die Wirkung zu testen. Zehn Stück, nicht weniger. Aber nicht hier.

Als Kim sie zu der Gruppe Jungen, die sich um sie gebildet hatte, heranwinkte, blieb sie sitzen. Nahm doch noch eines der

Fläschchen, die in Kartons auf dem Boden standen. Wer zahlte das alles?

Irgendwann kam der Ansturm. Eine Gruppe Jugendlicher, Eintrachtschals um den Hals. Glänzende Augen. Es roch nach Bier, und die Stimmung wechselte.

Wann Dorothee die Wohnung betreten hatte, konnte sie nicht sagen. Inmitten des Tumults fiel sie nicht weiter auf. Jeans, weißes Hemd, das rote Haar offen. Sie hatte sich für den natürlichen Look entschieden; eine Tochter aus gutem Hause. Oder sie hatte sich die Gitarrenbraut einfach nicht getraut.

Melanie schob sich aus ihrem Blickwinkel. *Die Zicke*, hatte ihr gestern eine Mitschülerin zugeraunt, als Dorothee im Sportunterricht über die Tanzchoreografie eines dicken Mädchens gelacht hatte. Jetzt sah sie aus wie die Unschuld in Person. Einer der Eintrachtfans näherte sich ihr und verlor mit dem Gleichgewicht auch seine Bierdose. Die Flüssigkeit sickerte auf den Teppichboden.

„Melanie!“ Erleichtert stürzte Dorothee auf sie zu. „Was ist das hier für eine Fete?“

Für einen Moment sah ihre Frisur aus wie eine verrutschte Perücke. Melanie kniff ihre Augen zusammen. Die laute Electronic Dance Musik und die Rauchschwaden der Joints benebelten sie. Und der Wodka. Dorothee wirkte so gottverdammt nüchtern, wie verirrt. Fast konnte sie einem leidtun.

„Was sind das für komische Gestalten? Kim hat was von einer Oberstufenparty erzählt.“

„Frag sie selbst. Da hinten steht sie.“

Als sie kurz darauf zu dritt den Raum verließen, wechselte die Musik. Aggressiver Deutschrap. Jemand klatschte, vielleicht war auch etwas zu Boden gegangen. Die Geräusche bildeten einen Teppich, der ihr Staunen unterlegte, denn das verschlossene Zimmer, in das Kim sie nun führte, glich einer Höhle. Leopardenfelle bedeckten Boden und Wände des Raumes, an dessen Stirnseite ein frisch bezogenes Bett stand. Schwarze Decken, schwarze Kissen. Auf einer Lackkonsole thronten lange Kerzenständer aus Blech.

„Abgefahrn. Wer wohnt hier?"

„Ein Schmock." Kim setzte sich auf das Bett, ohne die Schuhe auszuziehen und klopfte neben sich auf die Matratze. Das Feuer in ihren Augen war erloschen, hier saß wieder ihre Freundin, Tochter eines Alkoholikers, die sich mit ihren Brüdern durchs Leben schlug. „Hat den besten Freund von Max Freundin abgelinkt. Wir feiern heute auf seine Kosten. Kann gerne mal was kaputtgehen."

Dorothee fand als erste ihre Sprache wieder.

„Und wo ist er?"

„Im Urlaub. Dass Max hinter der Fete steckt, bleibt unter uns." Sie zog eine blind beschlagene Flasche aus ihrer Nietenjacke. Irgendwas Alkoholisches.

Melanie schüttelte den Kopf. War eben ein Lächeln über Dorothees Gesicht gehuscht?

„Jetzt teilen wir noch ein Geheimnis", sagte sie und flocht ihre Haare zu einem Zopf.

„Heißt, jede kann jede verraten." Melanie spürte, wie sich die Blicke der beiden Freundinnen auf sie hefteten.

„Ist doch Quatsch", erwiderte Kim, „wir halten zusammen."

„Müssen wir auch."

„Hey, was ist …"

Im Wohnzimmer nebenan setzte die Musik aus. Glas klirrte. Stimmen wurden lauter, bevor eine Flasche an der Wand zerschellte. Kim war als erste an der Tür.

„Wir sollten verschwinden. Kein Bock auf Bullen." Sie

grinste. „Macht sich auch nicht so gut im Lebenslauf, wenn wir unseren Recall haben."

Kurz darauf huschten sie durchs Wohnzimmer, vorbei an einer Schlägerei, Angetrunkenen, Deutschen, Moslems, Eintrachtfans. Glatzköpfe, die erst vor kurzem aufgetaucht sein konnten, nahmen den Wandschrank auseinander. War es das, was Kim mit *krank gut* gemeint hatte? Sie schien erleichtert, als die Wohnungstür hinter ihnen ins Schloss fiel.

Erst im Fahrstuhl ließ die Anspannung nach.

„Krass. Wenn das rauskommt, ist Max geliefert."

„Die schlagen ja alles kurz und klein", piepste Dorothee und zuckte zusammen, als der Fahrstuhl ruckelte.

Unten angekommen, standen sie unschlüssig im Treppenhaus.

„Und das soll jetzt die Rache sein, dass die Wohnung von dem Typen verwüstet wird?", hörte Melanie sich fragen und holte Luft, bevor sie das Wort aussprach, das ihr schon den ganzen Abend auf der Zunge lag. Rumpelnd fuhr der leere Aufzug wieder nach oben.

„Selbstjustiz?", wiederholte Kim. „Hey, bist du vielleicht Mutter Teresa?"

Stoff raschelte, und Dorothee, die eben noch gekichert hatte, schien den Atem anzuhalten, als Kim ihre Hände aus den Jackentaschen nahm und sich vor ihnen aufbaute. Ihr Atem roch nach Alkohol und Kirsche.

„Sagt sowas deine Psychologentante?"

„Probleme mit Psychologentanten?"

„Null."

„Könnt ihr aufhören zu streiten? Wir sind doch ein Team", hauchte Dorothee und trat einen Schritt zurück, als Kim sich ihr zuwandte.

„Sagt Miss Rich, die als erste von uns Gesangsunterricht und Geld für Klamotten gekriegt hat."

„Echt?"

„Siehste, da staunt selbst Melanie."

„Stopp jetzt." Melanie verstummte. Ihre Wangen brannten. Auch sie hatte Stillschweigen über das Kuvert bewahrt, das ihr Irene Berg nach der letzten Musikstunde zugesteckt hatte. Niemand wusste davon, sie hatte Frau Berg ihr Wort darauf geben müssen. Wegen *unlauteren Wettbewerbs*. Was für ein Scheißausdruck. Sie löste sich aus der Gruppe und zog wortlos die Glastür zum Vorraum auf. In ihrem Rücken schlug jemand auf den Lichtschalter und weckte die Neonröhre zum Leben.

„Hey!"

Kims Ruf wurde durch das Schließen der Glastür abgeschnitten. Es war still. Nur die Stromleitung sirrte. Melanie wandte sich um und spürte, wie ihr Lächeln verrutschte, bevor sie die Haustür aufzog und in die Nacht lief. Vorbei an der schulterhohen Hecke und der Backsteinmauer, die im fahlen Kegel der Laterne wie aus einem Krimi wirkte. Als sie ein Flüstern aus dem Gebüsch zu hören glaubte, rannte sie los. Erst in der Straße mit den Geschäften wurde sie langsamer und blieb schließlich keuchend stehen. Vesnas Blog! Im Lichtschein einer Schaufensterreklame zog sie ihr Handy heraus und klickte die WhatsApp-Gruppe an, aus der sie vor Wochen Vesnas Nummer gelöscht hatten. Den ganzen Abend hatte sie die Worte zurückgehalten, und nun fanden sie von selbst ihren Weg in die Tastatur, ein Klick sandte den Link zu Vesnas Blog in die Smartphones ihrer ahnungslosen Freundinnen. In spätestens einer Stunde würden die Fragen kommen. Keine Ahnung, was sie antworten sollte. Sie stellte ihr Handy aus und steckte sich zwei Pfefferminzkaugummis in den Mund. Sie war wieder nüchtern genug, um ihrer Mutter entgegenzutreten.

Die Nacht verlief quälend. Immer wieder spulte sich der gleiche Film ab. Der zerborstene Wandschrank, die umgekippten Bierdosen, die Schlägerei. Und Dorothees alberner Satz von einem weiteren Geheimnis. Über der Frage, warum Kim gerade auf dieser Party ihr Skript hatte ausprobieren wollen, war sie eingeschlafen und auch am Morgen ratlos erwacht. Doch auf ihrem Handy fanden sich weder Nachrichten noch verpasste Anrufe. Den Sonntag verbrachte sie mit Warten.

Ihre Eltern misteten den Keller aus und freuten sich, dass sie mithalf. Geschirr, ihr alter Kaufmannsladen und die Schlittschuhe wanderten zur Mülltonne, und bei all dem wurde kein Wort darüber verloren, dass ihr nachts bei ihrer Heimkehr an der Garderobe ein Fläschchen Kaliskaya aus ihrer Jacke gerutscht war. Natürlich. Eine Alkoholfahne roch man immer, was hatte sie denn gedacht. Als sie Benjamin anbot, mit ihm im Garten Fußball zu spielen, traf sie der dankbare Blick ihrer Mutter. Abends in der Pizzeria steckte sie ihr einen Fünfziger zu. Neben dem Taschengeld. Und das Angebot, ruhig mal die Freundinnen einzuladen, mit denen sie übte. Sie hatte genickt und an den nächsten Tag in der Schule gedacht.

In der großen Pause wie immer, hatte Kim kurz vor der ersten Stunde gesimst und war dann nicht im Unterricht erschienen. Dorothee wirkte durchsichtig. Wie nervöse Fische zappelten ihre Blicke vom Whiteboard zur Lehrerin zur Tür und wieder zurück. Als sie nach der Doppelstunde gemeinsam zu den Tischtennisplatten gingen, verlor sie kein Wort über den Blog. Kim wippte vor Erregung mit dem Körper und rauchte eine Zigarette, während sie von Bullshit sprach, der im Netz stand, und von Vesnas Hang zur Übertreibung, ihrem speziellen Blühwerk. Dorothees Einwand, dass einiges davon aber stimme, tat sie mit einer Handbewegung ab.

Das Bild mit der Schiffsreise, wo Freundinnen sie im Stich ließen? – Einbildung!

Dieser Gitarrist? – Ein Schwein. Wenn man schon drohte, peinliche WhatsApp-Videos an alle zu schicken.

Und die untergehende Welt, wenn sie aufstieg? – Allmachtsfantasien von Vesna, die sich als Gewinnerin sah.

Auf jede von Dorothees Fragen folgte die passende Antwort. Eine Entkräftung natürlich.

Melanie schwieg. Das Ganze war abgekartet, eine Inszenierung für sie, am gestrigen Tag getroffen, am langen Sonntag des Schweigens. Nur bei der Erwähnung der WhatsApp-Videos war Dorothees Gesicht kurz eingefroren. Sie konnte davon nicht wissen, es stand im Spiralbuch, das sie gemeinsam mit Kim in deren Zimmer gelesen hatte. Knapp zwei Monate war es her, dass Vesnas geheime Notizen sie erschüttert hatten, und jetzt zerfledderte Kim absichtlich jeden Eintrag und machte sich mit Dorothee über Vesnas Worte her – wie die Hyänen. Vesna hatte Recht gehabt, sie waren Hyänen.

Am Ende der großen Pause war niemandem der beiden aufgefallen, dass sie sich nicht am Gespräch beteiligt hatte.

Es war Dorothee, die in den Tagen danach immer wieder ihre Nähe suchte, ihr Selfies aus dem Gewächshaus, kurze Videos über Instagram und Links zu YouTube-Auftritten schickte.

Kim blieb unnahbar. Sie trug ihr Pokerface, sobald Melanie in ihre Nähe kam, doch unter ihren Augen lagen tiefe Schatten.

Mehrmals war sie kurz davor gewesen, ihre Tante anzurufen, einmal hatte sie sogar vor der verglasten Tür des Bürogebäudes auf der Zeil gestanden, in der sich ihre Praxis befand, doch im letzten Moment den Mut verloren. Mit ihren Freundinnen hätte sie jede Frage nach Vesnas Blog durchgesprochen, doch es waren keine gekommen. Aber Tante Jona wusste schon zu viel. Besuchte sie aus heiterem Himmel, aß mit ihnen zu Abend, und zu Benjamins Geburtstag war sie mit einem Geschenk aufgetaucht, als sei es das Normalste der Welt für sie.

ZWEITER TEIL

1

Ein Lichtgewitter regnete auf sie herab. Wie eine Welle aus flüssigen Tönen fegte der Jingle der Show über ihre Köpfe.

Melanie registrierte aus den Augenwinkeln, wie Dorothees Körper auf jeden Effekt reagierte. Nach vorn gebeugt, blendete sie alles um sich herum aus, selbst *CD* zu ihrer linken. *CD* schien, seit die Show lief, in ihre eigene Welt abgetaucht. Der Blick ging ins Leere. In der Schule wirkte sie seit neuestem angespannt. Richtig gejagt. Lächelte jetzt doch kurz hinter Dorothees Rücken zu ihr herüber. Melanie erwiderte ihr Lächeln, bevor die Stimme der Moderatorin sie ins Geschehen zurückholte.

Die Zuschauer applaudierten, wie sie es in ewigen Wiederholungen vor der Sendung geübt hatten. Hinter ihr schien jemand mit Bleischuhen gegen ihre Lehne zu treten.

Kurz darauf lief die dritte Kandidatin über die Rampe, ihre x-beinigen Oberschenkel von einer Lackhose eingeschnürt, deren Bund von einem weiten schwarzen Hemd mit phosphoreszierender Krawatte überdeckt wurde.

Von der Seite raunte Kim ihr Unverständliches ins Ohr.

„Was?"

„Die werden denken, ich mach die nach."

Mel rollte mit den Augen. „Die Hälfte der Frauen trägt schwarz."

„Was?"

„Erst mal so weit kommen."

Kims Augen leuchteten. Hatte sie vielleicht falsch verstanden. Egal. Seit sie in dieser Reihe eingeklemmt saßen, gab sie ständig irgendwas von sich. Immerhin redeten sie wieder miteinander. Das Schweigen nach dem Gespräch auf dem Schulhof war Folter gewesen.

„Ich bin Lisa“, sagte die junge Frau mit einer verblüffend dunklen Stimme und begann ohne Übergang von ihrem Traum zu erzählen, nach dem Abitur in Namibia in einem SOS-Kinderdorf auszuhelfen. Sofort erklang Spontanapplaus.

„Wer sich's leisten kann“, zischte Kim und presste ihre Hände in den Schoß, während ein Frage-Antwort-Spiel auf der Bühne begann. Melanie konnte den Blick nicht von dem mit Strass besetzten Halsband abwenden. Hundehalsband. Lisa aus Offenbach lachte zu viel. Und erzählte mit Frankfurter Dialekt, dass ihr die Idee zum Songtext nach einem Bungee-Jumping-Sprung gekommen sei. Nein, Angst habe sie nicht gehabt. *No fear*. Vor nichts. Sie lachte schon wieder. Warum, das würde sie gerne mit ihrem Song erklären.

Es wurde still im Publikum. Die Sekunden, in denen die Kandidatin das Mikrofon aus dem Ständer nahm und sich fürs Singen sammelte, hatte *CD* als *den* Moment bezeichnet. Den Siegermoment, den die X-Beinige zu kennen schien und nun in ihr Gesicht legte. Ganz still stand sie auf der Bühne, richtete ihren Blick in die Ferne und ließ die ersten Töne ins Mikro fließen. Alles stockte. Die Luft schien elektrisch aufgeladen, und dann flutete die Stimme das Studio und Melanie schloss die Augen. Ihre Lieblingsballade *A Million Dreams* setzte ein, jeder Ton so vertraut – und der neue Text darauf war cool. Über ein Mädchen, das in einem Wald aus Zweifeln die Kettensäge ansetzte.

Hinter ihren Lidern flimmerte es. Sie war es, die dort oben stand. Der Ton war in ihr, diese satte, raue Stimme, die durch das Studio hallte, ihre eigene. Als sie die Augen wieder öffnete, schossen blaue Lichtspeere durch die Dunkelheit, und sie sah deutlich Vesna in dem Meer aus Lichtpunkten, das nun auf die Spiegelfläche der Bühne projiziert wurde. Wie betäubt lauschte sie dem Refrain über Schneisen aus Vertrauen bis zum letzten Ton, der in tosendem Applaus unterging. Endloses Klatschen.

Auch die Jury überschlug sich vor Lob.

„Großmaul", raunte Kim und fuhr sich durch ihre kurzen Locken. Der Stehkragen ihrer Jacke verdeckte das Tattoo, das sie in Szene setzen wollte, wenn sie den Recall bekamen. Jede Runde eine weitere Sprechblase, eine in die Haut eingeschriebene Fortsetzung. Ihr großer Teaser und ein Geschenk für alle, die für sie voten würden. Aber jetzt zog sie den Kopf zwischen die Schultern.

Umbaupause, schon wieder. Und nichts zu trinken. *CD* verteilte Pfefferminzbonbons. Sie war wieder die Alte. Zugewandt und freundlich.

Im Foyer, als sie für Karten angestanden hatten, war ihr Blick immer wieder zum Handy gehuscht. Und dann plötzlich lange auf ihr liegen geblieben.

„Ich will rotes Licht. Genau das Rot meiner Haare." Dorothee schüttelte ihre Locken. „Nur Silber und Rot – als Hintergrund. Und als Lichtshow."

Aus der Reihe vor ihnen wandte sich ein Junge um und lachte ihr ins Gesicht.

„Is was?", fragte Kim und riss ihre Augen auf, bis *CD* stirnrunzelnd den Kopf schüttelte.

Vorne wurde *Milva* geflüstert und gekichert, und Dorothee wandte sich zu ihr um.

„Und wo bist du heute angeblich?"

„Im Tierheim, Louis ausführen."

„Ich im Nachmittagskino.“ Sie zwinkerte und warf ihre Locken nach hinten, als sei sie bereits ein Star.

„Welcher Film?“

Dorothee wurde rot. „Muss ich noch googeln.“

„Coole Lüge.“ Kim verdrehte die Augen, während eine Stimme aus dem Mikrofon knarrte, dass es gleich weiterging.

Die nächste Kandidatin war eine überdrehte Rapperin, die Straßenmusikerin werden und den Rap unter die Frauen bringen wollte. Melanie schob die Hände unter die Oberschenkel. Ihr rechtes Bein hörte nicht auf zu wippen. Die Rapperin war zu langsam für den eingespielten Beat und stand nach dem Lied wie ein begossener Pudel in dem tröpfelnden Applaus. Ihr Abgang, bei dem sie zwei Finger in die Höhe streckte und von der Bühne verschwand, besaß etwas Klägliches.

Nach ihr erschien eine Jugendliche im Dirndl, die vor lauter Aufregung lispelte. Hauptsache extrem, extrem irgendwas, schoss es Melanie durch den Kopf, ihr eigenes Konzept. Ob sie auch so auf der Bühne wirken würde? Und nach dem Auftritt genauso überdreht aus dem Rampenlicht trat, bemüht, die Blamage und die ratlosen Kommentare der Jury nicht an sich ranzulassen. Sie schielte zu Dorothee, die die Jury konzentriert fixierte, als scanne sie Gedanken.

Die nächste Stunde überließ sich jede von ihnen dem Spektakel auf der Bühne. Auftritt, Vision, Liedinspiration, Gesang, Applaus, Beurteilung, Abgang. In der Übertragung fürs Fernsehen würden noch die selbstgedrehten Filme mit Handykamera eingeblendet werden, und kurze Interviews mit Familie und Freunden. Ihre Mutter vor laufenden Kameras! Dieser pseudoemanzipierte Quatsch, würde sie lächelnd sagen und mit ihrer Meinung über den Bewertungsmüll nicht hinterm Berg halten.

Melanie versank in düsteren Gedanken, bis sie vom Beifall des Publikums aufgeschreckt wurde.

Wieder eine kurze Pause. Stimmungsabbruch. Neben ihr wurden Stühle frei. Platzwärter setzten einzelne Zuschauer in sich lichtende Reihen.

„Ich muss auch bald gehen.“ Dorothee murmelte etwas von einem Geschäftsbesuch ihres Vaters und offiziellem Abendessen, und nach kurzer Diskussion verließen sie das Studio. Im Foyer stürzte Kim zum Cola-Automaten im hinteren Garderobenbereich, und Dorothee eilte ihr hinterher. Niemand bemerkte, wie sie selbst zur Toilette schlüpfte und sich in eine Kabine einschloss. In einer Stunde würden die WC-Räume von überdrehten Sängerinnen überschwemmt werden, von denen die meisten ihre Träume im Klo runterspülen konnten. Für die wenigen, die weiterkamen, gab es keine Ruhe mehr. Tolle Alternative. Draußen ging die Tür, und im selben Moment rief jemand ihren Namen. Als sie aus der Kabine trat, lächelte ihr *CD* vom Waschbecken entgegen.

„Wie geht es dir?“

Melanie zuckte mit den Schultern. Die gesprungene Kachel zwischen Spiegel und Decke stach ihr ins Auge. Kaputt. Wie mit einem Hammer zertrümmert.

„Ich meine, wegen Vesna. Ihr wart doch so gut befreundet.“

„Ja.“

„Wenn du mal reden möchtest.“

„Nein.“

„Manchmal hilft das.“

Eine Hitzewelle durchströmte ihren Körper. Sie hatte schon viel zu viel geredet. Zu viel, zu oft, zu den Falschen …

„Oder schreib darüber.“

„Was denn schreiben?“

„Ich bin überzeugt, dir fällt was ein." *CD* wandte sich ab und verließ die Damentoilette. Hatte sie das gerade wirklich gesagt? Melanie starrte in den Spiegel. Ihr Gesicht darin sah unwirklich aus, wie eine Collage auf weißen Kachelhintergrund geklebt, ein Selfie ohne Kamera.

Draußen wartete Kim mit einer kalten Dose Cola auf sie.

„Wo sind die anderen?"

„Organisieren ein Taxi. Unsere Milva hat gerade ne SMS von ihrer Mutter bekommen, dass sie vom Kino abgeholt wird."

Ich bin überzeugt, dir fällt was ein. CDs Satz war ihr auf der S-Bahnfahrt nicht mehr aus dem Kopf gegangen, während Kim auf der Sitzbank ihr gegenüber eine Kandidatin nach der anderen durchhechelte. Über die Fete letzte Woche war auch jetzt kein Wort gefallen. Ausradiert. Und an der Haltestelle Niederräder dann plötzlich eine Umarmung und ihr: „Komm, Mel, wir ziehen das durch."

Melanie schlich im Dunkeln durchs Zimmer, tastete nach der Stuhllehne, über die sie ihre Kleidung gelegt hatte und grub ihre Nase tief in den Klamottenberg. Nichts. Auch an der Jacke hatte sie im Laufe des Abends mehrmals unauffällig gerochen. Kein verräterischer Geruch, und dennoch war sie ihr fremd, wie sie so zwischen den vertrauten Mänteln ihrer Eltern hing. Fremd wie Kims Redseligkeit, fremd wie ihre eigenen Worte, die sich beim Abendbrot, zu dem sie es pünktlich geschafft hatte, von selbst von ihren Lippen lösten. Tante Jona hätte ihre Lüge sofort durchschaut. Aber hier zu Hause war man damit beschäftigt, Normalität zu spielen.

Als sie am frühen Morgen erwachte, dämmerte es bereits. Vor dem Fenster schlich sich langsam das Licht in den Tag.

Schiefernes Violett, würde Vesna dazu notieren und das Farbspiel am Himmel in ein Gedicht verwandeln. Ihr nackter Fuß streifte im Vorübergehen die Kopfhörer, mit denen sie bis tief in die Nacht Musik gehört hatte, und schob sie unter den Nachttisch.

Etwas war anders.

Sie setzte sich an ihren Schreibtisch, ohne Licht anzuknipsen. Legte ihre Handflächen auf die freie Fläche. Der erste Tag von etwas Neuem. Langsam schrieb ihr Zeigefinger Buchstaben auf das Holz. *Liebe Vesna, du hättest dir diesen Nachmittag nicht angetan, du nicht. Du wärst aufgestanden und aus dem Studio gegangen.* Wort für Wort, Zeile um Zeile schrieb sie so, bis der Rollladen im Erdgeschoss mit dem vertrauten Knacken in die Höhe ging und sich das Haus mit Geräuschen füllte.

Etwas war anders.

In der Pause fing Dorothee sie vor der Schulkantine ab. „Heute nicht *On Stage*", sagte sie ohne Einleitung. Ihre Mutter sei zu Hause. Aber morgen in den zwei Freistunden. Melanie atmete auf. Sie machte einen Bogen um das Lehrerzimmer und fokussierte sich auf den Unterricht. Mathe – Exponentialgleichungen. Danach der Kohlenstoffkreislauf im Chemiesaal und eine Doppelstunde Kunst, in der ihr Lehrer eine Exkursion zur Neuen Altstadt ankündigte. Und all das, ohne verschwörerische Blicke mit Dorothee oder Kim zu wechseln oder in Gedanken ein Lied zu singen.

Die beiden waren anders. Ließen sie in Ruhe und verbrachten auch selbst ihre Pause getrennt voneinander.

Es war der erste Tag, an dem sie sich freier fühlte. Am Nachmittag fuhr sie mit ihrer Mutter und Benjamin ins Nordwestzentrum. Während ihre Mutter Blusen und Jeans anprobierte, hielt sie ihren Bruder davon ab, Kleidung von den Bügeln zu ziehen oder rastlos durch die Kleiderständer zu rennen. Sie führte ihn durch Computerläden und nahm ihn mit in die Buchhandlung, und als beide sich später auch was zum Anziehen aussuchten durften, wählte sie nach nur wenigen Minuten für sich einen weißen Angorapullover aus. Über ihre Eisschokolade hinweg fing sie den dankbaren Blick ihrer Mutter auf.

Zu Hause las sie ein Buch auf der Couch. Wie früher. Auch wenn die Zeilen vor ihren Augen verschwammen und sie am Seitenende nicht wusste, was sie gelesen hatte. Sie blieb im Wohnzimmer und sah sich mit den anderen nach dem Abendessen gemeinsam den Fernsehkrimi an. Erst als es Zeit zum Schlafen wurde, stieg sie die Treppen in den ersten Stock hinauf. Ein abgestandener Geruch hing in ihrem Zimmer. Blank und abweisend sah ihr die rote Holzfläche des Schreibtisches entgegen, auf dem sie sich am Morgen noch ihre Gedanken von der Seele geschrieben hatte.

Etwas war anders.

Die Art, wie ihre Mutter sie in der Küche beim Abräumen beiseite genommen und von einem gemeinsamen Wochenende geredet hatte. Ein Ausflug, dessen Ziel sie bestimmen dürfe. Mit Übernachtung. Ihr Lächeln dabei, warm, und die stumme Bitte, es nicht abzuschlagen. Noch jetzt lag ihr dieses Lächeln wie ein Stein im Magen.

Sie zog ihr Ringbuch aus der untersten Schublade und schlug es dort auf, wo der rote Plastikmarker hing.

I wish, I could explain, how it feels to make a step every day
A small step, one ahead and two steps back
Back and forth, back and forth, you know …
Don't give up, but keep it slow

Shout out loud, if you feel unseen.
Fill the voice in you with pride
There are so many dreams inside of me
Words, unspoken, never tried.

I'm not sure if you can understand
What it costs me to take someone's hand
But if it pleases you, yes, if it pleases you
Walk, don't run, Swim, don't dive

Der Rest des Textes war durchgestrichen. Es fühlte sich falsch an. Vielleicht lag es an der Sprache. Sie hatte unbedingt auf Englisch schreiben wollen. Unbedingt. Die Karaokeversion hatte sie aus dem vorgegebenen Material im Netz gezogen. Alle fanden den Song gut, auch *CD*. Und dann hatte Vesna eines Tages im Gewächshaus ihr Handy auf den Boden gelegt, sich geräuspert und ihr Diktiergerät angestellt. Eine einfache, berührende Gitarrenmelodie erklang, in die sie nach kurzem Zögern einsetzte. Offensichtlich der Refrain einer poetischen Jazzballade. Wie still es damals geworden war, als die Melodie nach dem Refrain erlosch und Vesna a cappella weitersang und mit ihrer melancholisch gefärbten Stimme ihre lyrische Botschaft in den Raum trug. Ein Lied über die Kraft der Träume. Die selbst komponierte Melodie und meine Stimme, so zeig ich mich, verkündete sie nach dem Lied mit roten Wangen. Die Ansage hatte allen die Sprache verschlagen. Es war Dorothee, die zaghaft den Vorschlag machte, Vesna könne vielleicht auch ihnen einen kleinen Song schreiben. Und Kim, die mit einem „Nein, danke" ihr Heft schloss und an die frische Luft ging, um eine Zigarette zu rauchen. Kurz darauf hatten sie das Treffen beendet, und auf dem Nachhauseweg war plötzlich alles aus den Fugen geraten. Melanie schob den Gedanken an ihren Streit mit Vesna beiseite und steckte ihr Ringheft in die Schultasche.

In der Nacht weckte sie die Benachrichtigung einer SMS. Tante Jona wollte wissen, ob sie am Nachmittag Zeit hätte. Um kurz nach zwei! Die Nachricht strotzte vor ausgeschriebenen Satzzeichen. Wahrscheinlich hatte sie wieder alles diktiert. *Ich meld mich morgen*, tippte sie zurück und setzte nach kurzem Überlegen ein *Schlaf gut* dahinter, bevor sie wieder ins Bett schlüpfte.

Du bist noch wach?, kam es zurück.

Liegt in der Familie. Der Smiley dahinter zwinkerte, und gleich, nachdem Melanie ihre Nachricht gesendet hatte, stellte sie ihr Smartphone aus. Wenn Tante Jona zu viel Rotwein intus hatte, war ihr alles zuzutrauen, auch, dass sie um zwei Uhr morgens anrief. Vielleicht schlief sie sogar in ihrer Gartenlaube. Sie versuchte sich ihre Tante auf dem Sofa der zum Atelier umgebauten Laube vorzustellen, Füße auf dem geblümten Stuhl, ein Glas Rotwein in der Hand. *Zu-sich-kommen*, nannte Jona das. Wahrscheinlich chillte sie einfach. So wie Vesna es am Mawi getan hatte, wenn sie nach der Schule noch nicht heimwollte. Aber wieso schrieb Tante Jona nachts ausgerechnet ihr? Und ausgerechnet heute Nacht.

Etwas war anders.

Vielleicht lag es daran. Erschöpft schloss Melanie ihre Augen und versuchte, das Bild der glücklichen Vesna, die ihr Lied sang, mit in den Schlaf zu nehmen.

Die Freistunden fielen in den Vormittag. Zehn Minuten, nachdem die große Pause alle Schüler auf den Pausenhof gespült hatte, folgte Melanie ihren Freundinnen in den Garten, in dem ein Meer von weißen Pflanzen blühte.

„Wow, wie im Film“, murmelte Kim und stieg über einen Büschel Krokusse.

Auf der Brücke, die die beiden Teiche verband, reihten sich Dutzende weißer Blumentöpfe, aus denen lilienartige Gewächse sprießten. Gänseblümchen und Butterblumen übersäten den Rasen.

Eilig huschte Melanies Blick zum Haus hinüber, doch die Gardinen bewegten sich nicht.

Auch im *On Stage* bei geschlossenen Türen verließ sie das Unbehagen nicht.

„Und wenn deine Mutter doch früher heimkommt?“

Kim hörte auf, in ihrem Rucksack zu wühlen, aus dem sie bereits eine schwarze Lederjacke mit Nieten gezogen hatte.

„Mensch, Mel, schalt mal dein Brain aus.“

„Keine Sorge“, flötete Dorothee, „sie besucht heute ihre Eltern in Hamburg.“

„Außerdem denkt sie doch, wir üben für die Musik-AG“, sagte Kim.

„Das ist safe. Aber jeden zweiten Tag fällt auf. Sie ist nicht doof.“ Dorothee lächelte, bevor sie im kleinen, angebauten Elektrikkämmerchen verschwand. Seit der verpatzten Kinoausrede, bei der sie nur wie durch ein Wunder nicht aufgeflogen war, baute sie in jeden zweiten Satz ein *ist safe* ein.

„Kim. Was macht ihr eigentlich?“

„Probedurchgang mit Klamotten – wie in echt. Hab ich dir doch heute Morgen geschrieben.“

„Mein Handy ist noch aus.“

„Wieso das denn?“

Melanie schwieg und zwang sich, dem Blick der Freundin standzuhalten und dem stummen Vorwurf, der in ihrem Gesicht zu lesen war. Sekunden verstrichen. Kopfschüttelnd streifte Kim sich die Lederjacke über. Dann klackte etwas im Nebenraum und Dorothee schwebte in einem cremefarbenen Satinkleid zu ihnen. Ihr rotes Haar floss über die Schulter, sogar die Farbe des Lippenstiftes passte.

„Krass“, stieß Kim aus „Original wie Milva. Milva mit Locken. Aber war die denn ne Charaktertype?“

„Ist doch egal, es geht ja um mich.“ Dorothee drehte sich um die eigene Achse und stolzierte in ihren Pumps zum Kämmerchen zurück. Kurz darauf fuhren die Stoffvorhänge der dem Nachbarsgarten zugewandten Seite hinunter und filterten die Helligkeit aus dem Gewächshaus.

„Nur für alle Fälle – wegen unserer Outfits.“ Sie wandte sich an Kim, die im Raum stand und ihre Lederkappe in den Händen knetete. „Ich werde noch irgendwo einen Stilbruch einbauen. *CD* wollte sich auch was überlegen. Und mein Lied …“, ein Lächeln huschte über ihr Gesicht, „wird jede Ähnlichkeit zu Milva ausradieren. Hey, Mel. Alles okay?“

Melanie nickte. Sie konnte einfach nicht aufhören, die Freundin anzustarren, aus deren Gesicht das Kindliche gewichen war. Die blassblauen Augen, die so oft unstet wirkten, fasste ein grauer Lidstrich ein, und der rote Mund war der einer Frau. „In einer Stunde haben wir Physik, also legt mal los. Ich nehm euch auf.“

„Und du?“

„Lass sie mal, Milva“, sagte Kim leise, „und spiel den Song Nummer eins ab, wenn ich dir ein Zeichen gebe.“

Ein Stick wanderte in Dorothees Hände. Während sie sich an der Musikanlage zu schaffen machte, drückte Kim Melanie ihr eigenes Smartphone in die Hand und stellte sich in die Mitte des Treibhauses. Pokerface. Mit allem hatte Melanie gerechnet, nur nicht mit dem unbeteiligten Gesichtsausdruck ihrer Freundin. Wie eine Statue stand sie da und warf über alles das Netz ihres Schweigens. War das schon Teil der Show? Mit dem Smartphone nahm Melanie ihre Freundin ins Visier und drückte auf den Aufnahmebutton. Im gleichen Moment setzte ein langsames Klavierstück ein. Von wegen Lady Gaga für Arme. Mels Wangen brannten. Das war gemein gewesen. Richtig abfällig. Und hatte nichts mit dem zu tun, was die Linse einfing. Nichts mit dem konzentrierten Blick der Freundin, die nun unverwandt in die Kamera sah und zu singen begann.

Wo immer du auch bist, es ist der falsche Ort
Von dem, was du geredet hast, stimmt kein verdammtes Wort
Nur Lüge, Ausreden, gut gemeinter Dreck
Den du beweinst aus deinem sicheren Versteck.

Aber täusch dich nicht, wir sind noch immer da
Verlassen, zurückgeblieben, die abgelegte Schar
Die zu engen Stiefel für deinen großen Lauf
Der zurückgelassene Trödel in deinem Ausverkauf.

Raus aus dem Sumpf, in ein neues Land
Stehst du da, mit nichts in der Hand
Raus aus dem Sumpf, vergiss nie, wer du bist
Kämpf dich durchs Leben mit Liebe und List.

Kim markierte mit der Hand einen Schlussstrich und war mit wenigen Schritten bei der Anlage, um die Musik auszustellen.

„Das mit der List ist scheiße.“ Sie zog die Kappe von ihrem Kopf. „Aber ich hab keinen besseren Reim gefunden.“

„Cool“, hauchte Dorothee, doch niemand schenkte ihr Beachtung.

Verlegen suchte Melanie nach Worten. Ihr Gesicht stand noch immer in Flammen.

„Du solltest den Text auf ein anderes Lied singen. Hip-Hop oder Rasta-Rap“, begann Dorothee erneut und versuchte, sich trotz des engen Kleides auf den Rand der Sandsteinecke zu setzen.

Endlich wandte sich Kim in ihre Richtung und schüttelte den Kopf. „Das war nur für euch. Jetzt kommt der wirkliche Song. Song Nummer zwei. Ich brauch da eure Hilfe.“

Sie stellte die Musik an und ließ sich im Schneidersitz auf dem Steinboden nieder. Während die Stimme Avril Lavignes durch das Gewächshaus schallte, sah Melanie alles wieder vor sich, die warme Nacht, die Sterne, das Landschulheim und Kim, wie sie mit ihr auf dem Flachdach des Wohntraktes lag und stockend von ihren Eltern erzählte. Für sie allein waren die Zeilen gewesen. Um sie an ihre Worte und ihren Vertrauensbeweis zu erinnern.

Nobody's home, sang Avril Lavigne. Deutlicher ging's ja wohl nicht. Und *She's lost inside* als Endlosschleife.

Das Gitarrenriff, mit dem der Song endete, hinterließ die gleiche, vollkommene Stille wie das Lied zuvor. Es war Kim, die als Erste aufstand und Melanie ihr Smartphone aus der Hand nahm.

„Ich möchte einen deutschen Text darauf singen. Aber nichts Kitschiges. Helft ihr mir?“

„Wir können alle Songs zusammenschreiben.“ Dorothee war, so gut es die Absätze ihrer Schuhe erlaubten, aufgestanden und zupfte ihr Satinkleid zurecht. „Zeig mal den Film.“

Doch das Smartphone war bereits in Kims Lederjacke verschwunden. Melanie verfolgte, wie ihre Freundin die Lederkappe abstreifte und sich eine Locke aus dem Gesicht schob. Die Frage war an sie gerichtet, die Frage nach der Freundschaft.

„Du kannst meinen Text haben, wenn du willst."

„Hörst du wirklich auf?", fragte Kim.

„Nein, das darfst du nicht." In Dorothees verzerrtem Gesicht erinnerte nichts mehr an Milva außer dem Eyeliner und dem roten Mund, der verdächtig zitterte.

Kim warf ihr einen warnenden Blick zu, bevor sie ihr, Melanie, direkt in die Augen sah. „Du holst Vesna nicht zurück damit. Sonst würde ich es auch lassen."

Melanie hatte noch nie ein so trauriges Lächeln gesehen. Ich weiß, wollte sie sagen, doch es kam kein Laut aus ihrem Mund.

„Es sind ja noch vier Wochen bis zur Anmeldung. Vielleicht kriegst du wieder Mut", sagte Dorothee.

„Mach du doch erstmal weiter. Ich nehm dich auf." Melanie streckte die Hand nach dem Smartphone ihrer Freundin aus. „Aber brich dir nicht den Hals."

Bei den ersten Klängen lief Dorothee mit zierlichen Schritten in die Mitte des Raumes. Statt ihren Rücken durchzubiegen, wie sie es sonst immer tat, schloss sie die Augen, und noch vor Ende des Liedes saßen sie alle drei im Kreis auf dem Steinboden und lauschten den letzten Tönen.

Melanie wagte es nicht, ihre Freundinnen anzusehen. Die Aufzeichnung der Kamera hatte sie ohne zu fragen gelöscht, noch bevor Dorothee sich wieder gefangen hatte.

Ihre Version des Popliedes sollte aufsässig beginnen, doch ihr war kein einziger frecher Ton gelungen. Noch nicht mal ein Grinsen. Beim Refrain war ihr nach *Ich fühl es in mir* die entscheidende Zeile entfallen, und die anschließende Strophe hatte sie immer wieder aus dem Tempo geworfen. Die Schuhe gaben ihr dann den Rest. Zweimal war sie mit ihrem rechten Fuß umgeknickt, bis sie die Pumps von ihren Füßen gerissen und gegen einen Pflanzenkübel in der Ecke geschleudert hatte.

„Ich weiß nicht, ob ich das packe – ohne Melanie“, sagte sie schließlich und lief barfuß in den Elektrikraum, um sich umzuziehen.

Als Melanie eine halbe Stunde später im Chemielabor saß und zusah, wie der Lehrer organische Verbindungen ans Whiteboard schrieb, wurde ihr plötzlich bewusst, dass ihre eigene Welt sich in ihre Bestandteile auflöste. Alles floss in organischen Verbindungen dahin. Dieser Begriff. Organische Verbindungen. Bis zum Ende des Unterrichts ging er ihr nicht mehr aus dem Kopf.

Sie hatte nichts vom Stoff verstanden, kein Wort notiert.

Die nächste organische Verbindung würde sie mit ihrer Tante eingehen, und das in wenigen Stunden.

Jona stand schon am Schultor, als sie mit Kim gemeinsam aus der Glastür trat. „Na toll“, zischte Kim und stapfte nach einem kurzen Blickwechsel mit Jona wortlos zu den Fahrradständern.

Kurz darauf saß Melanie mit ihrer Tante im Fellini am Schweizer Platz. Ob Jona absichtlich das Café gewählt hatte, in dem sie sie damals zur Rede gestellt hatte? Sie wirkte übernächtigt. Den doppelten Espresso nahm sie von der Bedienung entgegen, als handele es sich um ein Lebenselixier. Melanie sah ihr dabei zu, wie sie ihn in kleinen, gierigen Schlucken trank. Vor dem Fenster liefen Schüler vorbei. Schüler, die einfach nur in die Schule gingen und lernten. Für einen Moment kam ihr die Cafészenerie unwirklich vor. Wie im Spielfilm.

„Ich war gestern in deiner Schule“, sagte Jona plötzlich

und fuhr sich durch ihr kurzes Haar. „Im Lehrerzimmer. Ein Herr Düffel hat mir erzählt, dass eure neue Musiklehrerin im letzten Jahr von ihrer Schule in Höchst zu euch versetzt worden ist – wegen Verstrickungen mit Schülern. Wusstest du das?"

Das Kakaoherz, das die Bedienung auf den Milchschaum geraspelt hatte, zerstob unter dem Löffel, mit dem Melanie in der Trinkschokolade rührte.

„Was machst du denn im Lehrerzimmer?"

Sie ahnte die Antwort, bevor die knappen Worte ihrer Tante ihre Vermutung bestätigten.

Frau Berg auf den Zahn fühlen, das war es doch, was sich hinter der schönen Formulierung „Sich ein Bild von deiner Lehrerin machen" verbarg. Glaubte Jona überhaupt ein Wort von dem, was sie sagte?

Sie schob die Schokolade unberührt von sich. Kim hatte Recht. Erwachsene waren ätzend.

„Und wenn schon." Es tat gut, auch dem nächsten Satz Schärfe zu verleihen. Dass sie selbst es gewesen seien, die Frau Berg überredet hatten, ihnen zu helfen. Sie starrte auf die Schaumkrone des Kakaos, die in sich zusammengefallen war.

Aber der spielerische Konkurrenzkampf. Diese Fragen nach privaten Dingen, und die Sorge, sie könnten als Geheimnis ausgeschlachtet werden – darum hatten sie nicht gebeten.

Der Blick ihrer Tante besaß etwas Forschendes.

„*Wenn man von jedem geliebt werden möchte, bleibt nischt mehr von einem übrig.* Düffels Kommentar zu deiner jungen Musiklehrerin. Er hat gesagt, sie sei so hilfsbereit zu allen, das grenze schon an Dummheit. Außer man ist ein Wolf im Schafspelz."

„Warum erzählst du mir das?"

„Weil ich nicht will, dass du als nächstes in irgendeine Geschichte verwickelt wirst."

„Ich pass schon auf", murmelte sie und sah eine vertraute Gestalt am Fenster vorbeilaufen. Ihr Puls begann zu rasen. Das Sonnenlicht fiel ein und blendete, und *CD* steuerte ahnungslos auf die Eingangstür zu. Wie durch ein Wunder drehte ihre Tante sich zur Seite und wühlte in ihrer Tasche, während *CD* plötzlich abdrehte und eilig aus ihrem Sichtfeld verschwand.

„Alles okay?"

„Ich muss Mama Bescheid geben, dass ich später komme."

„Lass mal. Ich geh in die Praxis zurück. Ich wollte dir das nur erzählen."

Jona winkte der Kellnerin. Kurz darauf stand Melanie wieder auf dem Schulgelände und löste ihr Rad aus den Eisenschlaufen. Im Hintergrund streckte eine Platane ihre verkrüppelten Finger in den Himmel. Melanie sah sich nach allen Seiten um, aber außer einer Gruppe rauchender Schüler war niemand zu sehen. Sie hätte schwören können, dass *CD* auf sie wartete.

Auf dem Heimweg über die Mörfelder Landstraße fuhr sie durch jedes Schlagloch. Jeder Laster, der sie überholte, fegte ihr den Fahrtwind ins Gesicht. Ihr war es recht. Auch dass sie zu Hause niemanden antraf, kam ihr entgegen. Sie zerknüllte den Zettel, es sei Essen zum Aufwärmen im Kühlschrank, fischte sich zwei Becher Milchreis mit Zimt hinter dem Gemüsetopf heraus und zog sich damit in ihr Zimmer zurück.

Nach wenigen Klicks zu YouTube erklang *Pink* aus dem Laptop, und Melanie stellte den Lautsprecher auf die höchste Stufe und begann, den Text laut und im Original mitzusingen. Erst als der letzte Ton verklungen war, verließ sie die Plattform. Warum hatte sie ihrer Tante nicht erzählt, dass sie ausstieg? Dann hörte die vielleicht endlich auf, in ihrem Leben herumzufuhrwerken. Sie verzehrte einen Milchreis und zog das eingerahmte Foto aus der Schreibtischschublade, in die sie es nach dem Abend seiner Entdeckung gestopft hatte. Aufgestellt wirkte es noch intimer. Als gehöre er zu ihr. Fallen Angel. Alias Moritz MacKillop mit seinen coolen Haaren und diesem Lächeln hinter dem gesprungenen Glas. Wenn es stimmte, was Tante Jona ihr erzählte hatte, dann war er kein Schwein. Dann war er so nett, wie er aussah, und selbst Opfer einer Intrige. Von einer weiblichen Stimme getäuscht und dadurch von Vesna entzweit. Hatte Dorothee sich nicht auf der Schulfete damals die ganze Zeit in seiner Nähe herumgedrückt?

Sie fuhr mit dem Finger den Sprung im Glas nach, bevor sie sich ins Internet einloggte und seinen Namen googelte. Moritz war neunzehn. Hatte die Schule abgebrochen, jobbte bei einem Jugendprojekt und träumte davon, mit seiner Band auf den großen Musikfestivals zu spielen.

Artikel für Artikel trug ihr das Netz Informationen zu, die sie wie ein Groupie zusammenklaubte. Süchtig nach jedem neuen Detail. Hier stand, er liebe authentische Musik und verachte den ganzen Playback- und Talentshowkram. Ob Vesna das gewusst hatte? Sorgfältig las sie jede einzelne Zeile und notierte, wo seine Band probte. Dornbusch, Bunker Marbachweg, jeden Donnerstag um acht. Also heute. Den Zettel steckte sie in Vesnas Notizbuch, das sie seit der Spionageaktion ihrer Mutter stets bei sich trug. Die Vorstellung, Moritz zu sehen, war, wie Vesna noch einmal zu begegnen. Ihr wurde heiß. Es war mehr als das. Es war wie ein Ticket ohne Rückfahrschein. Wer wusste schon, was Vesna alles über sie erzählt hatte.

Aus dem Innenhof drangen Fahrzeuggeräusche nach oben. Sie schloss den Browser und löschte den Verlauf der letzten Stunde. Als kurz darauf ihr Bruder ins Zimmer stürzte, starrte sie blind in ihr aufgeschlagenes Mathebuch. Sie solle mal nach unten kommen, rief Benjamin und verstummte plötzlich, während sein Blick am aufgestellten Foto liegen blieb.

„Hör auf zu grinsen, du Blödmann". Melanie riss das Portrait vom Schreibtisch und schob es in die Schublade zurück. „Und wenn du irgendwem was sagst, dann sag ich Mama, dass du nachts heimlich Playstation spielst."

Sie sah Benjamin aus dem Zimmer hüpfen und die Tür hinter sich zuschlagen. Aufgewühlt zog sie die Schublade auf, schob das Bild von Moritz weit nach hinten und legte einen DIN A4-Block darauf, bevor sie ihm folgte. Am Fuße der Treppe stand ihre Mutter mit einem Fellknäuel in ihren Armen. Die Hundeleine reichte bis zum Boden, auf den sie den zappelnden Welpen setzte.

„Den wollte eine Kollegin heute ins Tierheim bringen", sagte sie und rannte dem Beagle nach, der ins Wohnzimmer geflitzt war. Melanie blieb am Treppenabsatz stehen.

Ihr Kopf schwirrte noch immer von der Drohung, die sie Benjamin entgegengeschleudert hatte. Sie war ein Monster. Stocherte in Vesnas Liebesleben herum, verstörte ihren Bruder, während gerade ihr größter Herzenswunsch in Erfüllung ging. Warum jetzt die Belohnung?

Aus dem Wohnzimmer fiepte es. „Aus", hörte sie. „Nein. Wie süß." Ihre Mutter lachte.

Langsam stieg Melanie die Treppe hinab. Es war keine Bestechung, keine Belohnung. Es war einfach ein Welpe.

Der restliche Abend drehte sich um das quirlige Bündel, das sie nach langer Diskussion auf den Namen *Igor* tauften.

Als Melanie ihn spätabends schweren Herzens in der Obhut ihrer Mutter zurückließ und in ihr Zimmer zurückkehrte, kam es ihr nicht mehr ganz so düster vor. Sie ließ sich aufs Bett fallen und hörte ihr Smartphone mit einem dumpfen Schlag zu Boden gehen. Beim Aufheben entdeckte sie eine Nachricht auf dem Display, die sie nur widerwillig aufrief.

Du solltest weitermachen. Denk daran, dass schon Vesna an deinem Egoismus zerbrochen ist. Willst du jetzt als nächstes Dorothee auf dem Gewissen haben?

Die Nachricht trug keinen Absender.

2

Der Morgen war strahlend blau. Ein Frühlingsmorgen. Vor Überraschung, ihr um diese Uhrzeit im Treppenhaus zu begegnen, hatte die bleichgesichtige Literaturprofessorin von nebenan sogar gegrüßt. Alles wegen Ulf Steiner, der kurz nach sieben gutgelaunt vom Präsidium aus angerufen und ein Treffen vorgeschlagen hatte. Heute Abend also Grillen in ihrer Gartenlaube. Mit Jakob.

Jona drosselte das Gas und bog in die Neuhofstraße ein. Schräg gegenüber dem Eingang, in dem Steiner sie neulich an sich gezogen hatte, lenkte sie ihre Vespa auf den Bürgersteig und sah nach einem Blick in den vierten Stock zu seinem Wagen hinüber. Wie er reagieren würde, wenn sie sein Liebhaberstück entführte? Eine legale Entführung; denn immerhin hatte sie solange auf der Fahrerseite seines alten Mercedes gesessen und das Holzlenkrad unter ihren Händen befühlt, bis er den Zweitschlüssel des Wagens in ihre Hand gedrückt hatte. Sie schmunzelte. Das zarte Rot seiner Wangen und dieser blutrot geküsste Mund beim Abschied. Er hatte so gar nichts mehr mit dem spröden Kriminalkommissar gemein, der ihr letztes Jahr die Leviten gelesen hatte. Wenn du dir das Auto leihst und zurückbringst, bleibt nicht nur der Wagen hier, hatte er gesagt. Sein Gesichtsausdruck dabei fuhr ihr immer noch durch alle Glieder. Sollte sie es wagen? Ihn abholen und später zu dritt von ihrem Ausflug zurückkehren, wie eine kleine Familie?

Wieder spürte sie ein Pochen in der Brust, bevor sie den Zündschlüssel herumdrehte und ihre Fahrt mit dem Roller fortsetzte.

Blind für die blühenden Bäume am Straßenrand, den gekiesten Vorplatz der Trinkhalle, auf dem Tische und Stühle zwischen Bäumchen standen und der Friedberger Landstraße einen mediterranen Anschein verliehen, blind auch für die Kolonne Oldtimer mit offenem Verdeck, lenkte sie ihre Vespa durch den Straßenverkehr und über die Landstraße in unvertraute Gefilde.

Als sie in Höchst angekommen war und ihren Roller auf dem Lehrerparkplatz abstellte, hatte sie sämtliche Szenarien im Kopf durchgespielt. Nur nicht jenes, das sie als unangemeldete Besucherin in einer fremden Schule erwartete.

Vom Lehrerzimmer aus schickte man sie ins Sekretariat, dort griff eine gestresste Bürokraft zum Telefon, das Labyrinth der Schulflure legte ihr falsche Fährten, bis sie endlich der stellvertretenden Direktorin gegenübersaß. Ungeniert nahm Frau Mende sie in Augenschein, während Jona sich unter falschem Namen als Kollegin von Irene Berg vorstellte, um die sie sich Sorgen mache.

„Der Name sagt mir nichts. Sind Sie schon lange an der Schule?"

„Ich habe nur einen befristeten Vertag, leider, und bin erst seit kurzem da." Jona zuckte mit den Schultern. „Irgendwann klappt es noch mit der Planstelle. Aber die Gerüchte, die um Frau Berg kursieren, habe ich mitbekommen."

„Gerüchte?"

„Denen ich nicht glaube. Deswegen bin ich hier. Und bitte darum, dass alles, was wir besprechen, in diesen Wänden bleibt."

„Ich darf Ihnen keine Interna erzählen."

„Natürlich nicht." Jona schlug ihre Beine übereinander. „Es ist nur so, dass ich neulich im Flur zufällig ein Gespräch mitbekommen habe", log sie und schob ein Zaudern ein. „Also … zwei Schülerinnen fühlen sich offenbar etwas bedrängt von Frau

Berg, weil sie ihnen besondere Aufmerksamkeit zuteilwerden lässt."

„Das haben Sie zufällig mitbekommen."

„Ja. Und ein Junge aus der Sechsten weigert sich, ihren Unterricht zu besuchen. Es könnte sein, dass er sich gemobbt fühlt, auch wenn ..."

Es klopfte an der Tür, die im selben Moment aufgerissen und nach einem barschen „Jetzt nicht!" von Frau Mende wieder zugezogen wurde.

Über das Büro senkte sich Stille. Jona hielt dem wachsamen Blick der Konrektorin stand und versuchte ein Lächeln, doch das von Falten eingerahmte Gesicht blieb verschlossen. Umständlich erhob Frau Mende sich. Erst jetzt sah Jona, dass sie eine Beinprothese trug.

„Frau Berg ist selbst Opfer einer Mobbing-Attacke geworden. Ich kann mir nicht vorstellen, dass sie jemanden ausgrenzt. Sie ist sensibel. Vielleicht etwas zu nachgiebig für diesen Beruf. Aber sie geht ihren Weg, da bin ich mir sicher. Ohne andere zu beschädigen."

Frau Mendes Lächeln erlosch im Bruchteil einer Sekunde und ließ keinen Zweifel darüber, dass das Gespräch beendet war.

Nur wenige Minuten später stieg Jona auf ihre Vespa. Der zornige Blick dieser Frau ging ihr nicht aus dem Sinn. Vielleicht hatte sie einen Fehler gemacht, einen riesengroßen Fehler.

Wütend heulte der Motor, während sie die zweispurige Straße Richtung Main raste. Auf Höhe der Main-Neckar-Brücke fegte ihr Sand ins offene Visier. Sie rieb sich die Augen, drosselte das Tempo. Noch immer türmten sich Backsteinhügel am Fuße der Brücke. Verdammte Baustelle. Verdammter Backstein, der in

Vesnas Manteltasche gefunden wurde. Das Mädchen konnte auch einfach nur melodramatisch gewesen sein, eine Teenager-Inszenierung, die in Ernst umgeschlagen war. Wie oft gab es das in der Praxis; Hilferufe, als Selbstmordandrohung inszeniert. Der warme Fahrtwind brannte in ihren Augen. Linkerhand die Skyline vor stahlblauem Himmel, rechts von ihr das weitläufige Gelände der Universitätskliniken. Und von vorne der Gegenwind. Immer Gegenwind, egal in welche Richtung man fuhr.

Willkommen in der Realität. Die Stimme ihres Vaters. Lange war sie von seinen guten Ratschlägen verschont geblieben. Sie gab Gas und fuhr nach einem Blick in alle Richtungen über eine rote Ampel.

In der Praxis empfing sie das Plätschern des Sandsteinbrunnens. Seit ihrer Krise und dem Entschluss, weiterhin als Therapeutin zu arbeiten, sprudelte tags wie nachts Wasser aus der Mitte der aufgetürmten Steine. Es war beruhigend, auch Bewegung in den Räumen zu wissen, wenn sie nicht anwesend war. Sie öffnete ein Fenster und versuchte, ihre Gedanken zu sortieren. Vormittags besaß die Zeil etwas Gemütliches. Selbst die Obdachlosen mit ihren Tüten und zerschlissenen Koffern saßen so friedlich auf den Rundbänken, als nähmen sie ein Sonnenbad. Ihr Anblick berührte sie. Beschämte sie. Wie zum Hohn thronte die Bronzeskulptur von *David und Goliath* über dem Szenario.

Die Beinprothese der Konrektorin fiel ihr ein. Ihr Humpeln hatte etwas Stolzes an sich gehabt, und zugleich etwas Gekränktes. War Irene Berg ihr persönlicher Schützling gewesen?

Als sie kurze Zeit später dem ersten Klienten gegenübersaß, brauchte sie ihre ganze Konzentration, um die Geschehnisse des Morgens auszublenden.

Auch in der Mittagspause ging ihr die Unterredung mit der

Schulleiterin nicht aus dem Kopf. Sie aß gebratenes Gemüse am Stehimbiss und kehrte nach einem kurzen Bummel zum Liebfrauenberg in ihre Praxis zurück.

Während sie die Kaffeemaschine befüllte, klingelte das Telefon. Garantiert Frau Dahl. Vor jedem neuen Schritt, den sie ins Auge fassten, sagte sie kurzfristig wegen Unwohlsein ab. Seufzend schob Jona die Tasse auf den Rost. Doch statt der flatterhaften Stimme ihrer Klientin erklang die ihrer Schwester. „Ruf mich bitte zurück, über Handy", tönte es blechern durchs Sprechzimmer, bevor das Band sich abschaltete. Mit klammen Fingern zog Jona ihr Smartphone aus der Umhängetasche. Das Display zeigte zwei verpasste Anrufe von Iska. Verflucht. Sie drückte die Kurzwahltaste und hoffte, dass es nicht um Melanie ging.

Iskas Stimme hallte noch lange, nachdem sie aufgelegt hatte, in ihren Ohren wider. Benjamin hatte seine große Schwester scheinbar dabei ertappt, wie sie mit den Fingern über ein aufgestelltes Foto strich. Melli ist verliebt, Melli ist verliebt, hatte er triumphierend gerufen, bis Iska ihn geschnappt und unsanft zum Schweigen gebracht hatte.

Beim Zähneputzen war er damit herausgeplatzt, dass Jesus auf dem Foto der Schwester gewesen sei. Ein gerahmtes Foto, dessen Glas gesprungen war. Und nun organisierte Iska den lange geplanten Wochenendausflug mit der Familie. Mit Igor, dem Welpen. Und ohne Handys. Es klang so verzweifelt, dass Jona sich einen Kommentar über Verbote verkniff.

Erst als in der kleinen Praxisküche der Duft eines Espressos in ihre Nase stieg, fiel die Spannung von ihr ab. Zumindest war Mel nicht in Gefahr. Vielleicht hatte es nie eine Gefahr gegeben.

Welches Interesse sollte Irene Berg auch gehabt haben, Vesna fertig zu machen?

Zickenkrieg, hatte Ludwig aus dem Ersten neulich zu Casting-Shows gesagt. Dazu gehörten Intrigen, Konkurrenz und Eifersucht. Das passte zu Mädchen, nicht zu einer erwachsenen Lehrerin. Diese WhatsApp-Warnung. *Besser kein Wort zu …* Die konnte von Kim sein. Oder von diesem rothaarigen Mädchen. Vielleicht hatten die Freundinnen gemeinsam beschlossen, Vesna einen Denkzettel zu verpassen und es war eskaliert. Und Mel hatte aus einer Eifersucht heraus mitgemacht. Jona sprang auf und fegte mit der Hüfte ihren Notizblock von der Tischkante. Mels Verschlossenheit, ihre Verzweiflung. Und Moritz' Foto, das sie gestreichelt hatte. Im Blog des toten Mädchens spielte das Bild der Hyänen eine so große Rolle. Es passte alles zusammen, auch die konspirativen Treffen in diesem Gewächshaus. Heimlich, ohne das Wissen der Eltern. Was sie wohl der Mutter dieses rothaarigen Mädchens erzählten? Das Klingeln an der Praxistür riss sie aus ihren Gedanken. Sie hob den Notizblock auf und legte ihn auf den Tisch zurück. Als sie den Summer drückte, sah sie durch den Spion, dass Frau Dahl schon vor der Tür stand.

Wie immer begann sie die Sitzung damit, aus ihrem vorbildlich geführten Übungsprotokoll vorzulesen. Jona beobachtete, wie sie sich dabei entspannte. Die junge Redakteurin tat, was man ihr auftrug, solange sie niemandem widersprechen oder etwas für sich einfordern musste. Für ein Lob konnte man alles von ihr kriegen. Selbstwertproblematik. Es war so schwer, sich nicht emotional ausbeuten zu lassen. Gerade betonte Frau Dahl die Freundlichkeit, mit der ihr neuer Mitarbeiter sie bedachte.

„Ich zeig Ihnen mal was."

Jona sah geistesabwesend zu, wie sie in ihrer übergroßen Tasche zu wühlen begann.

Vampire, hatte Iska ihre Kinder mal genannt. Wie sollte sich ein blasses Persönchen wie diese Musiklehrerin gegen fordernde Schüler durchsetzen, wenn schon drei Mädchen sie zu kostenlosem Unterricht überreden konnten. Bei ihrem Helfersyndrom.

Enttäuscht stellte Frau Dahl die Tasche wieder auf den Boden zurück, ohne etwas gefunden zu haben.

„Es war ein langer handgeschriebener Zettel."

„Frau Dahl, was, meinen Sie, wäre passiert, wenn Sie ihm die Bitte nach dem Fensterplatz am Büro abgeschlagen hätten?"

„Es hat mir doch nichts ausgemacht."

Die Flecken in dem nervösen Gesicht flammten auf. In ihren Bewegungen lag eine kleine Unruhe. Sie mochte etwa im Alter der Musiklehrerin sein. Irene Berg. Auch eine von denen, die nicht nein sagen konnten. Zu Jona war sie damals auf dem Schulhof zurückhaltend gewesen. Ebenso nach der Beerdigung. Keine Spur von übersteigerter Hilfsbereitschaft. Im Gegenteil. Sie hatte auf die Kollegen verwiesen und war dann regelrecht geflüchtet.

„Oder rede ich mir das nur ein?" Ein schüchternes Lächeln huschte über das Gesicht der Redakteurin.

„Was?" Jona lehnte sich im Ledersessel zurück. Sie musste sich endlich auf ihr Gegenüber konzentrieren. Doch während sie sich zwang, den Worten ihrer Klientin zu folgen, schob sich immer wieder das Konterfei der jungen Musiklehrerin in ihre Gedanken. Und dann stand diese Idee vor ihren Augen. Die Bedingungen waren perfekt. Melanie war durch das handyfreie Familienwochenende nicht erreichbar. Gleich nach der Schule, hatte Iska verlauten lassen, ging es gemeinsam in den Odenwald.

Sie presste ihre nervösen Beine auf den Sitz. Es war wieder eine Lüge. Eine letzte, nur zur Versicherung, nichts übersehen zu haben.

Kaum war die Sitzung beendet und die Tür hinter Frau Dahl ins Schloss gefallen, stürzte Jona zum Telefon. Irene Berg war nach dem zweiten Klingelzeichen am Apparat. Es dauerte einen Moment, bis sie begriff, mit wem sie sprach. Ihre Stimme klang gepresst, als sie fragte, ob etwas passiert sei.

„Noch nicht." Jona schwieg bedeutungsvoll, bevor sie begann, von Melanies Verhalten zu reden, das sie beunruhige. Wegen eines Jungen, der damals auch Kontakt zu der verstorbenen Freundin gehabt habe. Ein blonder Gitarrist, den sie nur von einem Foto kenne.

Am anderen Ende der Leitung erstarben die Geräusche.

„Melanie möchte ihn treffen, und ich mache mir Sorgen. Er soll Vesna ja schlecht behandelt haben. Und nun..."

„...denken Sie, Ihrer Nichte könnte es ähnlich ergehen", kam es mit dünner Stimme. „Aber wie soll ich da helfen?"

„Ich weiß, dass Melanie ihn morgen Nachmittag bei seiner Bandprobe überraschen möchte. Um sechs, wenn ich das richtig verstanden habe. Sollte er demnächst mal in der Schule auftauchen, mit seltsamen Freunden, also schulfremden Halbstarken, dann wäre es nett, wenn Sie mir einfach Bescheid geben."

Die Lehrerin räusperte sich.

„Ich weiß", sagte Jona schnell, „ich will Sie auch nicht zu etwas Illegalem anstiften. Das bleibt alles unter uns. Auch dieser Anruf. Versprochen."

Im Hintergrund war ein leises Kratzen zu vernehmen, vielleicht notierte Irene Berg sich etwas. Oder sie schrieb jemandem neben ihr etwas auf.

„Ich kenne den Gitarristen nicht", kam es plötzlich.

„Das macht nichts. Sie werden ihn erkennen, wenn er auf dem Schulhof ist. Er sieht aus wie Jesus. Jedenfalls auf dem Foto." Ihr kleines Lachen blieb unerwidert.

Als sie kurz darauf das Gespräch beendeten, hatte Irene Berg ihr widerstrebend zugesagt, bei der Pausenaufsicht die Augen offenzuhalten. Ihr Satz, sie solle sich nicht so viele Sorgen machen, hatte wie eine Selbstberuhigung geklungen. Wenn sie tatsächlich am Bunker erscheinen würde, hatte sie ihre Finger im Spiel. Und Angst, dass Melanie das herausbekommen konnte.

Aufgewühlt lief Jona durch ihre Praxis. Der nächste Patient kam in fünf Minuten. Für eine Nelkenzigarette war es zu spät, aber für einen Espresso reichte die Zeit. Wenn sie so weitermachte, würde es ihr wie dem Kollegen ergehen, den Steiner gerade vertreten musste. Herzinfarkt. Nikotin, Kaffee, zu wenig Schlaf.

Sie drückte den Knopf und sah zu, wie die dampfende Flüssigkeit in die Tasse lief. Herr Nagel, ihr letzter Klient für heute, war ein liebenswürdiger junger Mann, der unter Zwangsstörungen litt. Sie nippte am Espresso und fragte sich, wie sie in wenigen Stunden mit Steiner und seinem Sohn grillen sollte, als sei es ein ganz gewöhnlicher Abend.

Ein ganz gewöhnlicher Abend. Jona leerte ihr Rotweinglas und stocherte mit einem Stock in den Holzscheiten, die in der Feuerschale glommen. Das Lagerfeuer hatte sie gewärmt, nun kroch die kühle Abendluft unter ihre zu dünne Jacke. Dunkelblau spannte sich der Himmel über der Gartenanlage. Von der nahegelegenen Autobahn drang gleichmäßiges Rauschen herüber. Meeresrauschen, hatte Jakob gesagt und ihre Hütte als Flaggschiff im Grasozean bezeichnet. Der Junge steckte voller Fantasie. Sie sah zum Gartentor, durch das Steiner und sein Sohn vor wenigen Minuten in die Dunkelheit entschwunden waren. Kaum merklich bewegte sich die Silhouette der Johannisbeersträucher wie ein letzter Gruß.

Mehrmals hatte Jakob sie beim Stockbrotgrillen von der Seite gemustert, bevor er sich irgendwann mit einem Buch ins Innere der Hütte zurückgezogen hatte. Ein Buch! Alle Jugendlichen, die sie kannte, tippten auf ihren Smartphones herum. Wie kam es, dass ein Dreizehnjähriger sie so aus der Fassung bringen konnte? Ein Waldkauz schrie durch die Dunkelheit. Jona legte zwei Scheite auf die Glut und sah zu, wie das Feuer an der trockenen Rinde leckte.

Es war, als würde er immer noch auf der umgedrehten Bierkiste sitzen und mit seinem feinen Lächeln in die Flammen sehen. Ulf Steiner. Ein Universum für sich. Als würde er noch einmal eine Packung Nelkenzigaretten aus seiner Tasche ziehen, zwei anzünden und ihr eine davon reichen. Rauch wehte über ihre Köpfe. Das Knacken der brennenden Zweige, die sein Gesicht mit Schatten unterlegten. Die Stille, die über den Gärten lag, und zwischen ihnen. Blickwechsel, dann unvermittelt der Griff nach ihrer Hand. Jona betrachtete ihre langen, ringlosen Finger. Sie hatte sich Grillabende banaler vorgestellt, mit zischender Wurst auf dem Rost und frechen Fragen, die ein Dreizehnjähriger in die Unterhaltung warf. Nicht als einen ruhigen, innigen Abend, einen Kreis, der sich schloss, der auch Jakob einschloss.

Sie griff nach der Weinflasche und ließ die letzten Tropfen in ihr Glas rinnen. Die Kälte legte Eisfinger in ihren Nacken. Sie rückte näher an die Feuerschale. Trug sie jetzt Verantwortung für ihn? Musste sie zu einer werden, die auch alles für ein Kind tat? Alles, um etwaiges Unglück abzuwenden. Wie Iska, die ihre

Prinzipien über Bord warf und ein Haustier kaufte, handyfreie Familienwochenenden einführte und sich selbst untreu wurde, indem sie Halbwahrheiten duldete, aus Angst, ihre Tochter könnte sich an etwas schuldig gemacht haben. Was waren Mütter bereit zu tun, um ihre Kinder zu schützen?

Da war sie wieder, die Frage. Auch sie hatte bereits gelogen, um Melanie aus Fängen zu befreien, die es möglicherweise gar nicht gab. Auch sie nahm in Kauf, dass Steiner irgendwann die Geduld mit ihr verlor. Sie starrte in die Flammen. Vesnas Lieblingsbeschäftigung. Frau Ikanovic schien ihren Rat befolgt und die Jagd nach dem Jungen aufgegeben zu haben. Morgen, wenn vor dem Proberaum nichts Auffälliges geschah, würde sie das Gleiche tun. Für Melanie da sein, sobald sie sie brauchte. Und endlich wieder ihr eigenes Leben führen.

Es war schon hell, als sie am nächsten Morgen erwachte. Sie streckte ihre steifen Glieder. Wieso hatte sie auch noch die zweite Flasche Rotwein öffnen müssen. Schuldbewusst erinnerte sie sich an die Heimfahrt durch ein nächtliches, ausgestorbenes Frankfurt. Immerhin hatte sie noch Erinnerungen daran. Vor dem Fenster rangierte die Müllabfuhr. Sie massierte ihre Schläfen und drehte den verspannten Nacken zur Seite, bis sie auf das Bücherregal an der Wand gegenüber blickte. Ein Streifen Sonnenlicht lief quer darüber. Sie würde sich eines der ungelesenen Bücher in die Tasche stecken und endlich mal wieder im Café lesen. Mittags Currywurst am Uhrtürmchen wie früher.

Ihr Schädel brummte, als sie sich vom Futon erhob und in die Küche schleppte. Erst nach einer ausgiebigen Dusche und zwei Schokomuffins verließ sie die Wohnung.

Doch schon bald gab sie ihr Samstagsprogramm auf. Dutzende Male hatte sie auf ihre Uhr gesehen, nur um festzustellen, dass die Zeit ihr Regiment über das Stundenglas unerbittlich führte. Die Sekunden zerrannen nicht, sie lösten sich mühselig ab, zähe Gesellen, die in einen Brei aus Langeweile tropften.

Sie hatte bei Irene Berg durchblicken lassen, dass Moritz' Band um sechs probte. Vor fünf am Bunker zu sein, ergab keinen Sinn. Von der Pommesbude aus beobachtete sie das Treiben auf dem Berger Markt. Gerade fuhr ein Lieferwagen vor und lud frische Blumen aus dem Laderaum. Der Lieferwagen! Während sie ihr Smartphone aus der Tasche fischte, fiel ihr ein, dass Iska aus pädagogischen Gründen bestimmt auch ihr Handy zu Hause gelassen hatte.

Eine Stunde später stand sie vor der Haustür des Einfamilienhauses. Tatsächlich klebte schon ein Foto von Igor am Gartenzaun. Igor, der Familienretter. Seine Knopfaugen sahen vertrauensselig in die Welt. Der Arme. Jona schloss die Tür auf und winkte der Nachbarin ein letztes Mal, bevor sie ins Haus trat. Dass sie den Schlüssel bis auf weiteres behalten solle, hatte Margit Schulte gesagt. Ob ihre Schwester das genauso sah? Beklommen zog Jona die obere Schublade des Flurschrankes auf. Wie erwartet lag ein Arsenal von Schlüsseln darin. Und in der linken Ecke nebeneinander aufgereiht vier Mobiltelefone, eine Smartphone-Familie, die harmonisch nebeneinander schlummerte. Das pinkfarbene lag außen, Melanie hatte bestimmt noch kurz vor der Abfahrt einen Blick darauf geworfen. Jona spürte das vertraute Kribbeln unter der Kopfhaut. Bevor sie einen Gedanken fassen konnte, lag das Smartphone in ihrer Hand und ihr Daumen drückte die Home-Taste, doch das Display blieb schwarz. Erleichtert legte sie es in die Schublade zurück. Der Schlüssel zum Lieferwagen lag wie erhofft zwischen den anderen. Fehlte nur noch der zur Garage. Sie stopfte die Sammlung der losen Schlüssel in ihre Jackentasche und probierte am Garagentor sämtliche Exemplare durch, bis sich der passende fand.

Der Bully war noch schmutziger als beim letzten Mal, und als sie wenig später durch das steinerne Tor fuhr, blinkte die Tankanzeige auf. Fluchend drückte Jona das Gaspedal durch und verließ Niederrad, ohne noch einen Blick in den Rückspiegel zu werfen.

Um kurz nach halb sechs parkte sie den Lieferwagen gegenüber des Bunkers und zog sich eine Baseballkappe über. Die Kappe weckte ungute Erinnerungen. *Deine Spionagekappe*, hatte ihr Ex-Freund Ron letztes Jahr gespottet. Und jetzt saß sie in einem geliehenen Lieferwagen, um den Eingang des Bunkers zu beschatten. War sie süchtig nach Regelverletzungen? Nach dem Kick des Verbotenen, persönlichem Drama? Im Rückspiegel begegnete ihr ein Paar grüner, zweifelnder Augen. Sie zog die Kappe tiefer in die Stirn und drückte sich in die Lehne. Ihre Kamera lag auf dem Beifahrersitz, das Handy schlief im Ruhemodus. Vorsichtsmaßnahmen für den Notfall, von dem sie nicht wusste, was er konkret bedeutete.

Die ersten Minuten verstrichen, ohne dass überhaupt jemand den begrünten Mittelstreifen vor dem Bunker betrat. Nur eine getigerte Katze strich vorbei.

Warten! Aber Warten war nicht nichts tun. Warten war Konzentration auf das, was die lineare Zeit zerschoss. Eine Art Gedankenfeuerwerk, das bei Bedarf angehalten werden konnte, um in Ruhe betrachtet zu werden, bis es sich nach einer Weile wieder von selbst entzündete und dabei das größte Chaos im Kopf anrichten konnte. Warten war nichts für Menschen mit schwachen Nerven.

Du lügst, hörte sie Iska in Gedanken rufen, das Kleid bis zu den zehnjährigen Kinderwaden, ihre Füße in Badeschlappen und in der Hand Bonbons, deren klebrige Reste sich an sämtlichen Türgriffen des französischen Ferienhauses wiederfanden. Dabei hatte sie nur ihren Trick verraten, wie sie Baffino, den dort lebenden Kater, auf ihren Schoß bekam. Warten! Jeden Sommer die gleichen Palmen, Eisbecher, Strandausflüge, Abendessen im Garten und die steile Straße zum Haus, auf deren kurvigen Bögen ihr immer schlecht wurde. Und das Warten auf den getigerten Kater, der nur selten um die Beine der Gastfamilien strich. Aber immer um die ihren.

Schmunzelnd sah Jona der Katze nach, die hinter dem Bunker im Gebüsch verschwand. Iska und Ideenfeuerwerke, das schloss sich aus. In Gedanken sah sie die Zehnjährige mit dem Fuß auf den Boden stampfen und dabei den Kater vertreiben, der sich umstandslos wieder einmal auf den Schoß ihrer großen Schwester gesetzt hatte. Der unerträglichen Jo, die …

Ein weißer Fiat schlich die Straße entlang und parkte zwanzig Meter vor dem Bunker. Die Fahrerin blieb im Wagen sitzen und senkte den Kopf. Elektrisiert kletterte Jona in den Innenraum des Bullys und duckte sich hinter den Beifahrersitz, bevor sie das alte Fernglas ihres Vaters aus der Tasche zog und nach draußen spähte.

Als sie es wieder herunternahm, zitterten ihre Hände. Sie war keinem Hirngespinst erlegen, keiner Paranoia. All die Szenarien, die sie in den letzten Tagen in ihrem Kopf durchgespielt hatte, waren möglich geworden. Sie musste mit Melanie reden. Iska einweihen.

Wieder schob sie das Fernglas vor ihre Augen. Die Musiklehrerin tippte etwas in ihr Handy. Vielleicht versuchte sie, Melanie zu erreichen, oder eine andere Person. Jona sackte auf den Boden des Bullys. Konnte es gefährlich werden? Sie hatte nicht nur sich selbst, sondern auch ihre Nichte ins Spiel gebracht. Dass Moritz gemeinsame Sache mit der Musiklehrerin machte, war unwahrscheinlich. Er war ehrlich bestürzt über Vesnas Tod gewesen. Außerdem wusste Irene Berg nicht einmal, wann seine Band in Wirklichkeit probte.

Ein ohrenbetäubender Schlag ließ sie hochfahren. Sie zog die Schiebetür auf und sah dem Radfahrer hinterher, der nach seinem Tritt gegen ihren Wagen in halsbrecherischem Tempo davonraste. Blieb zu hoffen, dass Frau Berg der Vorfall entgangen war. Jona stutzte. Über die Kreuzung schlenderte ein Mann in Wildleckerjacke und Stiefeln. Ein eleganter Schal wehte um seinen Hals. Die Hände in den Taschen seiner Hosen, steuerte er direkt auf den weißen Fiat zu. Woher kam er ihr bekannt vor? Aus dem Fernsehen! Sie schlüpfte in den Lieferwagen und zoomte sein Gesicht in Nahaufnahme heran. Ein eitles, vorfreudiges Lächeln umspielte seinen Mund. Er war älter als im Videoclip. Und ungeschminkt. Atemlos verfolgte Jona, wie er sich dem Wagen der Lehrerin näherte. Wie sie die Fahrertür öffnete und ausstieg. Wie er, noch immer die Hände in den Taschen, ohne eine Geste des Erkennens an ihr vorbei lief. Auch Irene Berg sah angespannt in Richtung des Bunkers, ohne ihn zu beachten. Ein selbsternannter Guru, der Mädchen anwarb und Irene instrumentalisierte. Hatte sie das wirklich einen Moment lang gedacht?

Es war schon etwas her, dass sie den Trailer der Show gegoogelt hatte. *Zeig dich!* Ein seriöses Format, wie es schien. Vorsichtig zog sie die Schiebetür von innen zu und setzte sich wieder auf ihren Beobachtungsposten. So wie Irene Berg dort auf dem Mittelstreifen stand, mit hochgezogenen Schultern, sah sie aus wie das perfekte Opfer. Jona zog ihr Notizheft aus der Tasche und notierte sich den Gedanken.

Als sie wieder aufsah, verschwand die Lehrerin gerade hinter der Eisentür in die Tiefen des Bunkers.

Sollte sie ihr hinterher, sie im Labyrinth der Gänge und verschlossenen Türen zur Rede stellen? Oder den weißen Fiat vor dem Hintergrund des Bunkers fotografieren? Das bewies nichts. Sie setzte sich hinters Steuer des Lieferwagens und wartete, und als die Musiklehrerin nach wenigen Minuten wieder ins Freie trat und in ihren Wagen stieg, folgte sie ihr. Der Verkehr floss unruhig. Angespannt klemmte Jona hinter dem Steuer und versuchte, sich Irene Bergs rücksichtslosem Fahrstil anzupassen. Iska würde ihr die Hölle heiß machen, wenn ein Strafzettel an die Bürgerinitiative ging. Sie jagten an Geländewagen vorbei durch die Innenstadt, überquerten den Main und bogen nicht nach Niederrad ab, wie sie einen Moment befürchtet hatte, sondern Richtung Goetheturm. Auf Höhe des Lokalbahnhofes begriff sie endlich. Sie brachte zwei Autos zwischen sich und den weißen Fiat und bog vor der Sachsenhäuser Warte in die Tankstellenauffahrt. Gegenüber, auf dem Parkplatz des Südfriedhofs, kam der Wagen der Lehrerin zum Stehen. Hier waren sie also gelandet. Am traurigsten Ort der Welt. Sie würde Irene Berg fünf Minuten Vorsprung geben und zu ihr stoßen, bevor sie der Toten ihren Kummer zu Füßen gelegt hatte, im Moment der äußersten Ratlosigkeit und Demut. Inzwischen war sie sicher, dass die Lehrerin Hilfe brauchte.

Es dauerte eine Ewigkeit, bis sich eine Lücke in der Reihe stadteinwärts rasender Wagen auftat und Jona auf die andere Straßenseite sprinten konnte. Kaum war sie hinter die Tore des Friedhofes gelangt, verlangsamten sich ihre Schritte. Die Stille tat gut. Sie lief an dem Sockel mit dem Engel vorbei und entlang der begrünten Nadelbäume, bis sie den Gang erreichte, der zu Vesnas Grab führte. Irene Berg stand vor dem schlanken, polierten Granitstein, in den ein Bildnis Vesnas eingemeißelt war. Sie sah schmal aus in der dunkelblauen Strickjacke und ihrer Jeans. Reglos sah sie auf das von Blumenrabatten eingefasste Grab. Es war ungehörig, sich von hinten anzuschleichen und diesen Moment zu stören, aber hier, im Angesicht des Vergangenen, galten andere Gesetze. Es gab keinen besseren Ort für die Wahrheit.

Jona atmete tief durch und setzte sich in Bewegung, als ein Klingelton den Frieden störte. Sie konnte sich gerade noch hinter den Blättervorhang einer Trauerweide retten, bevor Irene Berg sich vom Grab abwandte und sich mit dem Handy auf das Ruhebänkchen am Gehweg kauerte. Eine Weile hielt sie schweigend den Hörer ans Ohr. Nicht nur ihre Knie, der ganze Körper wippte unruhig.

„Sie spioniert mir nach“, sagte sie tonlos.

Jona drückte sich an die Rinde des Baumes und überschlug die Möglichkeiten, die sich ihr boten. Hervortreten und mit einem letzten Rest Souveränität der Situation ein Ende bereiten oder hoffen, dass sie unentdeckt blieb.

„Wer denn sonst?“ Irene Berg zog einen silbernen Stift aus ihrer Handtasche, drückte darauf herum und führte ihn an den Mund. Für eine Sekunde war ihr Kopf eingenebelt. Eine E-Zigarette.

Mit der Wasserdampfwolke trug der Luftzug zugleich Wortfetzen zu Jona hinüber und einen Namen: Mende. Verflucht. Sie schnappte das Wort *Vespa* auf. Hatte die Konrektorin ihr also doch hinterhergesehen und ihre ehemalige Lehrerin informiert! Ein älterer Mann mit einem Blumengesteck in den Händen kam den Weg entlang. Sie duckte sich. Was Steiner von ihrer Aktion halten würde, war klar. Ihn konnte sie schlecht bitten, die Handyverbindungen von Irene Berg nachsehen zu lassen. Wieder zog ein Schwall süßlicher Tabakluft zu ihr herüber, während sie sich ausmalte, wie sie mit wenigen Schritten bei der Lehrerin war und ihr das Handy aus der Hand riss, um sich die Nummer des Absenders zu notieren.

„Ich weiß nicht, ob ich das kann", sagte Irene Berg, bevor sie wieder am Mundstück saugte, als ließe sich mit dem Liquor zugleich ihre Wut verdampfen. „Nein, hab ich nicht."

Jona betrachtete die blasse Lehrerin, die ihre Umgebung ausgeblendet hatte und der Stimme im Hörer lauschte. Der Moment der Reue oder was immer sie auch zu Vesnas Grab geführt hatte, war vorbei. Vorsichtig trat Jona ein paar Schritte zurück und fiel, nachdem sie den nächsten Gang erreicht hatte, in einen leichten Laufschritt.

Als sie in den Lieferwagen stieg, fühlte sie sich plötzlich beobachtet. Erst am Goetheturm ließ das Gefühl nach. Sie parkte den Wagen und setzte sich mit ihrem Notizbuch auf die Bank vor der umzäunten Stelle, an der früher der Holzturm gestanden hatte. Das Lachen und Schreien tobender Kinder tat gut. Räder fuhren knirschend über Schottersteine, und auf großen Tabletts wurden Eis und Weizenbiere in den Gastgarten gebracht; eine heile Welt, Freizeitwelt, Millionen Lichtjahre von der ihren entfernt. Im Innern der Absperrung suchte sich bereits wieder Grün seinen Weg in die Freiheit und sprießte durch das aufgeschüttete Mulchbett.

Seit die Flammen eines absichtlich gelegten Feuers den Goetheturm restlos verzehrt hatten, standen die vier Steinfüße wie ein Relikt vergangener Zeit an jener Stelle. Die Steinquader gewährten einen freien Blick in den Wald. Eine befreite Stelle, dachte sie, eine, die atmete und der man heimlich den

Schutzzaun aus Draht niederreißen sollte. Schutzraum niederreißen. In ihrem Kopf herrschte heilloses Durcheinander. Beinahe widerwillig senkte sie ihren Blick auf die blanke Seite des Notizbuches, die sich wie in Zeitlupe mit den ersten Gedanken zu füllen begann.

Irene Berg ein Opfer?, schrieb sie und setzte hinter das Fragenoch ein Ausrufezeichen. Die Bleistiftspitze kratzte übers Papier, als sie die wenigen Gesprächsfetzen, die ihr noch in Erinnerung waren, notierte.

Hab ich nicht, stand zuunterst.

Hab ich nicht – was? Gesehen? Verstanden? Gekriegt? Vergessen? Hab ich nicht vergessen.

Jona hielt inne und betrachtete den letzten Satz. Das konnte die Antwort auf eine Drohung gewesen sein. Oder auf eine Erinnerung an ein Versprechen. Den Mädchen hatte Irene Berg versprochen, sie für die Show zu coachen. Aber sich von Vierzehnjährigen unter Druck setzen lassen? Ihre Gedanken wanderten zum Tag der Beerdigung, als Kim sich ihr unvermittelt in den Weg gestellt hatte. Dieser stechende Blick und das Halstattoo mit der provokanten Aussage, die sie jedem Betrachter entgegenstreckte. *BLA*. Egal, was Mel über ihre Freundin sagte, ihr Grinsen war feindselig gewesen. Hyänen, Kannibalen. Verrat. Vesna mochte dramatisch veranlagt gewesen sein, dennoch hatte ihr jemand zugesetzt. Allein die Sache mit dem Musiker. Sie hielt inne. Hatte Kim nicht vor dem Friedhof bei der Musiklehrerin gestanden? Und die war danach sehr schnell gegangen. Aber im Nachhinein bei entsprechender Betrachtung sah alles verdächtig aus.

Ein Scheppern von Metall riss sie unsanft aus ihren Gedanken. Vor der Absperrung stand ein kleiner Junge und rüttelte an den Gitterstäben, als habe er ihre stumme Bitte, Schutzraum niederzureißen, erhört.

3

Entspannungswochenende! Melanie leerte ihr Teeglas und zog vorsichtig ihren Fuß unter Igors warmem Körper hervor. Er wirkte als einziger wirklich gechillt. Spielen, Fressen, Rennen, gekrault werden – und nach den Wanderungen durch den Odenwald ins Körbchen fallen. Alles schien sich um ihn gedreht zu haben. Dabei war sie das Objekt der Beobachtung gewesen. Kaum ein paar Meter vom Familientrupp entfernt, waren ihr schon besorgte Blicke gefolgt. Am Abend Lächelzwang und Kartenspiele. Sie hatte versucht, sich zu erinnern, was für ein Mensch sie vor drei Monaten gewesen war und die Rolle das Wochenende hindurch tapfer gespielt. Hier, zurück in Niederrad, war die Realität über sie hereingebrochen.

Gut, dass alle außer ihr tatortsüchtig waren. Sie stand auf, schnappte sich die Laufleine und verließ mit Igor das Haus. Die Straße war wie ausgestorben, nur das bläuliche Flimmern in den Fenstern zeugte von menschlicher Existenz. Und das Motorradknattern in der Ferne. Vor dem Kiosk mit der immer gleichen Auslage – Zeitschriften, Stifte, Elektrokram – standen zwei Männer und rauchten. Sie zog ihr Smartphone aus der Tasche und sah drei verpasste Anrufe von *CD*, die keine Nachricht hinterlassen hatte. Auch von den anderen nicht eine Zeile. Die anderen. Ihr wurde heiß. Kim oder Dorothee. Eine der beiden musste ihr diese feige Nachricht geschickt haben und sie so zum Weitermachen zwingen wollen. Ungeduldig zerrte sie den japsenden Welpen von der Laterne. Vesna war also an ihrem Egoismus zerbrochen. So einfach war das. Und als nächstes würde ihr Aussteigen Dorothee zerstören.

Das war wirklich Zickenkrieg. Nein, Terror. Noch schlimmer: eine Drohung. Jemand, der sie in etwas zu verstricken suchte. Abrupt blieb sie stehen und wurde von Igor, der auf eine Taube zugeschossen war, ein Stück vorwärts gerissen.

Verstrickungen. Hatte Jona das nicht über Irene Berg gesagt? Sie blieb stehen und sah zu, wie Igor sich auf den Asphalt hockte und ein Rinnsal produzierte, wie es sich auf dem Gehsteig verzweigte und in die Grasnarben des Pflasters sickerte.

A small step, one ahead and two steps back. Back and forth, back and forth. Sie kehrte um und betrat den Kiosk. Beim Bezahlen der Flasche Wasser beugte sie sich weit vor und ließ, als der Mann hinter dem Tresen sich zur Kasse wandte, zwei Plastikfläschchen mit dem süßen Wodkagetränk in ihrer Jackentasche verschwinden. Auf der Party hatte sie drei davon getrunken. Das war gut gewesen, das Luftschiff in ihrem Kopf. Das große Vergessen.

Doch in dieser Nacht war an Schlaf nicht zu denken. Die Fläschchen waren längst ausgetrunken und in die Schultasche gestopft, die Decke bis über beide Ohren gezogen. Um drei Uhr morgens gab sie es auf. Sie trat barfuß ans Fenster und versuchte, den flackernden Stern, den sie so oft von ihrem Bett aus sah, auf einen Punkt am Himmel zu fixieren. Mit zusammengekniffenen Augen sah es aus, als sende er Strahlen. Oder war das der Wodka, der noch in ihrem Kopf kreiste? Der Alkohol hatte Erinnerungen gebracht, statt müde zu machen. Erinnerungen.

Sie setzte sich aufs Bett. Wenn Vesna jetzt online wäre. Ihre Brust klopfte heftig, als sie auf das WhatsApp-Profil ihrer toten Freundin ging. Das Bild, auf dem sie geschminkt und mit langem Zopf ihr schüchternes Lächeln zeigte, war noch immer da, genau wie alle Nachrichten, die sie sich geschrieben hatten.

Auch die Videos. Auch *das* Video mit der Liveaufnahme von dem Tag, dem Tag mit dem verdammten Streit.

Es war schon früh dunkel gewesen an jenem Dezembernachmittag, und sie hatte ihre Freundin ein Stück auf dem Heimweg begleitet. Eine dünne Schneeschicht bedeckte Frankfurt. Die Kälte schnitt in ihre Gesichter, und ihre Schultern schmerzten noch immer vom unterkühlten Gewächshaus.

„Was Kim und Dorothee wohl noch im *On Stage* machen?" Melanie wandte sich ihrer Freundin zu, die schweigend neben ihr her lief.

„Lästern", antwortete Vesna und schob ihre Hände in die Manteltaschen. „Über mich. Und über den Song."

„Naja. Ist auch ein bisschen schwierig. Du stichst uns ja damit alle aus."

„Aha." Vesna blieb stehen. Die blinkende Lichterkette im Schaufenster des Asiashops spiegelte sich auf ihrer Haut.

Melanie fand, dass sie aussah wie eine Eisprinzessin, wie sie so dastand in dem Mantel und ihren Stiefelchen, die grazile Abdrücke im Schnee hinterließen. Eine Unberührbare, Unerreichbare. Eine, die hochsensibel und genial war, und dabei zu schüchtern, um ihren Tiefgang zuzugeben. Tiefgang. So stand es in dem Skript. Aber dass sie alles bekam, was sie wollte, stand nicht darin. Kein Moment des Bedauerns, dass man neben ihr immer ins Mittelmaß fiel. Jetzt wieder die Sache mit dem A-cappella-Singen. So tiefsinnig. Und natürlich musste es ein selbstgemachter Song sein. Damit rutschten die Chancen der anderen auf null.

„Was ist denn?" Vesna legte ihren Kopf schief. „Ich mache doch nur das, was ihr auch macht." In ihrem Blick lag Trauer.

Nein, Bedauern. Mitleid. Weil sie wusste, dass sie gewinnen würde. Eiskalter Wind fuhr Melanie ins Gesicht.

„Und seit wann komponierst du?"

Die Freundin zuckte mit den Schultern. Ein wechselndes Farbspiel auf ihrem Gesicht. Diese epileptische Lichterkette. Früher hätten sie gelacht darüber, aber jetzt starrte Vesna auf ihre Stiefel, bevor sie aufblickte und tief Luft holte. „Okay, er war es." Sie lächelte schief. „Ich hab ihm meinen Text vorgelesen, und dann ist ihm diese Melodie eingefallen. Schlimm?" Vesna rückte ihre Mütze zurecht. Eine schneeweiße Mütze. Eisprinzessin. Die Eisprinzessin und der Engel. Ihr *Fallen Angel*, den noch niemand live außer auf dem Schulfest zu Gesicht bekommen hatte.

„Und wieso hast du über Zweifel und Träume gesungen? Das sind meine Themen."

„Entschuldige", sagte Vesna nach einem erstaunten Blick, aber es klang nicht wie eine Entschuldigung. Es klang nach dem, was Kim neulich vor sich hingemurmelt hatte. Überheblich. Genau wie ihr Angebot, dass sie ebenso gut über etwas anderes singen könnte, und ihre Versicherung, ihr würde schon etwas einfallen.

„Natürlich", hörte Melanie sich sagen, „weil du so großartig bist." Und dann fuhr ihre Hand unter den Schal und riss an der Kette, die sie trug. Woher kam nur diese Wut? Sie hielt den Glückspilz aus rotem Emaille in ihren Wollhandschuhen, durchzogen von erbittertem Zorn, plötzlich kalt wie der Wind, der um die Ecken fegte. Dann streckte sie ihre Hand aus und ließ den Anhänger, den Vesna ihr geschenkt hatte, samt Kette in den Gulli am Bordsteinrand fallen.

Melanie umklammerte das Smartphone in ihrer feuchten Hand. Der Mond legte einen fahlen Streifen Licht auf ihre Bettdecke. Ein Knopfdruck, und Vesna würde auf dem Display erscheinen und mit ihrer melancholischen Stimme ihr letztes Lied singen. Es hätte sie damals beinahe die Freundschaft gekostet. Wie oft war sie nach ihrem Streit an die Stelle gegangen und hatte unter dem Gulli nach dem Anhänger getastet, aber der Glückspilz aus rotem Emaille war unwiederbringlich verloren, und danach war nichts mehr wie früher gewesen. Auch als sie sich entschuldigt und Vesna zur Versöhnung ins Kino eingeladen hatte.

Ein Riss war geblieben.

Sie hatte gedacht, Vesna löge, um sich interessant zu machen, und bilde sich nur ein, dass andere schlecht über sie redeten, Lügen über sie verbreiteten und ihr abfällige Blicke zuwarfen. Und dass sie nur damit kokettierte, aussteigen zu wollen. Aber vielleicht, nein, wahrscheinlich hatte das alles gestimmt. Wenn so unglaubliche Sachen geschehen konnten wie die ominösen Anrufe bei Moritz.

Melanie schloss die Augen. Ihre Stirn brannte wie Feuer. Ein Klick, und alles war wieder da. Ein Klick nur. Sie zuckte zusammen, als das Display das Standbild des Videos zeigte und nach einem Tippen ihres Daumens der Film losging.

Eine halbe Stunde später lag sie tränenüberströmt auf ihrem Bett. All ihre Wortwechsel der letzten sechs Monate, Links, Bilder, Emoticons, all die Dinge, die sie sich in knappen *messages* geschickt hatten – Geschichte.

Das letzte Wort war gesprochen. Das letzte Lachen unwiderruflich geteilt. Und Vesnas Traum, eine lyrische Songwriterin zu werden, ausgeträumt. *CD* hatte in den Skripten eine dramatische Zweiflerin aus ihr gemacht, hatte Melancholie und Weltschmerz betonen wollen, aber in Wirklichkeit war Vesna eine Poetin gewesen.

Was war eigentlich mit ihrem Skript passiert? Melanie wischte sich über ihr nasses Gesicht und sah verschwommen den Stern am Himmel, der weiße Fäden zog. Die Vorlage davon, die Vesna selbst entworfen hatte, stand in dem Notizbuch mit der Spiralprägung. Seit Wochen trug sie es in ihrer Schultasche mit sich herum wie einen geheimen Schatz. Ein Schatz, den niemand heben sollte. Sie trat ans Fenster und suchte den Stern, der noch immer hell und unnahbar am Himmel funkelte. Sobald die Sonne aufging, würde sie den Ort aufsuchen, den sie seit Vesnas Tod gemieden hatte.

Im Morgenlicht wirkte das Willemer-Häuschen unwirklich, ein Relikt vergangener Zeiten. Melanie kletterte über den Holzzaun und trat in den hinteren Teil des Gartens, in dem die Bank mit der Inschrift stand. Von hier ragte die schlanke Rückseite des Turms vor ihr auf. Elfenbeinturm. Und wenn Vesna plötzlich am Fenster stand und von innen winkte? Was für kranke Gedanken. Aber die Vögel zwitscherten so abnorm laut. So irreal.

Mit der Handschaufel, die sie aus der Schultasche zog, hatte ihre Mutter gestern noch das Hochbeet bearbeitet. Sie sah sich prüfend um, bevor sie in die Hocke ging und ihr Werk begann.

Mehrmals musste sie vor Vorbeilaufenden Schutz im Gebüsch suchen, doch dann klaffte ein DIN-A4-großes, tiefes Loch im Erdreich. Sie legte das Buch in die Mulde und strich ein letztes Mal darüber. In der Nacht hatte sie es noch einmal gelesen, und mit den Worten war der letzte Groll gewichen. Ihre Freundin war in ihre Erinnerung zurückgekehrt, so, wie sie wirklich gewesen war.

Behutsam griff sie eine Handvoll Erde und ließ sie auf das Lederbuch rieseln. Es fühlte sich an, als würde sie Vesna noch einmal begraben. Oder ihr die letzten Gedanken zurückbringen. Wieder durchschnitt das Gezwitscher der Vögel die Morgenstille. Einer war ganz besonders laut. Sie wagte nicht aufzusehen. Schaufelte mit den Fingern Erde über Vesnas letzte Gedanken, klopfte sie fest und schob neue darüber, bis die Stelle unter der Bank ebenmäßig war. Nach einem Blick auf den geschlossenen Turm und die Ginkgo-Bäume kletterte sie über den Zaun und trat den Weg zur Schule an.

Der Unterricht hatte längst begonnen, als sie ihr Fahrrad neben dem Pausenhof anschloss und das leere Treppenhaus durchquerte. Beim Betreten des Klassenraumes murmelte sie eine Entschuldigung und nahm die Rose, die auf Vesnas Stuhl lag, herunter, um selbst dort Platz zu nehmen. In der Klasse wurde es so still, wie es noch unter keinem der Lehrer der Fall war. Es war Malte Brandt, der ihr zunickte und mit der Sturm-und-Drang-Zeit fortfuhr, als sei nichts geschehen. Verstohlene Blicke trafen sie, besonders der von Kim schräg hinter ihr brannte ihr im Nacken. Sollten sie doch glotzen.

Sie sah zum Whiteboard. Graf zu Stolberg – *Über die Fülle des Herzens*. Na toll. Den Werther hatte er sich wohl nicht getraut. Blind starrte sie nach vorn, wo Brandt etwas über das Gedicht erzählte. Empfindsamkeit, tragische Helden und eine leidenschaftliche, poetische Sprache. Vesna wäre begeistert gewesen. Sie dachte an die vergrabenen Worte, den Schatz, von dem sie niemanden erzählen würde, und schrak erst aus ihren Gedanken, als die Schulglocke läutete. Die Rose in der Hand, verließ sie das Zimmer. Was sollte sie jetzt damit tun? Am besten würde es sein, die Rose auf Vesnas Grab zu legen.

Seit der Beerdigung war sie nicht dort gewesen. Sie schöpfte sich Wasser ins Gesicht und wickelte nasses Toilettenpapier um den Stiel.

Kim fing sie vor den Toiletten ab. Ihr kurzes, lockiges Haar fiel ihr in ungewaschenen Strähnen ins Gesicht.

„Mel, ist was passiert?"

„Tu nicht so."

„Hey, cool down. Ich weiß nicht …"

„Wir reden in der Pause. Am Schultor." Melanie ließ sie vor der Mädchentoilette stehen und betrat den Klassenraum, in dem ein wildes Durcheinander herrschte. Die einzige, die seelenruhig an ihrem Tisch lehnte und ein Heft durchblätterte, war Dorothee. Lippen und Augen waren geschminkt, so, als versprühe ihre bloße Gegenwart einen Glanz. Ihr feines Lächeln wirkte arrogant.

Eine Stunde später war die Starallüre vergessen. Die anonyme SMS, die Melanie, auf dem Metallsteg des Geländers sitzend, vorgelesen hatte, war wie eine Bombe eingeschlagen.

„Mich auf dem Gewissen haben?" Dorothees Haut hatte die Farbe ihrer Haare angenommen. „Wieso das denn?"

„Hey, das wird langsam spooky. *Du solltest weitermachen* – das ist eine Drohung." Kim kreuzte ihre Arme, an denen sich die Bizepse wölbten. Seit *CD* ihnen ein halbes Jahr Sportstudio spendiert hatte, trainierte sie mehrmals in der Woche.

„Und die Nachricht ist nicht von euch?"

„Bist du bescheuert?", zischte Kim. Sie fingerte nach Tabak in ihrer Jeans und drehte sich eine Zigarette. Auf dem Schulhof in ihrem Rücken schrien sich zwei Jungen an.

„Ich schlag dich tot", hörten sie den einen brüllen.

„Mach doch, dann ist Ruhe", murmelte Kim und inhalierte den ersten Zug.

„Hat euch Frau Berg auch von diesem Fernsehtypen erzählt, den sie kennt?“ Dorothee sah sie fragend an. „Der, der Sendungen entwickelt und sich da auskennt. Und ihr immer Tipps gibt. Vielleicht war der das ja?“ Sie wedelte den Rauch aus ihrem Gesicht.

„Nee, wer soll das denn sein?“

„Und vor allem – wieso sollte er das machen?“, fragte Kim.

„Weil wir echte Chancen haben? Und er will, dass jede von uns weitermacht?“ Die Farbe ihres Gesichts war ins Tiefrote gewechselt. „Vielleicht sind wir ja schon ein Teil der ganzen Maschinerie und wissen es nur noch nicht“, setzte sie kaum hörbar hinzu.

Melanie wandte ihren Blick ab. Dorothee schied definitiv aus. Wie konnte man so naiv sein. Alleine um einen Gartenschirm Poledance üben und denken, die Welt interessiere sich dafür.

„Wir müssen zu *CD*.“

„Und wenn die SMS von ihr selbst ist?“ Dorothee schluckte. „Als Vorbereitung?“

„Hey, Milva – weißt du vielleicht doch mehr?“ Kim war einen Schritt vorgetreten und durchbohrte sie mit ihrem Blick. Der Kragen ihres Hemdes hatte sich verschoben und entblößte unter der tätowierten Inschrift *BLA* die weitere, frisch gestochene Sprechblase, zu der noch der Text fehlte.

„Ich weiß ja nicht, was ihr wisst“, erwiderte Dorothee trotzig.

„Keine weiß, was die andere weiß.“ Im Geiste sah Melanie Irene Berg im *On Stage* ihre flammende Rede halten. Sie hatte davon gesprochen, in der anderen eine Konkurrentin zu sehen und sich mit dem Wahn des Showbusiness vertraut zu machen.

Allmählich leerte sich der Schulhof. Kim kickte den ausgetretenen Zigarettenstummel in den Rinnstein. „Okay, wir müssen mit ihr reden. Alle zusammen. Morgen nach der Musik-AG."

„Fällt aus. Ich hab's vorhin angeschlagen gesehen", sagte Dorothee. „Aber vielleicht können wir mal eine Pause machen. Wir schreiben am Donnerstag Geschichte. Außerdem soll meine Mutter ja nicht misstrauisch werden. Wir haben doch noch drei Wochen bis zur Anmeldung."

Sie rollte den rechten Ärmel ihrer Bluse nach oben, als wollte sie das Armbändchen, das sie alle trugen, absichtlich zeigen. Eine für alle, alle für eine. Der Spruch der drei Musketiere. Aber sie waren zu viert gewesen. Das ganze Bild war schief, von Anfang an.

Es war Kim, die am Abend des nächsten Tages mit einer Riesenpackung Merci vor ihrer Haustür stand und sie im Beisein ihrer Mutter fragte, ob sie ihr noch einmal helfen könnte. Morgen Nachmittag. Wegen der Geschichtsarbeit.

Nachdem Melanies Mutter ins Haus zurückgekehrt war, drehte Kim die Schachtel mit der Schokolade und grinste.

„Lass es dir schmecken."

Der Schlüssel, den ein doppelter Klebestreifen am Boden der Packung hielt, war von Rostflecken überzogen. Sie erkannte ihn erst, als Kim schon mit dem Rad über das Kopfsteinpflaster holperte. Am Torborgen drehte sie sich noch einmal um und winkte. Melanie riss den Klebestreifen mit dem Schlüssel ab, bevor sie ins Haus zurückging. Ihre Mutter stand im Türrahmen zur Küche und feixte.

„Ihr seid ja spießiger als wir früher."

„Bestechung. Ohne mich würde sie hängen bleiben."

Das Zellophan knisterte unter ihren Händen, als sie die

Packung öffnete, sich drei eingeschweißte Rippen herausnahm und den Rest ihrer Mutter gab.

„Kleine Spende. Ich ... " Sie stockte. Mit dem Lächeln ihrer Mutter stimmte etwas nicht. „Ich geh mal nach oben."

Auch ihr Nicken wirkte nachdenklich. Reglos stand ihre Mutter im Türrahmen und sah ihr die Treppe hinauf nach. Vielleicht hatte sich der Schlüssel durch die Vordertasche ihrer engen Jeans abgezeichnet.

Im Zimmer lag Igor auf dem Kopfkissen ihres Bettes. Vorsichtig schmiegte sie sich an seinen im Schlaf zuckenden Körper. Warum hatte Kim ihr einen Schlüssel vom *On Stage* gebracht? Und woher hatte sie ihn? Steckte vielleicht ein gestohlener Schlüssel in ihrer Tasche? Neulich im McDonald's hatte Kim durchblicken lassen, dass sie von ihrer Klauaktion wusste. Eine Falle? Aber sie waren doch befreundet. Vorsichtig löste sie sich von Igor und holte ihr Smartphone vom Schreibtisch. Kim war ihr schon zuvorgekommen.

Morgen Punkt acht Südbahnhof, Ausgang Mörfelder. Dauert nicht lange. Du hast verschlafen, und ich schwänz die ersten beiden. Es ist wichtig. Vielleicht sogar krass ... Kim. PS: Schlüssel nicht vergessen, las sie und stellte sich vors Fenster, während sie die Nummer ihrer Freundin wählte. Über das Kopfsteinpflaster hüpfte ein Vogel einbeinig, als spiele er Himmel und Hölle. Sie lauschte dem Freizeichen im Hörer, bis die Verbindung abbrach. Nicht mal die Mailbox war eingeschaltet.

Kim wartete schon vor der Bäckerei am Südbahnhof, als sie von der Mörfelder Landstraße ausscherte und ihr Rad auf den Bordstein lenkte.

„Hast du ihn dabei?"

Melanie nickte.

„Dann los. Am besten eine Parallelstraße, damit wir Dorothee nicht in die Arme laufen, wenn sie zu spät dran ist. Lass dein Rad hier stehen. Ich erklär es dir später."

Den Großen Hasenpfad liefen sie im Gleichschritt, ohne ein Wort zu wechseln. Wie zu einer geheimen Verabredung. Mit wem? Oder ging es darum, jemanden zu bespitzeln? Etwas zu präparieren. Zu finden, zu zerstören. Wie auf der Party neulich. Der asphaltierte Gehweg, in den sie einbogen, war die direkte Verbindung zur Straße, in der das Haus stand, und dem Garten mit dem *On Stage*. Melanie blieb stehen und hielt ihre Freundin an der Sweatjacke fest.

„Warum ohne Dorothee?"

Der lange Blick, der sie traf, besaß etwas Hypnotisches. Melanie zwang sich, ihm nicht auszuweichen, bis ihre Freundin mit den Schultern zuckte.

„Weil ich unserer Milva gerade nicht traue."

Eine Erwiderung blieb ihr im Hals stecken. Seit der mysteriösen SMS war sie selbst in Zweifel geraten. „Und woher hast du den Schlüssel?"

„Lag in einer offenen Schublade, als ich das letzte Mal das Licht ausgemacht habe. Im Elektrikraum. Ich hab ihn eingesteckt, irgendein dummer Reflex. Frag mich nicht. Ich wollte ihn beim nächsten Mal zurücklegen. Aber nach unserem Gespräch auf dem Schulhof habe ich so ein komisches Gefühl gehabt. Ich bin zu Dorothee gefahren, aber die war nicht da. Niemand war da. Und dann bin ich mit dem Schlüssel ins *On Stage*." Sie machte eine bedeutungsvolle Pause.

„Und dann?"

„Zeig ich dir gleich." Kim wandte sich zum Gehen.

„Und warum hast du mir den Schlüssel gegeben?", fragte Melanie schnell.

Das Lächeln, das sich im Gesicht ihrer Freundin ausbreitete, war so entwaffnend, dass Melanie ihr die Antwort nicht übel nahm. Vielleicht wäre sie tatsächlich nicht mitgekommen, wenn Kim sie einfach gebeten hätte. Über Nacht hatte der fleckige Schlüssel, den sie unter ihr Kopfkissen geschoben hatte, irgendeine Art Macht über sie ausgeübt.

Sie setzten ihren Weg fort.

Als das Haus mit den bodentiefen Fenstern in Sichtweite rückte, verlangsamte Melanie ihre Schritte.

„Und wenn Frau Johansen zufällig aus dem Fenster schaut?"

Kim zog sie weiter, bis sie vor dem Steinsockel mit den eingravierten Initialen standen.

„Ihr Wagen ist weg. Ist doch Mittwoch. Kriegst du eigentlich nie was mit? Da hat sie ihren festen Termin, Dorothee lästert immer." Ihre Augen glänzten. „Hydro Power. Die wird in ein paar Wochen 40 und trimmt sich die letzten Fettzellen aus dem Hirn."

So selbstverständlich, wie es ihnen in der Aufregung gelang, traten sie durch das Tor und folgten dem Steinpfad in den hinteren Teil des Gartens. Begingen sie gerade Hausfriedensbruch?

„Jetzt komm schon", raunte Kim und nahm ihr den Schlüssel aus der Hand.

Im Gewächshaus schlug ihnen kühle Luft entgegen. Kim stellte sich in die Mitte und fixierte einen Punkt oberhalb des Gartenschrankes.

„Sieh mal da oben"

Melanie folgte ihrem Blick.

„Eine kleine Wanduhr. Und weiter?"

„Schon mal aufgefallen, wie neu die aussieht?" Die frische Halstätowierung, an der Kim sich vorsichtig kratzte, schimmerte rötlich. „Beim Singen hab ich sie neulich im Blick gehabt, unsere kleine Wanduhr. Gestern war ich mit Tobi im Elektromarkt, Smartphones checken. Und plötzlich ist mir diese Uhr ins Auge gefallen. Selbe Größe, selbe Form, sogar der rote Sekundenzeiger ist gleich. Und jetzt rat mal, in welchem Regal sie stand."

Wieder fuhr ihre Hand zum Hals, während sie näher an die Uhr oberhalb des Gartenschrankes herantrat und schließlich selbst Antwort gab.

Entgeistert sah Melanie sie an.

„Das ist doch Quatsch. Jede zweite Uhr sieht so aus. Schwarze Zahlen auf einem weißen Ziffernblatt."

„Ja, aber nicht hinter jedem Ziffernblatt versteckt sich eine kleine Linse. Es ist so genial. Ich hab mir alles vom Verkäufer zeigen lassen."

„Und? Hast du nachgeschaut?"

„Genau deswegen sind wir hier."

Ein Schweizer Taschenmesser lag plötzlich in Kims Hand. Sie musste es die ganze Zeit in ihrer Jackentasche getragen haben. Jetzt ging sie ins Elektroräumchen und kam mit einer Leiter zurück.

„Hilf mir mal."

Die wackelige Leiter ächzte bei jedem ihrer Tritte. Melanie presste ihre Hände um die Streben, ohne die Wanduhr aus dem Blick zu lassen. Ihre Kehle fühlte sich an wie Schmirgelpapier, während über ihr geschraubt wurde und schließlich etwas Metallisches zu Boden fiel.

Wieder das Ächzen der Leiter, Kims hochroter Kopf und ihr Nikotin-Pfefferminzatem, als sie ihre Köpfe zusammensteckten und auf den kleinen Plastikchip sahen, der nach einem leichten Druck aus dem Gehäuse gesprungen war.

„Ich hatte Recht. Wie krass.“

„Der hat doch jetzt gesehen, dass wir die Kamera entdeckt haben“, hörte sich Melanie sagen, „jetzt wird es gefährlich. Oder?“

„Wir können es ja löschen“, Kim hielt die SD-Karte ins Licht. „Und wieso überhaupt ‚der‘? Ich kenne nur Frauen, die einen Schlüssel haben. Dorothee zum Beispiel.“

„Und ihre Eltern. Vielleicht wegen Einbrechern.“

„Was willste denn hier klauen?“

Melanie spürte einen Stich. „Und wir. Wir haben einen Schlüssel. Von dir. Du hattest einen Schlüssel.“

Es wurde still im Treibhaus. Dann platzte ein Lachen durch die Stille. „Ich nehme uns hier auf, und dann tue ich so, als ob ich eine Spionage entdecke. Wie krank ist das denn?“ Kim lehnte sich an das Sandsteinbecken und schloss die Speicherkarte in ihrer Faust ein. „Melanie, hör mal. Ich wollte, dass du dabei bist – als Zeugin. Damit du nicht denkst, ich erfinde etwas.“ Sie sah auf ihre Hände. „Du glaubst mir ja nichts mehr.“

Von draußen drang das Motorengeräusch eines Rasenmähers zu ihnen. Sie huschten in den kleinen Anbau, in dem außer einem Holzschrank und kleineren Gartengeräten nichts stand. Schräg gegenüber in der Nische zwischen Tür und Wand saß der verglaste Kasten mit den Sicherungen, die schon bessere Tage gesehen hatten.

„Wenn der Gärtner jetzt reinkommt ...“

„... sagen wir, wir sind Freundinnen von Dorothee und bereiten eine Überraschung für sie vor. Sie hat ja bald Geburtstag.“ Kim sah zu ihr herüber und winkte ab. „Keine Sorge, der kriegt von mir ne flammende Rede auf unsere Freundschaft.“

Flammende Rede! Irene Berg war damals wie aus dem Nichts im *On Stage* aufgetaucht und hatte genauso eine gehalten – über den Recall und dass jede Einzelne alles geben musste. „Weißt du, ob *CD* einen Schlüssel hat?"

Kim sah sie nachdenklich an, bevor sie den Kopf schüttelte. Als die Motorengeräusche sich entfernten, sah Melanie auf ihre Uhr. „Wir müssen langsam."

Den Weg zum Südbahnhof liefen sie schweigend. Immer wieder kontrollierte Kim, ob der Chip noch in der Tasche ihrer Sweatjacke lag. Vom Schwänzen der ersten beiden Stunden war keine Rede mehr. Als sie sich am Hinterausgang des Südbahnhofs trennten und Melanie auf ihr Fahrrad stieg, hatten sie verabredet, sich am Nachmittag im Mainfeld zu treffen.

Dass ihre Mutter ja Bescheid wüsste – wegen der Geschichtsarbeit, sagte Kim zum Abschied, aber es klang lahm. Und den Rest des Vormittags fehlte sie unentschuldigt in der Schule.

Lügen zogen Lügen nach sich. Der Lieblingsspruch ihrer Tante. Melanie stieg auf ihr Rad. Sie hatte Dorothee regelrecht abwimmeln müssen, schon in der Pause nervte die mit Fragen nach Kim, denen sie ausgewichen war und stattdessen von ihrem Familienausflug mit Igor erzählte, und wie toll der gewesen sei. Wieder eine Lüge. Und im Mainfeld wartete Kim mit diesem Chip.

Sie bog spontan in die Schweizer Straße Richtung Innenstadt. Ob die Kamera auch Vesna aufgezeichnet hatte? Ihre Gedanken kehrten zum Garten des Willemer-Häuschen zurück, in dessen Erdreich Vesnas Tagebuch lag, bevor sie sich Sätze für ihre Tante zurechtlegte, wieder verwarf und neu formulierte.

Im zweiten Stock des Bürogebäudes durchquerte sie die Glastür und spürte einen leichten Schwindel, als sie die Tür mit dem Praxisschild erreichte. Das kreisrunde Auge des Spions erinnerte sie an eine Kameralinse. Sie legte ihr eigenes Auge daran und schreckte zurück, als plötzlich Stimmen aus dem Innern zu hören waren und sich gleich darauf die Tür öffnete und eine stark geschminkte Frau heraustrat.

Kurz darauf saß sie an dem kleinen Küchentisch ihrer Tante gegenüber.

„Ich muss dir was zeigen." Melanies Hand fischte nach dem Smartphone in ihrer Schultasche. Corpus Delicti. Schon jetzt sah Jona alarmiert aus. Wenn sie ihr die Droh-SMS wirklich zeigte, würde sie alles wissen wollen. Alles über die Treffen, als Vesna noch dabei war. Und ihre Schuldgefühle. Genau darum ging es ja in der anonymen Drohung. Spätestens nach der Erwähnung der Kamera würde Tante Jona die ganze Sache stoppen. Kims Träume vom Ausbruch, Dorothees Triumph ihrer Mutter gegenüber – vorbei. Wegen ihr. Weil sie den Schwur gebrochen hatte.

„Mel?"

„Vesnas Nachrichten sind noch hier drin. Hab sie gestern alle gelesen." Sie legte ihr Smartphone auf den Tisch. „Und Videos von ihr geschaut."

Jonas freundlicher Blick war schwerer auszuhalten als jede Frage. Lügen zogen Lügen nach sich. Woher sollte ihre Tante wissen, dass sie etwas ganz anderes hatte erzählen wollen? Sie konnte doch nicht hellsehen, verdammt. Das pinkfarbene Smartphone lag zwischen ihnen. Bisher hatte Jona jeden Blick darauf vermieden. Aber jetzt legte sie ihre Hände direkt daneben. Sah sie an. Und zog ihr diese Worte aus dem Mund – dass sie kurz davor gewesen war, alles zu löschen. Alle Bilder und Nachrichten, jedes Wort. Und die Videos, auf denen Vesna sich immer noch bewegte und Sachen erzählte, die ihr gerade passiert waren, in ihrer ernsthaften Art. Verdammt, hatte sie eben wirklich etwas von schlechtem Gewissen gesagt?

„Weil du selbst mal in diesen Jungen verliebt warst?“ fragte Jona behutsam.

„Verliebt?“

Das Smartphone, das eben noch auf dem Tisch zwischen ihnen gelegen hatte, verschwand in ihrer Tasche.

„Hat Mama das behauptet? Wegen dem Foto von Moritz? Wird man denn überall bespitzelt?“

„Iska macht sich Sorgen. Manchmal geht sie etwas zu weit. Aber deine Kim übrigens …“

„Es ist nicht *meine* Kim. Und egal, wie sie ist – sie wühlt jedenfalls nicht in anderen Leben herum und stellt Scheinfragen.“ Sie sprang auf und warf ihre Schultasche über die Schulter. Im Wartebereich des Flurs plätscherte der Sandsteinbrunnen. Als wäre hier der Garten Eden. Und hinter ihr blieb es still, kein Laut drang aus der Praxisküche. Im Hinausgehen rief sie, dass sie ausgestiegen sei. Endgültig. Kein Casting mehr, keine Verstrickungen mit Musiklehrerinnen. Ob sie jetzt endlich zufrieden sei.

Krachend fiel die Tür hinter ihr ins Schloss. Sie nahm die Stufen durch das menschenleere Treppenhaus im Laufschritt und riss die Eingangstür des Gebäudes wie eine Ertrinkende auf. Wie immer spielte ein Männertrio wehmütige Lieder aus seiner Heimat. Durch die Glasscheibe des Fitnessstudios zwei Gebäude weiter hatte sie die drei schon beobachtet, genau wie die ältere Frau, die mit ihrem Hund im Schoß auf einer Decke saß, ein Pappschild mit der Bitte um Geld vor sich. Auch heute saß sie an ihrem Platz. Still und unauffällig, wie mit dem grauen Beton verschmolzen. Melanie zog den Umschlag mit Geld, den sie seit drei Wochen bei sich trug, aus der Tasche und drückte ihn der Überraschten im Vorbeilaufen in die Hand. Es war besser angelegt als in ihre Gesangsstunden. Sollte Frau Berg es doch zurückfordern.

Sie nahm den Weg am Mainufer entlang und trat in die Pedale, als jagten ihr sämtliche Fragen ihrer Tante hinterher, vorbei an Joggern, Hundebesitzern und schlendernden Paaren, die ihr auswichen. Erst als die Hochhäuser des Mainfeldes vor ihr auftauchten, drosselte sie das Tempo. Das letzte Stück des Radwegs führte durch die Gärten, in denen schon der Frühling ausgebrochen war. Ihr abwegiges Grün leuchtete in der Sonne. Auch der Weg durch die Siedlung und der kleine Platz vor Kims Hochhaus wirkten wie aus einer anderen Welt. Sie kettete ihr Rad an einen Pfosten. Der Fahrstuhl stand schon bereit, um sie in seinen metallenen Bauch einzuschließen.

Oben angekommen, öffnete Kim gleich nach dem Klingeln die Tür. Ein Blick in ihr Gesicht erstickte ihre Frage im Keim und ließ sie zögernd den Flur betreten, den loser Putz und Tapetenfetzen bedeckten. Dort, wo die Garderobe mit dem Jackenberg gehangen hatte, klaffte eine kahle Stelle. Kim führte sie schweigend in ihr Zimmer und an den Computer, vor den sie einen weiteren Stuhl und zwei Dosen Cola gestellt hatte. Das Standbild auf dem Monitor zeigte Dorothee in ihrem cremefarbenen Satinkleid und Pumps.

„Das ist die letzte Aufnahme, unsere Aktion heute Morgen ist nicht aufgezeichnet."

„Also lief die Kamera nicht immer."

„Jemand hat sie extra ein und wieder ausgestellt." Kim folgte ihrem Blick, der kurz den Flur gescannt hatte.

„Keine Sorge, er ist nicht da."

„Was ist denn passiert?"

„Er ist mal wieder ausgerastet. Ist am Jackenberg hängengeblieben und hat dann alles aus der Wand gerissen."

„Und wo ist er jetzt?"

„Frag lieber, wo die Jacken sind. Die hat er aus dem Fenster geworfen. In meinem Zimmer war er auch. Hat irgendwas gesucht und dabei Schubladen offen gelassen. Total besoffen. Ich kann hier überhaupt nichts mehr liegen lassen."

„Und wo ist er jetzt?"

„Bei den Bullen. Schläft seinen Rausch aus. Auf jeden Fall die nächsten Stunden noch. Also entspann dich. Und sieh dir das mal an."

Sie klickte sich durch die Videos, bis der Cursor auf einem Standbild stehenblieb und auf Tastendruck die Aufzeichnung abspielte.

Vesna und Dorothee saßen im Schneidersitz auf Decken. Vor ihnen, auf einem umgestülpten Kakteentopf, brannte eine Kerze. Dorothee hielt ihre Hände über den Heizradiator und sang zu einer Gitarrenmelodie, die Vesna zupfte, bis diese auch einsetzte. Selbst durch die Kameralinse war zu erkennen, dass Dorothees Mund sich in einen Strich verwandelte. Sie stand auf und verschwand aus dem Bild, um kurz darauf mit einer Thermoskanne Tee zurückzukehren.

„Und jetzt pass auf." Kim stellte die Lautstärke nach oben.

Auf dem Bildschirm steckte Dorothee ihr Haar zu einem Knoten auf, während sie Vesna fragte, ob es stimme, dass Irene Berg und sie sich geküsst hätten. Im Monitor schien der Ton auszufallen. Reglos verfolgte Melanie, wie das Lächeln ihrer toten Freundin verrutschte und sie nach einem langen Schweigen von dem Schulausflug auf der historischen Burg begann. Wie sie den Abend im Partykeller schilderte, an dem alle außer ihr ausgelassen getanzt hätten. Und der Haselnusslikör, in der Lade unterhalb der Theke entdeckt, ihr gut tat. Schlückchenweise hätte sie ihn getrunken, die Mitschüler immer im Blick. Nicht aber Frau Berg, die von einem Ecktisch aus ein Auge auf sie gehabt habe – und schließlich die Flasche mit dem Nussschnaps an sich nahm und sie hinaus bat. Auf den Hof mit dem gelben Laternenlicht, das auf dem Kopfsteinpflaster schimmerte. Und ihr Gefühl, alleine zu sein. Mit jedem Wort hätte sich ihre Trauer verstärkt und die Wut auf ihre Eltern, die sie andauernd mit zu Familientreffen schleiften, statt sie mal in Ruhe zu lassen. Und dann Frau Berg, die ihr zugehört und gut zugeredet hätte, auch als sie geweint habe und nicht mehr aufhören konnte zu schluchzen. Ihre Umarmung wäre tröstlich gewesen, ganz harmlos, aber warm und zart, und plötzlich sei da eine Nähe gewesen, eine Verzweiflung und eine Nähe, und das weiche Licht in der Ruine, ihr sei schwindlig gewesen von allem, als sie sich in einem Anfall von Weltschmerz an Frau Berg geklammert habe wie ein Baby.

„Pah, also echt." Kims Kopf schnellte nach hinten. Ihr Gesicht, das während Vesnas Worte immer näher an den Monitor gekrochen war, wirkte aufgewühlt.

Auf dem Bildschirm schienen die Bewegungen eingefroren, reglos saßen sich die Mädchen gegenüber, selbst Dorothee hatte ihren Tick vergessen, sich permanent ins Haar zu greifen und neue Frisuren zu formen.

„Und dann?", fragte sie schließlich.

Vesna legte den Kopf schief. „Hab ich sie geküsst."

„Igitt. Einfach so?"

„Ihr Gesicht war so nahe. Und sie wirkte bekümmert, richtig tief traurig."

„Und dann?"

„Ist die Arme vor Schreck ganz starr geworden. Und hat sich küssen lassen."

Vesna senkte den Kopf. Ihr blondes Haar verbarg ihr Gesicht, dennoch ahnte Melanie das feine Lächeln darauf.

„Das Dumme ist, dass einer der Schüler sie beobachtet hat", sagte Kim ohne eine Spur von Ironie.

„Woher weißt du das?"

„Kommt gleich."

„Mach es aus."

Eine Sekunde später erlosch der Bildschirm. Melanie blickte wie betäubt auf die schwarze Fläche. Sie konnte sich gut an die Burgparty erinnern. Ralf hatte den ganzen Abend versucht, mit ihr zu tanzen, und sie hatte den ganzen Abend versucht, nicht langweilig zu sein. Kein Gedanke an Vesna, kein Blick für irgendwas außer dem eingelassenen Wandspiegel, der ihre linkischen Tanzbewegungen wiedergegeben hatte.

„Wo waren wir denn, als sie das im *On Stage* beredet haben?," fragte sie heiser.

„Das war der Tag, an dem wir zu spät kamen, weil deine Mutter einfach nicht aus dem Haus gehen wollte." Der Metallring der Coladose knackte unter ihren Fingern. „Und du wusstest wirklich nichts davon?"

Melanie betrachtete ihre Freundin, die einen Schluck aus der Dose trank, ohne sie aus den Augen zu lassen. „Die Berg soll in ihrer alten Schule mit Schülern seltsam verstrickt gewesen sein. Meine Tante hat gesagt, sie ist danach gemobbt worden und wurde deshalb zu uns versetzt", sagte sie tonlos.

„Deine Tante? Wir hatten gesagt, kein Wort …"

„… das hat mir *CD* damals auch geschrieben – *Kein Wort zu deiner Tante.* Ich weiß langsam, warum." Melanie maß ihre Freundin mit Blicken, bevor sie von den erlogenen Telefonanrufen und der weiblichen Stimme erzählte, die Moritz glauben machen wollte, Vesna wäre psychisch krank. Und dass Moritz das ihrer Tante erzählt hätte.

„Krass. Das ist Rufmord. Da hat jemand Vesna fertiggemacht. Aber die Berg doch nicht. Die kann niemandem ein Haar krümmen." Kim stand auf und begann, in einer Schublade zu wühlen. „Wieso hängt sich deine Tante eigentlich so rein?"

Ein Mäppchen aus schwarzem Plastik landete auf dem Boden. Melanie betrachtete den Totenkopfsticker darauf. Zwei ineinander verknäulte Kabel rutschten aus der Schublade, ein Hefter und lose Papiere.

„Ich glaube, meine Tante denkt, Vesna hat sich gar nicht selbst umgebracht."

Das Rascheln setzte aus, und Kim zog ihre Hand aus der Schublade. „Wegen den Anrufen bei Moritz? Ja, vielleicht stimmt das. Da hat jemand Vesna mit Worten umgebracht. Mit Verleumdungen und Worten. Denk mal an den Blog."

Wieder tauchte sie in die Tiefen ihres Schrankes und warf zwei Minuten später ein Ticket auf den Tisch. Ein Konzertticket, das unter dem Vorderreifen ihres Fahrrads gelegen hätte. In der Mitte gefaltet, als sei es jemandem aus der Tasche gefallen. Melanie tippte die Daten ins Handy und hatte nur wenige Augenblicke später die Ankündigung auf dem Display. Ein Konzert von mehreren Bands, darunter auch *Crash-it* aus Frankfurt, deren Name sich ihr durch die vielen Artikel eingebrannt hatte.

„Moritz spielt da mit."

„Ne, oder?" Kim betrachtete das Ticket auf dem Tisch wie etwas, das jederzeit lebendig werden konnte. Ihre Frage, was ihre Tante nun dazu sagen würde, wurde von Pinks *Just give me a reason* abgelöst.

Melanie sah aufs Display.

„Wenn man vom Teufel spricht."

Sie ignorierte Kims Protest und zog sich ins Wohnzimmer zurück. Auch ohne die Anwesenheit des alten Brenze stank es. Das verschrammte Furnier des Holztisches und die Krümel auf dem Teppich boten einen ärmlichen Anblick. Raus aus dem Sumpf. Eine einzige Aufnahme dieses Zimmers in dem Handyfilm fürs Casting, und Kim würde es garantiert in die erste Runde schaffen. Es war der Mitleidseffekt. Eine der Faktoren, über die *CD* gesprochen hatte.

Sie nahm das Gespräch an und hörte die vertraute Stimme ihrer Tante. „Leg nicht gleich auf", sagte sie, und Melanie überließ sich dem Strom der Worte, der nun folgte.

Als sie in das Zimmer am Ende des Flures zurückkehrte, räumte Kim gerade ihre Schublade wieder ein.

„Er hat wirklich alles durchwühlt."

„Bist du sicher, dass das dein Vater war? Was soll er denn gesucht haben?"

„Geld." Ihre Handbewegung wischte jede weitere Frage fort. „Und was wollte deine Tante?"

„Ich hab ihr erzählt, dass ich kurz davor war, Vesnas Nachrichten von meinem Smartphone zu löschen. Jetzt hat sie die fixe Idee, dass Frau Ikanovic vielleicht den Handyvertrag von Vesna noch nicht gekündigt hat. Und man sehen könnte, wer zuletzt angerufen hat."

„Mel, deine Tante ist ..."

„Ich weiß. Hey, wo gehst du hin?"

„Wir." Kim zog die SD-Karte aus dem Computer. „Wir gehen zu Dorothee. Sie hat die Berg damals zu alldem überredet, wie du weißt."

Inzwischen waren Wolken aufgezogen, eine schwarzblaue Wand hatte die Sonne verschluckt und den Frühling aus der Luft gefiltert. Im Gegenwind kämpfte Kim sich vor ihr voran. Sie fuhr wie immer halsbrecherisch und ignorierte jede rote Ampel und auch ihren Fahrradkorb, der bedenklich auf einer Seite überhing.

An der Kreuzung zum Hasenpfad zwang der Verkehr sie das erste Mal zum Stehen. Ein dunkler Sportwagen kroch an der Baustelle vorbei und blieb stehen, während die Fahrerscheibe herunterfuhr und Frau Johansen ihnen zuwinkte. Ihre roten Locken quollen unter einer Lederkappe hervor, auf die Kim wie hypnotisiert starrte.

„Ich glaube, Dorothee muss heute lernen“, sagte sie und lächelte entschuldigend. „Geschichte ist nicht gerade ihre Stärke, und ich bin froh, dass sie sich hingesetzt hat.“

Kims Erwiderung, sie seien gar nicht auf dem Weg zu ihrer Tochter, schien sie zu erleichtern.

Im Lederoutfit zum Einkaufen, murmelte Kim, als Dorothee sie wenige Minuten später mit den Worten ins Haus bat, ihre Mutter sei in spätestens einer Stunde vom Supermarkt zurück. Beim Eintritt in ihr Zimmer verschlug es beiden die Sprache. Das Feenreich mit seiner Kissenlandschaft und dem rosaweißen Dekor hatte sich in eine Rumpelkammer verwandelt. Über das Parkett ergossen sich Kleider und Schals, ein geöffnetes Schminkset lag halb ausgeräumt neben drei Ausgaben von *Mädchen* auf dem Boden. Am Fuße des Tisches stapelten sich Geschichtsbücher. Auch das Bett war mit Wäschestücken übersät, als hätte jemand eine Schublade ausgekippt.

Kim war als erste am Schreibtisch und zog den Monitor des Laptops auf, der nur notdürftig zugedrückt war. Eine junge

Frau in Lackhose und schwarzem Hemd stand vor vier Jurorinnen. Im Standbild konnte man gut ihre X-Beine erkennen. Es war Lisa aus Offenbach aus der letzten Zeig-Dich-Staffel.

„Bist du die Inquisition?“ Dorothee klappte den Laptop zu.

„Deine Mutter denkt, du lernst.“ Ungerührt setzte sich Kim an den Schreibtisch und legte die SD-Karte auf den Tisch. Sie hatte ihr Pokerface aufgesetzt. Vielleicht gefiel sie sich sogar in der Rolle der Inquisitorin. Die Situation war absurd, genau wie dieses Heile-Welt-Zimmer mit dem Baldachinbett und dem Chaos, in dem Dorothee saß und in die Casting-Welt abtauchte.

„Wir wurden überwacht.“ Melanie lehnte sich an die Tür und fasste in wenigen Worten den Morgen im *On Stage* zusammen. „Viele unserer Proben sind auf dieser Kamera festgehalten.“

Entgeistert sah Dorothee von ihr zu Kim und dann auf die SD-Karte.

„Davon wusste ich nichts“, flüsterte sie und hob beide Hände.

„Aber du hast das von Vesna und der Berg gewusst“, hakte Kim nach und schob die Plastikkarte in den Laptop.

„Aber ich hab's nicht weitererzählt.“

Sie wischte sich ihre Haare aus dem Gesicht und trat neben Kim vor den Laptop, und zwei Minuten später sahen sich alle gemeinsam Sequenzen aus den Aufzeichnungen an. Und dann kamen die Thesen. Kim begann als erste. Sie verdächtigte Dorothees Eltern. Ihr Vater hatte sie beim Poledance erwischt, ihre Mutter wisse von der Musik-AG. Vielleicht wollten sie schauen, ob sie hier nicht heimlich Drogen nahmen. Oder einfach kontrollieren, was sie machten. „Für Eltern sind ihre Kinder Eigentum.“

„Für deine vielleicht“, zischte Dorothee, deren Gesicht

glühte. Sie tippe auf Irene Berg, aber mit guten Absichten und vielleicht dem Antrieb, das Aufgezeichnete schon an die Show zu schicken. „Und einer der Gärtner?“, warf Melanie ein, ohne daran zu glauben. „Oder eine von uns?“

Auf dem Monitor schleuderte Dorothee gerade ihre Pumps von den Füßen. Wieder verfolgte Melanie, wie einer der Schuhe kopfüber am Rand des Pflanzenkübels hängen blieb. Damals hatte sie ein Lachen unterdrücken müssen, aber jetzt wurde ihre Kehle trocken vor Aufregung. Wer auch immer die Kamera installiert hatte, war der Verfasser ihrer anonymen Droh-SMS. Daher also sein Wissen, dass sie aufhören wollte.

„Besitzt *CD* denn einen Schlüssel vom Gewächshaus?“

„Glaub nicht. Woher denn? Wir waren ja immer da, wenn sie mal kam.“ Auf dem Bildschirm brach Dorothee in Tränen aus. „Mach das aus“, sagte die gleiche Dorothee im Zimmer brüsk und trat einen Schritt zurück. „Wie seid ihr überhaupt reingekommen?“

Kim klappte den Laptop zu und zog die SD-Karte heraus. „Ich hab neulich einen Schlüssel im Kämmerchen gefunden und eingesteckt. Sorry.“

„In der Schublade lagen mehrere. Wegen der Gärtner. Jeder kann einen gestohlen haben.“

In die einsetzende Stille drang das Quietschen des Gartentores. Dorothee reagierte als erste. In Windeseile raffte sie Kleidung und Schminksachen vom Boden und stopfte alles in eine rosafarbene Truhe mit Spitzenbesatz. Die Wäsche verschwand unter der Bettdecke, der Stapel Geschichtsbücher wanderte auf den Schreibtisch. Binnen einer halben Minute hatte sich der Raum wieder in das Mädchenzimmer verwandelt.

Kurz darauf standen Melanie und Kim in einem kleinen, fensterlosen Raum und atmeten stickige Luft ein. Kleiderschränke und bis zur Decke gezogene Regale mit Pullovern und Schuhen verdeckten die Wände. Eine Spiegelwand an der Stirnseite warf ihre ratlosen Gestalten in den Raum. Sie mit Glitzersweater, den engen Jeans und krausem Haar neben ihrer kräftigen, tätowierten, wie immer in dunklen Farben gekleideten Freundin. Der Unterschied zwischen ihnen konnte nicht deutlicher sein. Kim sah sie durch den Spiegel an.

„Unsere Milva." Sie lächelte seltsam. *Ich sims euch, wenn die Luft rein ist*, hatte Dorothee geflüstert, als sie sie in die Ankleide geschoben hatte. *Handys auf Vibrationsalarm. Wenn ihr draußen seid, Tür nur anlehnen, ich mach dann zu.*

Als hätte jemand ihr über Knopf den Text eingegeben, der wie aus einem Spionageroman klang. Kim trat an den Kleiderschrank und zog einen Flügel auf. Anzüge und Krawatten in allen Farben und Mustern erschienen aus seinen Tiefen.

„Hier könnten wir doch auch mal ein kleines Selfie machen. Für die Show."

„Du willst unbedingt da hin, oder?"

„Ich muss."

... raus aus dem Sumpf, ergänzte Melanie in Gedanken und löschte zur Vorsicht das Licht.

Eine vollkommene Schwärze legte sich über sie, und Kim fing an zu kichern. Melanie presste ihre Finger um den Schlüssel, der von innen steckte. Solange sie ihn festhielt, konnte niemand einen von außen hineinschieben und sie einsperren.

„Auf was hast du eben eigentlich so gestarrt, als Dorothee uns aus dem Zimmer geschubst hat?", fragte sie in die Dunkelheit und spürte, wie die Schwärze sich verdichtete und näher kam. Atmete Kim überhaupt? Eine Weile verharrten sie beide schweigend in der Stille, dann stellte Kim ihr Handy an. Die Displaybeleuchtung unterlegte ihr Gesicht bläulich. Mit glänzenden Augen verfolgte sie etwas auf dem Bildschirm, das Melanie nur erahnen konnte. Seit sie das alte iPhone ihrer Bruders besaß, schaute sie ständig über die Snap Map, wer wo unterwegs war. Wieder geschah eine Weile lang nichts. Dann brummten ihre Smartphones gleichzeitig, und sie schlichen die Treppe hinunter und verließen das Haus, dessen Fenster zur Straße hin dunkel waren. Dorothee schien ihre Mutter ins Wohnzimmer gelotst zu haben.

Erst an der nächsten Ecke, auf dem Weg zu ihren Rädern, blieb Kim stehen und griff in ihre Jackentasche.

„Kannst du die SD-Karte bei dir aufbewahren? Wenn mein Vater blau ist und Kohle für Alkohol braucht, wühlt er immer unsere Schränke durch. Er kennt fast jedes Versteck.“

4

Die Natur war der größte Tröster und ein geduldiger Zuhörer. Wo hatte sie das noch einmal gelesen? Sie würde das Zitat Frau Ikanovic schicken, wenn ihr die Autorin wieder einfiel, und sie vielleicht zu einem Spaziergang einladen, damit sie endlich mal wieder das Haus verließ. Jona bog in den Weg und folgte der Beschilderung Richtung Weiher. Die Sonne legte helle Lichtflecken auf den Waldboden. Ihre Begegnung lag vierundzwanzig Stunden zurück, und noch immer ging ihr das Zimmer des verstorbenen Mädchens nicht aus dem Kopf. Vesnas Reich, das so gewirkt hatte, als käme sie jeden Augenblick zur Tür herein. Kein Gegenstand schien verrückt, kein Kleidungsstück weggeräumt worden zu sein. Selbst ein Zipfel ihres Nachthemdes lugte unter der Bettdecke hervor. Es war nicht unwahrscheinlich, dass Frau Ikanovic Tag für Tag in diesen vier Wänden saß, um ihrer Tochter nahe zu sein.

Sie trug noch immer schwarze Kleidung, die weit um ihren abgemagerten Körper hing. Beim Öffnen der Tür hatte sich ihr Gesicht mit Trauer gefüllt, und gleichzeitig hing sie an Jonas Lippen, als könnten neue Nachrichten über Vesna herausströmen, irgendetwas, was sie dem Schatz ihrer Erinnerungskammer hinzufügen konnte.

Ein Pfiff ging durch die Luft, ein Trällern. Irgendwo antwortete ein Vogel. Für einen Moment zerrte der Wind an den Blättern, bevor er wieder abließ, um Kraft für die nächste Böe zu sammeln. Und wie die letzten Stunden zuvor versuchte Jona, sich den Moment vor Augen zu führen, in dem die Stimmung umgeschlagen war. Der Moment, an dem ihnen beiden die

Worte ausgegangen waren und sie vorsichtig und wie beiläufig nach dem gefragt hatte, weswegen sie gekommen war.

Das Handy von Vesna sei schon lange abgemeldet, hatte die Serbin ihr geantwortet, und dabei ein leichtes Flattern in ihre Stimme bekommen. Den gesenkten Blick kannte Jona nur zu gut. Aber es half nichts. Sie konnte die Mutter der Verstorbenen unmöglich mit deren Lüge konfrontieren.

Um Steiner zu bitten, Vesnas Einzelverbindungen ihres letzten Tages zu recherchieren, brauchte sie einen guten Grund. Morgen, nach seinen Samstagseinkäufen auf dem Markt, wollte er ihr etwas zeigen. *Ein Stück von mir*, hatte er am Telefon gesagt, und sie hatte die feine Ironie hinter seinen Worten vermisst. Fast meinte sie, seine beständigen, ruhigen Schritte zu hören. Er konnte stundenlang neben ihr gehen, ohne etwas zu sagen, und dennoch waren sie in Kontakt. Die gleiche Beinlänge, hatte er einmal gesagt, als sie davon anfing, und dabei gezwinkert. Und Beinlänge durch Funkwelle ersetzt. Gleiche Funkwelle. Sie schmunzelte.

Ihre metallic-blaue Vespa glänzte im Sonnenlicht; außer ihr und zwei dunklen Wagen standen keine Fahrzeuge auf dem Parkplatz. Auch am Willemer-Häuschen, zu dem sie einen kleinen Schlenker machte, war es menschenleer. Kein Wunder, dass es Vesna öfter hierher gezogen hatte, wenn sie alleine sein wollte. Behände kletterte sie über den Holzzaun und setzte sich auf die Bank, auf der sie vor zwei Monaten die Inschrift von Vesna und *M* entdeckt hatte. *M* für Moritz, so viel wusste sie inzwischen. Dass die Mädchen heimlich für ein neues Casting-Format übten und von ihrer Musiklehrerin ohne das Wissen der Eltern oder der Schule auf Wunsch gecoacht wurden, hatte Melanie ihr verraten. Ihr selbst war es gelungen, die Lüge über Moritz zu entlarven und auch, dass jemand bewusst versucht hatte, Vesnas Glück zu zerstören. Für ihre Spekulation, Irene Berg manipuliere die Mädchen gemeinsam mit einem Komplizen, sprachen einige Dinge. Komplize oder Auftraggeber? Ihr Blick glitt die schlanke Hinterseite des Turmes hinauf und blieb am oberen Fenster hängen. Ein Elfenbeinturm.

Allmählich verlor die Nachmittagssonne an Kraft. Sie selbst saß seit ein paar Wochen in einem verfluchten Elfenbeinturm. Immer nur die Praxis und die Sorgen um ihre Nichte. Ulf Steiner spürte, dass sie etwas vor ihm verbarg, er war so fein, es nicht zur Sprache zu bringen. Während sie sich auf die Vespa schwang und zum Markt am Südbahnhof fuhr, schwor sie sich drei Dinge: sich endlich wieder bei ihrer alten Freundin Lu zu melden, mit Steiner so bald als möglich Klartext zu reden und sich am Abend eine ordentliche Mahlzeit zu kochen.

Zwischen den Ständen des Wochenmarktes trieb der Wind Papiertüten durch die Luft. Käufer begutachteten die Ware, drängten sich unter die ausgefahrenen Markisen oder tranken einen Feierabendwein an einem der Stehtische.

Jona stellte sich am Gemüsestand an. Während ein Mann am Rollator kritisch eine Avocado nach der anderen befühlte und den Türken hinter den Auslagen nach Gemüse aus der Region fragte, ließ sie ihren Blick über den Markt schweifen.

Hinter ihr tat es einen Schlag, und eine Lawine Äpfel kullerte vom Stapel und über das Kopfsteinpflaster. Der Fluch, der dem Malheur folgte, hatte es in sich. Belustigt drehte Jona sich um und sah eine Dame im Trenchcoat die Äpfel einzeln vom Boden aufsammeln. Als sie mithalf, traf sie ein offener Blick.

„Kennen wir uns?“ Jona legte die letzten zwei Äpfel in die Blechschale, die ihnen der Verkäufer über den Stand gereicht hatte. Die Rothaarige schob sich eine ihrer Locken aus dem

Gesicht. Noch während sie verneinte, erkannte Jona in ihr die Mutter des Mädchens, in deren Garten sie neulich gestanden hatte. Irgendetwas mit D ... Dorothee! Das blasse Mädchen, schmal und doch voller Energie. Die Außenseiterin im Mädchentrio, wenn sie Melanies Worte richtig interpretierte, und doch wichtig, weil sie dieses Gewächshaus zur Verfügung stellte. Das Gewächshaus. Ganz in der Nähe. Ein fragender Blick traf sie.

„Wie bitte? Entschuldigen Sie."

„Vielleicht von der Schule", wiederholte die Frau im Trenchcoat lächelnd und deutete nach vorn, wo der Obstverkäufer auf ihre Bestellung wartete. Die Schlange hinter ihnen war angewachsen. Wahllos wählte Jona Gemüse aus, während sie nach einem Gesprächsanfang suchte, der unverfänglich war. Sie nahm zwei pralle Tüten entgegen, Essen für eine zehnköpfige Familie, und noch immer keine Idee, kein Schulthema, an das sich anknüpfen ließ. Umständlich suchte sie Kleingeld heraus und wandte sich, als der Verkäufer sich bereits an Dorothees Mutter gewandt hatte, noch einmal um.

„Vielleicht von der Beerdigung des Mädchens. Vesna Ikanovic."

„Oh, Gott, ja, ich habe meine Tochter damals begleitet."

Kurz darauf führten sie das Gespräch an ihrer Vespa fort. Über den Schock, in den die gesamte Klasse gefallen war. Den Druck, mit dem manche Schüler nicht umgehen konnten, zu wenig Lehrer, zu wenig Freizeit und den Wahn der digitalen Medien.

„Der ganze Nachmittagsunterricht und diese AGs. Was ich so mitkriege, ist meine Nichte ständig unterwegs." Jona öffnete ihr Topcase und setzte die Plastiktüten mit den Einkäufen hinein.

„Speziell Musik", warf Elisabeth Johansen, wie sie sich im

Gespräch vorgestellt hatte, ein. „Nichts dagegen, dass meine Tochter musikalisch wird, zu Hause steht noch immer das Klavier, das wir extra wegen ihr angeschafft haben, aber dieses dauernde Üben für die Musik-AG. Ich meine, das ist doch nicht das einzige Fach."

„Kennen Sie die Lehrerin?"

Frau Johansen winkte ab. Beim Elternabend habe sie die junge Lehrerin erlebt. Sie sei kundig in ihrem Fach, das schon, vielleicht etwas überambitioniert, und dennoch habe sie an dem Abend gewirkt …

… wie in den Boden gestampft, dachte Jona.

„… na, irgendwie ausgelaugt", fuhr Dorothees Mutter fort und zog den Gürtel des Trenchcoats fester um ihre Taille. „Sie ist ehrgeizig. Falsch verstandenes Engagement, anders kann ich es mir nicht erklären, warum sie mit Schülern sogar Handynummern tauscht."

„Sie ist jung." Jona nahm ihren Helm vom Lenker. „Vielleicht eine von denen, die sich profilieren müssen. Hervorheben, irgendwie. Melanie mag sie. Sie erzählt öfter von ihr."

„Ja, sie hat ziemlichen Einfluss auf ihre Schüler. Ich hoffe, Dorothee nimmt auch die anderen Fächer so ernst." Sie sah auf ihre Uhr. „Entschuldigen Sie mich – ich habe noch einen Termin. Es hat mich gefreut, Sie kennenzulernen", sagte sie und lächelte zum Abschied.

Jona sah der eleganten Frau hinterher, deren Gang bei jedem Schritt zu federn schien. Wie kam eine, die es gewohnt war, Blicke auf sich zu ziehen, zu dieser blassen Tochter?

Zu Hause verstaute sie die Hälfte des Gemüses im Kühlschrank. Steiner würde begeistert sein, wenn er das sah. Und alles wegen dieses Gesprächs. Gestern erst hatte sie mit Frau Ikanovic geredet. Die beiden Frauen konnten sich kennen, schon vom Elternabend, und waren vermutlich im ähnlichen Alter. Etwas jünger als sie selbst, und unterschiedlich wie Tag und Nacht. Ebenso ihre Töchter.

Jona faltete die Papiertüte des Obststandes auseinander und klebte sie mit der unbeschriebenen Seite nach oben an ihren Kühlschrank. Vier Mädchen waren beteiligt gewesen. Vesna, Melanie, Kim und Dorothee. Sie setzte die Namen in die Ecken eines imaginären Vierecks und die der jeweiligen Mütter in die Freiräume.

Während sie Gemüse anbriet, stellte sie sich immer wieder vor den Kühlschrank, um sich mögliche Verbindungen vorzustellen. Dann zog der Filzstift in ihrer Hand von selbst eine Linie. Iska und die feine Elisabeth Johansen. Ein seltsames Paar. Vermutlich prallten hier Weltanschauungen aufeinander. Von Kims Mutter wusste sie nichts. Iska hatte mal erwähnt, dass die Familienverhältnisse prekär wären, und nur ein Vater existiere.

Achtlos rührte sie das Gemüse um und stand schon wieder vor dem Papier. Kim und Frau Johansen. Eine explosive Konstellation. Sie entkorkte eine Flasche Sancerre und malte sich aus, wie das robuste Mädchen mit dem Halstattoo sich in dem schicken Haus am Sachsenhäuser Berg bewegen mochte. Das gab Zunder, dachte sie und malte instinktiv einen roten Balken zwischen die beiden. Melanie und Frau Ikanovic würden sich einigen können, über alles. Obwohl, seit Mels Trotzphase war sie sich nicht mehr sicher. Bei Kim hingegen würde Frau Ikanovic nichts zu lachen haben. Oder war es genau das, was dieses Mädchen brauchte – eine liebevolle, enge Struktur, in der es feste Absprachen gab. So zumindest war ihr Eindruck gewesen. Der Sancerre belebte ihren Gaumen. Sie trank noch einen Schluck und ließ ihn langsam die Kehle hinunterrinnen.

Wieder huschte ihr Blick zwischen den Namen auf dem Papier hin und her. Kim und Iska – ein Sozialarbeiterprojekt. Die beiden würden gut miteinander klarkommen, wenn Kim sich an bestimmte Regeln hielt. Elisabeth Johansen und Melanie. Jona setzte ein Fragezeichen auf die Verbindungslinie zwischen ihnen. Was machte sie hier eigentlich?

Frau Johansen und Vesna. Der Edding blieb auf dem Papier liegen. Im Geiste verschmolzen die beiden zu Mutter und Tochter. Ein Traumpaar. Die feine, freundliche Mutter mit Musikambitionen und ein Mädchen mit großen Begabungen und einer gewissen Tiefe.

Die Ästhetin und die Poetin. Die Betuchte und die Feine. Sie starrte auf die Skizze an ihrem Kühlschrank, die dichter geworden war und immer undurchschaubarer wurde. Wurde sie jetzt komplett verrückt?

Beißender Rauch waberte durch den Raum, und im gleichen Moment riss sie die Pfanne vom Herd. Zwanzig Minuten später saß sie vor einer aufgewärmten Fertigpizza. Der Fensterflügel war geöffnet, von draußen drangen gedämpft die Geräusche des Apfelweinlokals herein. Ein paar Raucher standen immer im Garten. Seit neuestem auch mit diesen Elektroteilen, die dampften wie die Lokomotiven. Auch Irene Berg hatte auf dem Friedhof gequalmt, während sie telefonierte. Sie fehlte auf der Skizze. In Druckbuchstaben setzte Jona den Namen der Lehrerin auf die untere Hälfte des Papieres und begann, Querverbindungen zu ziehen. Aber das war reine Spekulation. Genau wie ihre These, dass eine von jenen, die der Edding aufs Papier gebannt hatte, Vesna Ikanovic auf dem Gewissen hatte. Oder zumindest eine Rolle dabei spielte.

Was war eigentlich ihre Rolle in dem Spiel? Bei Melanie die der Tante, die alles besser wusste, aber nichts besser machte? Und bei Iska die, die in alles ihre Nase steckte. Und bei Steiners Sohn Jakob: die Neue, die auf keinen Fall die Mutter ersetzen würde?

Das Glas vor ihr war schon wieder leer. Sie goss sich ein weiteres ein und nahm es mit ins Bad, wo sie sich auf den Toilettendeckel setzte und wartete, dass die Wanne sich füllte.

Als sie ins knisternde Schaumbad glitt, fiel ihr ein, dass sie noch jemanden vergessen hatte. Moritz. Der Gitarrist tauchte immer wieder auf, wie eine Art Bindeglied verwob er alle miteinander, ohne an dem Geschehen selbst beteiligt zu sein.

Sie tauchte unter. Warm schloss sich das Wasser um ihren Körper und ihr Gesicht. Die Zeit anhalten, hatte sie früher geantwortet, wenn Ron sie gefragt hatte, was sie stundenlang im Bad mache. Was würde sie darum geben, die Zeit zurückdrehen zu können. Vor den Moment, an dem jemand beschlossen hatte, dass Vesna störte, und die Schrauben in dem Spiel vom Wettbewerb angezogen hatte. Das war nicht Mel gewesen, keines der Mädchen, auch wenn Kim ihr eine Weile verdächtig erschienen war.

Sie tauchte auf und schnappte nach Luft. Im Bad war es dämpfig, die Kacheln beschlagen. Was waren Eltern bereit, für ihre Kinder zu tun? Wie oft hatte sie sich das in letzter Zeit gefragt. Bilder aus dem Fernsehen erschienen: jubelnde Mütter, überdreht winkende Geschwister, ein Vater, der vor laufender Kamera sein Hemd aufknöpfte und eine Gänsebrust entblößte, auf der der Name seiner Tochter geschrieben stand. Freunde, die auf der Stelle hüpften und Fähnchen schwangen. Und immer wieder sinnentleerte Grimassen, die

Heiterkeitsszenarien abspulten, sobald eine Linse auf sie gerichtet wurde.

Du bist moralisch, hörte sie Mel konstatieren, während sie aus der Wanne stieg und sich abtrocknete. Sie wischte über den blinden Spiegel, bis ihr verschwommenes Gesicht darin erschien. Ja, verdammt, sie war moralisch, sie hasste diesen Bewertungswahn, die Selbstdarsteller und die Sprüche der Jury, die nur eines taten, nämlich am Kern dieser Jugendlichen meilenweit vorbeizuschießen.

Im Grunde war sie mit ihrer Schwester einer Meinung. Egal, ob es Streitigkeiten unter den Mädchen gewesen waren oder Erwachsene aus den Teenagerträumen einen Schauplatz gemacht hatten, um sie im harten Geschäft der Gefühle einzuspannen: Iska schied aus. Sie würde für ihre Tochter lügen und Fehler von ihr abstreiten oder vertuschen, aber einem anderen Menschen zusetzen würde sie nicht.

In Unterwäsche schlüpfte sie in die Küche und notierte Moritz' Namen auf dem Papier, bevor sie einen Schritt zurücktrat. Steiner würde morgen mit einem Blick erkennen, dass sie ermittelte. Sie löste den Klebestreifen vom Kühlschrank und ließ das beschriftete Obstpapier zu Boden gleiten. Gegenüber stand wie so oft die alte Dame in ihrem Hausanzug auf dem Balkon und rauchte. Jona öffnete das Fenster und winkte. Wie von selbst war ihr Glas ein letztes Mal gefüllt, und in ihren Händen lag eine Streichholzschachtel. Sancerre, Fertigpizza und Nelkenzigaretten. So kriegst du nie jemanden, Mädchen. Im Geiste sah sie ihren Vater den Kopf schütteln. Doch Ulf Steiner war da, und morgen würde sie ihm eine weitere Seite von sich offenbaren.

Nach der zweiten Nelkenzigarette hängte sie das Blatt wieder an den Kühlschrank zurück.

Die Morgensonne weckte sie aus einem traumlosen Schlaf. Sie genoss die Wärme unter der Decke und versuchte, an nichts zu denken, während es hinter ihren geschlossenen Augenlidern rot flimmerte und Muster ineinander liefen. Ein Spiel aus Kindertagen; den Finger so lange auf die Augendeckel zu drücken, bis sich das Kaleidoskop der Farben dahinter zu drehen begann. Dass sie davon blind würde, hatte ihr Iska im Alter von sechs Jahren nur kurz abgenommen und später von der oberen Etage des Doppelstockbettes Socken nach unten geworfen.

Jona öffnete die Augen. Über dem Viertel lag die Ruhe der Erschöpften. Als ihr Blick auf das leere Weinglas und die Fotomappe fiel, erwachte auch die Erinnerung an den gestrigen Abend. Einer ihrer seltenen Exzesse: Alkohol, die Musik ihrer Jugend und Fotos der Vergangenheit. Jedes Mal, wenn sie in ihre Erinnerung tauchte, dachte sie, es wäre eine letzte Reminiszenz an ihre wilden Jahre. Sie kroch vom Futon und nahm eine Kopfschmerztablette.

Den Vormittag über war sie damit beschäftigt, ihre Wohnung aufzuräumen und Kleiderberge abzutragen. Und bei all dem kehrten ihre Gedanken immer wieder zu Ulf Steiner, der sie in den letzten Wochen so oft überrascht hatte.

Er saß schon an einem Eckplatz des Cafés, als sie eintrat, vor sich eine Tasse Kaffee. Schwarz wie immer. Das einzige Café, das einen Kaffee schwarz tatsächlich ohne Löffel, Milch und Zuckertütchen servierte, hatte er angefügt, als er diesen Treffpunkt vorschlug. Auf einem Holzstuhl mit buntem Stoffmuster, Teppichboden unter den Schuhsohlen, fühlte sie sich eigenartig. Eigenartig artig. Sie lächelte Steiner über den Tisch hinweg an, während ihre Schuhspitzen unter dem Tisch an die seinen stießen. Etwas anderes wollte ihr nicht einfallen. Die wenigen

Gäste sahen unverhohlen herüber. Die Wände lauschten. Alles schien unpassend. Ihr roter Pullover, der Helm, der am Stuhlbein lag und ihr Kribbeln, wenn sie sich eine Berührung vorstellte. Einen Kuss. Steiner fing ihren Blick auf und winkte der Bedienung.

Kurz darauf standen sie an der befahrenen Eckenheimer Landstraße.

„Gehen wir zu meiner Frau“, sagte er und deutete auf das Portal des Hauptfriedhofes gegenüber. Seine Haltung war noch aufrechter als sonst, als sie die Straße überquerten und durch die schmiedeeiserne Drehtür traten. Schon wieder spazierte sie auf einem Friedhof, aber diesmal kam es ihr vor, als hätte sie ein Date.

Die Lerchen zwitscherten. Steinchen knirschten unter ihren Sohlen, und hohe Bäume spendeten auf Gräbern und Gehwegen Schatten. So wie auf jedem Friedhof. Schweigend lief Jona neben Ulf Steiner den Hauptweg entlang. Seit sie denken konnte, hatte sie Friedhofe gemieden. Immer nur im Geiste war sie die Wege abgeschritten, für ihre verstorbene Tante, für ihren Großvater und eine Freundin, die nicht genug Kraft besessen hatte, den Enttäuschungen des Lebens zu trotzen. Und nun hatten sich die letzten Ruhestätten unmerklich in ihren Alltag eingeschlichen. Es gab zu viele Tote in ihrem Leben.

Steiner blieb stehen. „Was denkst du?“

„Dies und das.“ Sie fuhr sich durchs Haar und fragte, wie alt seine Frau geworden sei.

„Wir sind da.“

Seitlich des Pfades, in den sie eingebogen waren, reihten sich Gräber, die nur von einem kleinen Beet umkränzt waren. Direkt vor ihnen erhob sich eine schlanke, in sich gedrehte Steinsäule, zu deren Fuß eine Platte mit dem Namen der Verstorbenen lag. Nur ein Name, nichts weiter. Es war, als schraube sich eine Windung in den Himmel, fast wie eine DNA. Jona biss sich auf die Lippen.

„Die Spirale des Lebens, hat Maxi immer gesagt." Ulf Steiner stand da und sah zur Steinsäule. Ob er ihre Aufregung bemerkte? Es war idiotisch, aber sie kam sich beobachtet vor, beobachtet von einer Toten. Und noch immer stand Steiner reglos vor dem Grab, als strahle etwas von ihrem Frieden auf ihn ab, bis er schließlich einen Schritt zurücktrat und nickte.

„Jetzt haben wir uns kennengelernt", hörte Jona sich sagen.

„Ja." Kurz strich Steiner über die Säule, bevor er sich zum Gehen wandte.

Den Rückweg über versuchte sie sich eine Frau namens Maxi an seiner Seite zu denken, frisch und unbeschwert und kleiner als sie selbst. Weiblicher.

Noch immer kannte sie kein Foto von ihr, nur das Botticelli-Bildnis an seiner Wand. Beklommen lief sie neben ihm dem Ausgang entgegen. Der Bann war erst gebrochen, als sie auf die Straße traten und der Samstagnachmittagsverkehr an ihnen vorbeirauschte.

„Und jetzt?"

„Jetzt nimmst du mich auf deiner Vespa mit."

„Ohne Helm?"

„Das ist der Spaß daran."

Er schwang sein Bein über den Sitz und wartete, bis sie vor ihm saß, bevor er seine Arme um ihren Bauch legte. Bis zum Abend ließ sie das Gefühl nicht los. Weder am Lohrberg, wo sie spazieren gingen, noch auf der Berger Straße.

Es dämmerte, als sie ihre Wohnung betraten und ihre Jacken über Mr. Bones' helles Knochengerüst hängten. Am Türrahmen zur Küche spürte sie Steiners warme Lippen auf ihrem Nacken.

Die Zunge strich über ihre Härchen, während seine Hände ihren Körper hinauf wanderten. Da war sein Atem, während er sie umdrehte und sanft an den Türrahmen drückte. Atmen im selben Takt, von Mund zu Mund. Und dieser feste, große Körper, der sich an sie drängte und keinen Spielraum ließ. Nur Platz für Fantasien. Sie stöhnte auf und schob ihr Knie zwischen seine Beine, als plötzlich das Deckenlicht ansprang und die Küche ausleuchtete.

Ulf Steiner blinzelte, bevor sein Blick am Kühlschrank hängen blieb. Sanft schob er sie von sich und besah sich die Namen und eingezeichneten Querverbindungen, hinter die sie einzelne Symbole gemalt hatte.

„Du ermittelst."

„Ich erklär es dir später." Unter ihren Fingern löste sich der letzte Knopf ihrer Bluse. Sie schob sich von hinten an ihn. Irene Berg und Kim, mit rotem Filzstift eingekreist. Wieder stach ihr das Namenspaar ins Auge. Warum hatte sie ihm auch über die Schulter spähen müssen?

Unschlüssig verharrten sie in der hell erleuchteten Küche. Es war Steiner, der sich als erster löste und zur Spüle trat.

„Ein Espresso wäre jetzt gut." Er befüllte die Macchinetta und stellte sie auf den Herd, bevor er sich herumdrehte. Seine Brille, die sie ihm im Flur beim Küssen übers Haar gestreift hatte, saß wieder auf der Nase.

„Hör mal, Jona. Ich habe den Abschiedsbrief des Mädchens gelesen. Viele Male. Er klang authentisch. Und Umfragen von Kollegen haben bestätigt, dass das Mädchen hochemotional war. Dazu diese unglückliche Liebe zu dem jungen Mann, der sie sitzen gelassen hat. Ich weiß nicht, in was du dich gerade verrennst, aber lass die Toten ruhen."

Jona knöpfte ihre Bluse zu. „Die Toten – ja. Aber mit den

Hinterbliebenen hab ich Mühe." Sie begann, in der Küche auf und ab zu laufen. Mel. Die vernünftige Mel, die sich in den letzten zwei Monaten so verändert hatte. Jedes weitere Wort würde sie als Verrat an ihr deuten. Aber einen Polizisten konnte man nicht um Geheimhaltung bitten. Schon einmal hatte sie diesen Satz gedacht, im Sommer letzten Jahres, und dann waren Kommissar Steiner und sein Team gerade noch rechtzeitig am Tatort erschienen, um eine Katastrophe zu verhindern, die sie mit zu verantworten hatte.

Die helle Deckenlampe ließ Steiner fahl aussehen. Wie er die Macchinetta vom Herd zog, zwei marokkanische Teegläser mit dem dampfenden Espresso füllte, sich an den Tisch setzte und darum bat, alles zu erfahren, hatte etwas Überwirkliches. Sie wiederholte dieses Wort im Geiste. Überwirklich. Löschte das Licht. Im Halbdunkel sprach es sich leichter. Von draußen fiel ein matter Abglanz der Gastgartenbeleuchtung in die Küche.

„Stell dir vor, du wärst vierzehn und hättest einen Traum", begann sie und sah dem Rauch hinterher, der von ihrer Zigarette in den Raum strömte. Ein angenehmer Nelkengeschmack betäubte ihre Lippen. „Einen riesengroßen Traum, von dem du glaubst, er löst dein dringlichstes Problem."

Als sie ihren Bericht schloss, lehnte Steiner im Küchenstuhl und betrachtete sie schweigend, wie er es die letzte halbe Stunde getan hatte. Es war nun vollständig dunkel. Nur die Kerze, die sie zwischendurch entzündet hatte, spendete einen flackernden Lichtschein.

„Merkwürdig, in der Tat", er wischte mit dem Hemd seine Brillengläser sauber, „aber Menschen sind merkwürdig. Ich sehe keine kriminellen Handlungen. Um tätig zu werden, bräuchten wir einen konkreten Anhaltspunkt."

Jona nickte. Er hatte *wir* gesagt! Die Frage, wie es nun weiterging, stand im Raum, doch Schweigen war nicht nur Steiners Stärke. Es dauerte eine halbe Ewigkeit, bis ein nachdenkliches Lächeln sein Gesicht in Falten zog.

„Die Verdächtige mit der Wahrheit konfrontieren, wäre eine Möglichkeit. Oder sie mit einer Beschuldigung aus der Reserve zu locken. Du denkst an die Lehrerin?“

„Als Drahtzieherin.“

„Für was? Da müsstest du auf Motivsuche gehen.“

Er stand auf und schloss das Fenster. Vor dem Kühlschrank blieb er stehen und sprach, ohne sie anzusehen. Dass er nicht einfach ermitteln konnte, Personen befragen, sie beschatten oder ihre Handys einsehen – das gehe nur offiziell und auch nur, wenn ein Verdacht auf Mord bestünde. Mord – alleine damit in Verbindung gebracht zu werden, konnte schon ein Stigma bedeuten. Dass Ermittlungsarbeit auch Grenzen gesetzt seien, zum Schutz aller.

„Und der Schutz für die Opfer?“

„Sobald jemand bedroht wird, können wir eingreifen. Aber wegen des Verdachts einer besorgten Verwandten ... das geht leider nicht.“ Steiner drehte sich um und sah sie unverwandt an. Aus seinen Augen sprach pures Verständnis. Und etwas, nach dem sie sich schon lange gesehnt hatte.

„Morgen ist Jakob wieder da. Meinst du, du könntest deine Nichte mal für ein paar Stunden vergessen? Sagen wir, für eine Nacht?“

5

Der Sand unter ihrem Po gab nach, er klebte an ihren Handflächen, und er roch – undefinierbar. Wie das, was in den Fluss gepumpt wurde und als Strudel aus den Tiefen an die Oberfläche schäumte. Das Wasser war so nah, dass sie das leise Plätschern der Wellen hören konnte. Bis zum anderen Ufer weit hinter der Hafenmole schienen es Kilometer.

Melanie zog die Beine an ihren Körper und kauerte sich ein Stück näher ans Gebüsch, das sie nur notdürftig verbarg. Sonntags nahm man es vielleicht nicht so genau mit dem Privatstrand. Der Westhafen war Kims zweite Heimat. Manchmal trafen sie sich hier auch und beobachteten die vorbeiziehenden Vergnügungsschiffe, die auf dem Main zwischen den Schleusen schipperten.

Die Brücke selbst hatte keine mehr betreten. Jedenfalls behaupteten das Kim und Dorothee. Aber was war eine Behauptung schon noch wert? Ein Feuerwehrschiff tuckerte vorbei und schlug kleine Wellen, die gegen die Steine schaukelten. Wieder wanderte ihr Blick ziellos am gegenüberliegenden Ufer entlang. Wenn keine der beiden zu früh kam, blieb ihr noch eine halbe Stunde für sich.

Die letzten Tage waren Horror gewesen. Zu Hause war es noch am schönsten. Igor brachte alles durcheinander. Essenszeiten verschoben sich, Benjamin hielt hin und wieder mal still. Gestern hatte ihre Mutter sie in die Arme geschlossen, einfach so.

Aber vor der Schule bekam sie regelmäßig Bauchweh. Wie ein Zombie bewegte sie sich zwischen den anderen und versuchte, an früher anzuknüpfen und nicht gleich in jeder Pause zu Kim zu stürzen. Dorothee war seit der Sache mit der Überwachungskamera nicht mehr in der Schule gewesen. Magen-Darm, hieß es lapidar in ihrer WhatsApp. *Milva hat die Hosen voll*, hatte Kim auf dem Heimweg von der Schule gelästert und sich dabei beinahe mit ihrem Fahrradlenker in ihrem verhakt. Für sie war Dorothee schuld an Vesnas Tod, auch wenn sie es nicht aussprach. Und Dorothee? War seit Vesnas Tod trotz ihrer Bestürzung aufgeblüht. Aufgeblüht!

Melanie nahm eine Handvoll Sand und warf sie über die Sträucher hinweg in den Fluss. Dorothee hatte Kim beschuldigt, ihr einen Strick daraus zu drehen, dass sie die Sache angeleiert hatte. Kim war sauer, weil Dorothee während der Klassenarbeit ihren Ellbogen so über ihr Heft gelegt hätte, dass sie nicht wie verabredet Ergebnisse vergleichen konnte. Dorothee hatte nur kurz bestätigt, zu diesem Treffen zu kommen. Mehr nicht.

Ein Flugzeug schob sich durch die Wolken und verschwand im Grau des Himmels. Wenn sie Pech hatten, begann es bald zu regnen. Vor ihr platschte ein Stein ins Wasser.

„Hey!"

Das kleine Metalltor ging auf, und Dorothee stieg vor Kim die Treppe zu dem Flecken Sandstrand hinunter.

„Du bist ne halbe Stunde zu früh." Kim setzte sich auf einen Stein ihr gegenüber und fuhr mit der Hand in ihren Kragen. Ihr Tattoo sah noch immer entzündet aus.

„Ihr auch."

„Wir wollten uns aussprechen", sagte Dorothee und zog eine Decke aus ihrem Rucksack. Ihre blasse Haut spannte über ihren Wangenknochen. Vielleicht war sie wirklich krank gewesen.

„Nur zu."

Unruhig plätscherte das Wasser gegen die Steine. Warum

saßen sie ausgerechnet am Fluss, nahe der Stelle, an der Vesna ertrunken war?

„Fällt euch was auf?" Kim sah von ihr zu Dorothee, die in dem fahlen Nachmittagslicht wie eine Porzellanpuppe aussah, und zog den rechten Ärmel ihrer Jacke hoch. Um ihr Handgelenk schmiegten sich die üblichen Lederbänder und die Taucheruhr ihres großen Bruders.

„Das Bändchen ist weg."

„Genau, Milva. Ich hab's zerschnitten, vor Wut."

„Hör auf, mich Milva zu nennen."

Statt einer Antwort griff Kim in ihre Hosentasche und warf das geflochtene Baumwollband in den Sand zwischen ihnen.

„Eine für alle, alle für eine. Dass ich nicht lache."

Melanie fuhr unter dem Blick, der sie traf, zusammen. *Blauäugige Hexe*, das waren Vesnas Worte im Blog gewesen. Auch sie war damals in das Spiel der Kränkungen eingestiegen. Und Kim hatte kein Wort mehr darüber verloren. Kein Wort. Aber jetzt stand alles in ihrem Blick geschrieben.

„Irgendjemand hat unseren Schwur rumgedreht. Jede gegen jede."

„Dann erneuern wir ihn einfach." Dorothee sprang auf und breitete die Decke aus, ohne auf die Spaziergänger zu achten, die oben an der Promenade entlanggingen.

„Wie denn?"

Auf dem Main zog ein Boot vorbei. Im Gleichtakt tauchten die Ruderer ihre Paddel ins Wasser. Ein Team, dachte Melanie, während sie aufstand und sich auf eine Ecke der Wolldecke setzte.

„Ich muss euch was erzählen." Wieder sah sie über die weite Fläche des Flusses. „Ich habe vor ein paar Tagen Vesnas Notizbuch vergraben. Weil es ihre Gedanken sind. Und auch, weil ...

weil ich ein schlechtes Gewissen hatte. Ich war eifersüchtig auf ihre Stimme."

Sie holte Luft und begann von dem Streit im Dezember zu erzählen und wie sie völlig übertrieben Vesnas Geschenk in den Gulli geworfen und sich später dafür geschämt hatte. Auch für ihre Wut. Immer hatte Vesna von Schwierigkeiten berichtet. Moritz behandele sie manchmal, als sei sie ein Psycho, *CD* setze ihr zu, ihre Eltern kämen überraschend ins Zimmer, um zu kontrollieren, was sie mache. Es sei immer nur um Vesna gegangen, Vesna und ihren Kummer. Wie mit Benjamins Unruhe zu Hause. Und plötzlich habe Vesna dann alles banal gefunden. Die Casting-Sendung, die Treffen im *On Stage*, an allem habe sie etwas auszusetzen gehabt.

„Sie hat geklungen wie meine Mutter." Der Sand, den sie automatisch mit der Hand aus dem Boden geschaufelt hatte, klebte in ihrer Hand. „Dieselbe Schiene. Du hast es doch nicht nötig, dich zu beweisen, hat sie gesagt. Bleib doch, wie du bist." Melanie stockte. „Dabei wollte ich alle mal überraschen. Begeistern, nicht überzeugen, das war mein Profil, bevor *CD* das Skript verändert hat."

Die beiden schwiegen betroffen.

„Und dein Skript – was stand da drin?", fragte Kim nach einer Weile.

Sie sahen sich an. Eines der Dinge, die *CD* ihnen eindringlich eingeschärft hatte, war, nicht mit anderen über die Skripte zu reden. Zu ihrem eigenen Schutz.

„Ich sollte meine Ellenbogen ausfahren, auch mal gegen die Vernunft. Weil man das braucht im Leben. Und auf der Bühne." Melanie sah über das Wasser. „Und vor allem nicht immer alle verstehen. Auch keine Freundin, die besser singt und mir dadurch meine Chancen nimmt."

Es tat so gut, es auszusprechen und die kleinen Giftpfeile, mit denen *CD* jede kleinste Anwandlung von Vertrauen erlegte, aus dem Fleisch zu ziehen. Warnungen über WhatsApp oder am Ende einer Probe, wenn sie alleine waren, wie nebenbei gestreut. Dass jedes Geheimnis vor die Leinwand gezerrt, jede kleinste Schwäche gegen sie verwendet werden konnte. Und sie sich vor Leuten, die sie um Hilfe baten, in Acht nehmen sollte. Kein falsches Mitleid, zu keiner Zeit.

„Damit war ich gemeint." Kim starrte auf ihr Freundschaftsbändchen, das noch immer im Sand zwischen ihnen lag. „Diese Schlange."

Sie sprang auf und lief auf dem kleinen Sandstück, das ein Schild oberhalb der Promenade als Privatstrand auswies, umher. „Und ich dachte, sie will mir raushelfen aus meiner Situation. Sie war sogar mal bei uns. Wollte mit meinem Vater reden." Sie blieb in der Bewegung stehen. „Shit. Das Ticket."

„Was für ein Ticket?" Aus Dorothees Gesicht war der letzte Rest Farbe gewichen.

„Das Ticket hat mir das Genick brechen sollen. Krass." Kim kniete sich auf die Decke und dann, nach einem prüfenden Blick zu Dorothee, setzte sie sich im Schneidersitz ihr gegenüber. „Sorry, ich hatte dich im Verdacht."

Wenige Meter schräg über ihnen lief eine Gruppe Jugendlicher mit Bierdosen in der Hand die Promenade entlang. Welches Boot ist es denn, lallte einer.

„Alkohol", sagte Kim verächtlich. „Könnte mir zum Verhängnis werden, hat sie gesagt, schon wegen meinem Vater. Und weil ihr alle Bescheid wisst. Laut *CD* habt ihr mich in der Hand, wenn ihr wollt. Und da sollte ich vorbauen. Mit klaren Ansagen. Und frecher Schnauze, so hat sie's genannt.

Raus aus dem Sumpf – auf den Slogan ist sie richtig abgefahren. Sie wollte ne soziale Kämpferin. Underdog, hat sie mir ins Skript geschrieben. Eine, die sich nichts gefallen lässt von begünstigteren Mädchen. Ein Pfundskumpel. Eine von unten. Eine starke Persönlichkeit, die sich hochgekämpft hat. Hey, hat die mir den Kopf leer gequatscht. Und mich gewarnt – vor allem vor denen, die bessere Voraussetzungen haben." Sie vermied es, Dorothee anzuschauen. „Ich sollte andere ruhig mal klein machen, weil die Umstände sie ja schon groß machen. Vesna zum Bespiel. So fraulich, so klug. Da müsste ich was anderes dagegensetzen."

„Aber Vesna war ihr Liebling", warf Melanie ein.

„Wir waren alle ihr Liebling", korrigierte Dorothee.

Eine Pause entstand.

„Ich werde da oben stehen, das schwöre ich euch. Auch ohne die Berg. Ich muss die Unterschrift von meinem Vater eh fälschen", sagte Kim schließlich und starrte auf ihre beringten Hände. „Und wegen Vesna – ich war auch eifersüchtig. Ist doch klar. Sie war einfach cool ... ach, scheiße. Mel, dieses Briefchen, das sie damals vor eurer Haustür gefunden hat, kam ihr wahrscheinlich vor wie Verrat."

Dorothee schob ihre Mähne von links nach rechts und zog dann ein Gummiband darüber.

„Kann es sein, dass ich überhaupt nichts mitkriege?"

„Ist nicht so wichtig. Einfach nur ein Missverständnis." Vesna hätte das gesagt, in ihrer bescheidenen Art. Bevor sie sich Stück für Stück zurückzog und stattdessen diesen anonymen Blog schrieb. Melanie fing den dankbaren Blick Kims auf. Warum saß Vesna jetzt nicht unter ihnen? Dann wäre alles gut. Die Missverständnisse, argwöhnischen Fragen. Alles würde sich klären. „Die Berg hat uns gegeneinander aufgehetzt."

„Wir wollten doch, dass sie uns fit macht für den Recall", sagte Dorothee, die in ihrem Rucksack wühlte und ein gefaltetes Papier herauszog. „Ich möchte euch was vorlesen." Sie setzte sich kerzengerade, soweit es der Schneidersitz zuließ, und las mit ungewöhnlich klarer, lauter Stimme.

Ich träume bei Nacht und bei Tag. Ich träume. Träume Musik. Wenn ich singe, habe ich alles in der Hand. Mein Herz, mein Leben, die Menschen, die mir zuhören. Hör mir zu.

Wie oft geschieht es einem schon, dass man alles zugleich in sich spürt – die Weite des gesamten Universums? Mir ist es passiert. Mit einem Lied.

Ein Lied will alles von dir. Augen, Atem, Widerspruch, deine Stimme. Es reißt dich auf und schenkt sich in brutalster Zärtlichkeit.

Hör mir zu. Sieh mir zu, meinem Tanz. Das bin ich. Stille. Licht. Luft, und die Füße immer auf dem Boden. Ich schenke dir meine Musik, Note für Note. Schenke sie her für ein grünes Lächeln, grün. Grün wie Gras, Natur, Bäume, wie die Blätterfächer, durch die Sonne fällt.

Sie ließ das Blatt sinken und faltete es zusammen.

„Es sagt genau das aus, was ich empfinde."

In die Stille hinein donnerte ein Zug über die Brücke, die unweit des kleinen Sandfleckens den Main überspannte. Als er vorbei war, wurde es wieder still.

Kim fand als erste die Sprache wieder.

„Ist ja abgefahren. Wie kommst du denn auf ein grünes Lächeln?"

Dorothee zuckte mit den Schultern. Sie legte ihren Kopf schief, als suche sie nach einem weiteren poetischen Bild, während ihre rechte Hand unablässig über das mit einem Gummi zusammengefasste Haar strich. Am Himmel war es so dunkel geworden, dass sich die beleuchteten Fenster der Häuser im Hafenbecken spiegelten. Es konnte nicht mehr lange dauern, bis ein Platzregen niedergehen und sie innerhalb von Sekunden durchnässen würde.

„Also okay, der Text ist nicht von mir." Dorothee biss sich auf die Lippen. „Vor zwei Wochen habe ich zu Hause meinen Rucksack ausgeräumt, um einen Stift zu suchen, und da hab ich ihn gefunden. Keine Ahnung, wie er da reingekommen ist. Aber an dem Tag haben wir Musik-AG gehabt. Und mein Rucksack stand die ganze Zeit offen in der Ecke – auch in der Pause."

„Hast du *CD* nicht gefragt?" Kim wischte sich mit der Hand über die Stirn.

„Doch."

Die ersten Tropfen fielen vom Himmel. Es roch nach nassem Sand, obwohl sie noch immer im Trockenen saßen, auf der Fleecedecke, keinen Meter voneinander entfernt.

„Mann. Sag schon."

„Sie war's." Wieder schwieg Dorothee bedeutungsvoll. Unmöglich zu sagen, was in ihr vorging. Die blassblauen Augen schienen auf etwas gerichtet zu sein, das nur sie sehen konnte.

„Vorgestern rief sie mich an. Übers Handy. Fragte mich, wie ich den Text fände. Dieser Freund aus der Casting-Branche hätte ihn ihr gegeben. Zur Inspiration für uns."

„Ja, und?" Kim starrte sie an.

„Sie hat gesagt, er würde am besten zu mir passen. Und ich darf ihn so verwenden, wie ich will. Auch, als wäre es mein eigener."

„Na, herzlichen Glückwunsch."

Dorothee öffnete den Mund, schloss ihn wieder. Mit starrem Blick zerknüllte sie den Zettel und warf ihn vom Ufer aus weit in den Fluss. Die Geste besaß etwas Theatralisches.

„Und jetzt fahren wir zur Berg", sagte Melanie und sah dem Papierball hinterher. Die ersten Regentropfen fielen ins Wasser und zogen auf der Oberfläche kleine Kreise.

„Vielleicht wollte sie aus Vesna dramatisches Potenzial rausholen. Weil die ja eine Weile so glücklich war, und gar nicht mehr richtig interessiert am Contest. Und dann hat sie's übertrieben."

„Übertrieben? Sie hat uns gegeneinander aufgehetzt und ..."

Melanies letzten Worte gingen in dem Regenguss unter, der auf sie niederprasselte. Sie stürzten die Treppe hoch und flüchteten sich unter die Steinüberdachung des Piers. Sintflutartig prasselte das Wasser auf den Stein, als wolle es alles Gesagte und Ungesagte zwischen ihnen fortschwemmen. Melanie schloss die Augen, spürte feine Wasserpartikel auf ihrem Gesicht und trat aus dem Schutz des Vordachs auf den Weg. Der Regen packte sie, klatschte ihr auf Kopf und Schultern, durchweichte ihre Jeans und troff von den nassen Haaren in ihren Jackenkragen.

„Bist du irre?" Kim riss sie an der Schulter hinter den Steinpfeiler zurück und funkelte sie an, bevor sie ihre Hände in ihre Lederjacke steckte. „Jetzt hört mal, ihr beiden. Wir sind kurz davor. Was bringt es uns denn, jetzt die Berg an den Pranger zu stellen? Wir sind Betroffene, nicht die Schuldigen. Und ich lass mich nicht zum Opfer machen." Vom Wasser her tönte das langgezogene Tuten eines Dampfers. Unwillkürlich erhob Kim ihre Stimme, als sie sagte, dass sie weitermache, keine andere Wahl hätte, als weiterzumachen, notfalls auch alleine.

Noch lange, nachdem sie sich getrennt hatten, ging Melanie der verzweifelte Blick ihrer Freundin nicht aus dem Kopf. Ohne eine Verabschiedung war sie in Richtung Mainfeld gestapft, in ihre Hochhauswelt, das Übergangslager im elften Stock, wie sie es oft nannte. Melanie passierte den steinernen Torbogen. Auch hier war der Innenhof von Pfützen übersät. Zu Hause saßen Freunde ihrer Eltern beim Kaffee, und Benjamin tollte im ersten Stock mit Igor herum. Wieder ein anderer Kontinent. Sie steckte einen Kopf durch die Tür und zeigte entschuldigend auf ihre durchnässte Kleidung, bevor sie nach oben schlüpfte und sie im Bad gegen trockene eintauschte.

„Melli, aufmachen“, schrie Benjamin aus dem Flur, „Igor will zu dir.“ Etwas kratzte an der Tür. Sie zog die Nagelschere aus dem Hängeschrank und betrachtete das nasse Armbändchen an ihrem Handgelenk lange, bevor sie es entzwei schnitt. Wie erlöst fiel es ins Waschbecken.

„Mellliiii.“

„Was denn?“

Vor der Tür, die sie aufriss, stand ihr kleiner Bruder mit einem Plastiksäbel in der Hand.

Sie riss ihm die Augenklappe vom Gesicht. „Du bist zu alt für diesen Quatsch.“

Der Welpe wuselte um ihre Beine.

„Und du gehst jetzt mit Igor. Er muss mal.“

Statt einer Erwiderung tippte Mel sich an die Stirn und lief die Treppe hinunter. Durch den offenen Spalt der Wohnzimmertür sah sie ihre Mutter am Esstisch sitzen und geduldig der Freundin zuhören, die wie immer das Gespräch dominierte. Sie saß da, so gesittet, so gefangen in dem, was sie Aufmerksamkeit nannte, den Pony akkurat, Knie übereinander geschlagen. Was wohl wirklich in ihr vorging? Ihr Vater war von dem Winkel, aus dem sie spähte, nicht zu sehen. Sobald er sie entdeckte, würde er sie ins Gespräch integrieren. Leise entfernte sie sich von der Tür und schlich die Stufen hinauf. Die Höflichkeitsnummer konnte sie jetzt einfach nicht abziehen.

Sie warf sich aufs Bett. Morgen war wieder Schule – und Musik-AG. Was anderes als zu schwänzen ging nicht. Wie sollte sie Frau Berg begegnen, jetzt, mit dem neuen Wissen?

Es war so aufregend gewesen am Anfang, all ihre geheimen Treffen, die Ideen, die sie sammelten und wieder verwarfen, die Blicke im Klassenzimmer, weil nur sie wussten, dass sie vielleicht bald auserwählt waren, auf der Bühne zu stehen, und das erste Treffen bei Irene Berg – ihr Blick, als Dorothee vorschlug, sie nur noch *CD* zu nennen. Wie hitzig sie über ihre Skripte diskutiert hatten, und über die Korrekturen von der Berg. War es ab da anders geworden? Oder durch *CDs* Insidertipps? Für jede einen anderen, oft per WhatsApp und exklusiv. Auch ihre Gesangscoachings. Wieso machte sie das eigentlich alles ohne Gegenleistung?

Stimmen aus dem Erdgeschoss drangen an ihr Ohr, dann fiel die Haustür ins Schloss. Sie schwang ihre Beine aus dem Bett und zog ein Buch aus dem Regal. Es konnte nicht lange dauern, bis ihre Mutter hier erschien. Was grübelst du, würde sie fragen, so wie sie ihr in letzter Zeit immer ein Grübeln unterstellte, wenn sie einfach mal nichts tat. Als würde man nicht grübeln, wenn man sich anderweitig beschäftigte.

6

Irgendetwas war passiert. Das spürte sie schon beim Frühstück, zwischen Honigbrot, Tee und den allmorgendlichen Ritualen am Tisch. Benjamin und ihre Mutter taten so, als sei alles wie immer, auch Igor rannte wie gewohnt den Vögeln im Garten hinterher, in der Spiegelung der Scheibe flitzte sein brauner Schatten. Doch kaum hatte sie das Haus verlassen, gab der Tag seine wahre Gestalt preis. Kim wartete nicht an der Niederräder Kreuzung. Nach dem erfolglosen Versuch, sie per Smartphone zu erreichen, war Melanie alleine in die Schule gefahren. Aber auch hier keine Spur von ihr, keine Nachricht – nicht mal ein Blickwechsel mit Dorothee, die schon auf ihrem Platz saß und in ihrer Tasche wühlte. Sie war alleine, wie auf einer Insel saß sie im Meer der Mitschüler und wartete. Wartete. Wartete. Kaum läutete es zur Pause, schlüpfte Melanie aus dem Klassenraum und flüchtete ins Treppenhaus. *No future*, stand seit dem Morgen in schwarzer Farbe an der Wand. Das älteste Graffiti der Welt, schon die Lehrer hatten es zu ihrer Zeit an die Mauern gesprüht. Sie ließ sich auf den Treppenstufen nieder und wählte Kims Nummer. Erst nach einer ewigen Zeit meldete sich jemand an der anderen Leitung.

„Kim, bist du das? Was ist los?" Melanie presste das Smartphone an ihr Ohr. Im Hörer peitschten Beats, als hätte sie in einer Disco angerufen.

„Hallo?"

Die Musik erlosch, und Kim fragte sie mit verwaschener Aussprache, ob sie nach der Schule vorbeikommen könne.

„Hast du was genommen?"

„Kommst du?“

„Verdammt, ja. Aber ...“

Ein genuscheltes *Danke* folgte, bevor die Verbindung abbrach. Nahm Kim Drogen?

Als sie in den Klassenraum zurückkehrte, stand Dorothee mit Enrico am geöffneten Fenster und flirtete. Oder gab sie gerade eine Kostprobe ihres neuen Diva-Daseins, das laut Skript in ihr lag? Wie krank.

Sie setzte sich auf ihren Platz, fühlte, wie sie versteinerte. Hanna und Maren am Pult hinter ihr kicherten über irgendwas. H&M nannte sie die beiden im Stillen, zwei Mitschülerinnen mit rosa geschminkten Lippen, die ausschließlich über Kleidung und Jungen redeten und sich nun erbarmten, sie in ihr Gespräch zu integrieren.

Die Stunden bis zum Schulschluss starrte sie angestrengt zum Whiteboard, während sich Visionen von dem, was sie im Mainfeld erwarten würde, vor die Worte der Lehrer schob.

Als sie im elften Stock vor der Tür mit dem Namenschild der Brenzes stand, war sie sich plötzlich nicht mehr sicher, ob sie es wissen wollte. Aus der Wohnung war weder Musik noch ein sonstiges Geräusch zu vernehmen, nur der Brummton, nachdem sie den Klingelknopf gedrückt hatte.

„Ja?“, rief es von innen.

„Ich bin’s, Mel.“

Zögerlich wurde die Tür aufgezogen und Kim erschien im Türrahmen, mit verschwollenem Gesicht und einem verfärbten Wangenknochen. Die aufgeplatzte Lippe glänzte von einer Tinktur. Wortlos zog ihre Freundin sie in die Wohnung und hinkte ihr voraus durch den Flur, der so aufgeräumt war, als wäre die Garderobe nie aus ihrer Verankerung gerissen worden.

Erst in ihrem eigenen Zimmer drehte sie sich um. Im einfallenden Tageslicht sah Melanie, wie blass Kim war. Ihre rechte Hand war notdürftig mit einer Bandage umwickelt, der Nagel ihres Daumens blutverkrustet.

Melanie erfasste alles gleichzeitig. Die Kerzen ringsum, Sitzkissen auf dem Boden, die vertrauten Poster an der Wand und ihre verletzte Freundin, die sie vom zerwühlten Bett aus ansah wie eine einzige Anklage.

Ich lass mich nicht zum Opfer machen, hatte sie gestern noch am Westhafen gesagt.

„Du musst hier raus." Sie fing Kims forschenden Blick auf.

„Das war nicht mein Vater, falls du das meinst."

Melanie schüttelte den Kopf. Ihr war heiß. Natürlich war sie davon ausgegangen.

„Ich hoffe, das macht mich interessant beim Casting. Ich werde mir eine ordentliche Geschichte dazu ausdenken." Ein kurzes Lächeln glitt über Kims Gesicht, dann wurde sie ernst. „Da läuft was gegen mich." Sie klopfte auf den Platz neben sich.

Plötzlich erinnerte Melanie sich an die Nacht im Landschulheim, als sie Kim in der Herbergsküche aus einer brenzligen Situation gerettet hatte. Brenzlig. *Brenze*. War ihr noch nie aufgefallen, diese Verbindung.

„Hörst du mir zu?"

Melanie nickte und verfolgte, wie Kim sich bückte und zwei zusammengebundene, schmutzige Stahldrähte hervorzog.

„Die sind von meinem Fahrrad. Bis auf ein Fädchen durchgesägt. Ich hab mich fast gelegt, als die beim Bremsen gerissen sind." Sie schob die Bremszüge unters Bett zurück und zuckte beim Hochkommen vor Schmerz zusammen. „Erst dachte ich, es ist durchgesickert, dass Max und ich die Fete in der Wohnung dieses Schmocks organisiert haben. Mein Rad stand draußen an den Eisenschlaufen." Sie winkte ab. „Ich hab's dir nicht erzählt, weil du damals mit deiner Selbstjustiz gekommen bist. Hab's einfach repariert und in unseren eigenen Keller eingeschlossen. Aber gestern ...", sie senkte die Stimme, als fürchte sie, die Wohnung sei verwanzt, „... bin ich erst spät nach Hause gekommen. Die Straße war leer, und plötzlich kam was aus der Durchfahrt geschossen, da, wo die Gärten sind. Ein Riesenschlag, mehr habe ich nicht mitbekommen. Bin mit der rechten Seite und dem Kopf auf die Straße geflogen. Bis ich mich aufgerappelt hatte, war der Arsch weg." Das intensive Blau ihrer Augen verschattete sich. „Ich bin mir nicht sicher, ob das nicht doch wegen der Kamera ist. Den Chip haben wir ja noch. Viel leicht bin ich die Nächste."

Melanie sprang auf. „Wir müssen doch nur schauen, ob der weiße Fiat von *CD* Dellen am Kotflügel hat. Ich hätte vorhin nachsehen können. Sie wohnt an der Schule."

„Wenn, hat sie das Auto anderswo abgestellt. Oder zur Reparatur gebracht." Kim spielte am Verband herum. „Aber macht die denn wirklich sowas?"

„Ich geh nicht mehr ins *On Stage*."

„Ich auch nicht", murmelte Kim und versank in trübsinniges Schweigen. Vor dem Fenster kämpfte sich eine schwache Sonne durch das undefinierbare Grau des Himmels. Plötzlich kam es Melanie tröstlich vor, in solcher Höhe zu stehen. Als ob der Schmutz der Welt nicht bis nach oben gelangen konnte.

Die Türklingel schreckte sie aus ihren Gedanken auf und hinterließ eine unheilvolle Stille.

„Erwartest du jemanden?"

Kim legte den Finger auf ihren Mund. In der Stille schwang kein Geräusch mit, kein einziges. Als säßen sie in irgendeiner

Blase am Rande des Universums. Erst als einige Zeit vergangen war, stand sie auf und humpelte ans Fenster.

„Niemand zu sehen."

Von hinten wirkte ihr breites Kreuz kämpferisch und passte nicht zu der zaghaften, etwas verwaschenen Stimme, mit der sie zu reden begann. Dass sie sich bis Ende der Woche krankschreiben lassen würde, vom gleichen Arzt, der ihr auch das Gesundheitszeugnis ausstellte. Danach seien eh Ferien. Ihren großen Bruder würde sie wegen des Castings einweihen müssen – für den Gang zum Jugendamt. Und die Unterschrift ihres Vaters – die beherrsche sie im Schlaf. In die einsetzende Stille ging der Türsummer erneut, dann klopfte es laut gegen die Wohnungstür.

„Shit."

„Habt ihr keinen Spion?"

„Das ist krass. Wenn sie das ist ..."

„Hey, die Berg ist keine Killerin. Jetzt komm mal runter." Melanie straffte ihre Schultern und verließ das Zimmer, ohne Kims erschrockenen Blick zu beachten. Sie öffnete die Tür und starrte gegen die Wand mit der aufgemalten Hausnummer, bevor sie das Päckchen auf der Fußmatte entdeckte.

„Der Postbote", rief sie und hörte, wie sich langsam Schritte aus dem Flur näherten. Kim sah das Paket an, als enthalte es eine Bombe.

„Es ist für deinen kleinen Bruder, steht auf dem Aufkleber. Lass es einfach da liegen, wenn du dem nicht traust."

Die Tür klickte sanft beim Schließen. Kim war hinter ihr stehen geblieben. Trotz ihrer Freundschaft war immer ein Vorbehalt zwischen ihnen gewesen, aber hier in der Enge des Flurs, zwischen Wandspiegel und dem Buckel aus Jacken, der wieder an der Garderobe hing, kam es ihr plötzlich vor, als wäre jede Distanz aufgehoben.

Unschlüssig verharrte Melanie und wartete auf Worte, die ausblieben, auf ein Zeichen, einen Vorschlag, irgendetwas.

„Ich geh jetzt“, sagte sie schließlich. „Willst du nicht doch die Polizei einschalten, wenn du solche Angst hast? Das war Fahrerflucht.“

Kim zuckte mit den Schultern. „Kommst du mich nochmal besuchen?“

„Es geht erst Donnerstag, am Nachmittag. Ruf an, wenn was ist.“

Als sich die Tür hinter ihr schloss, kam es ihr vor, als sei sie gerade einem Alptraum entronnen. Das Quietschen ihrer Gummisohlen auf dem Linoleumboden begleitete sie auf dem Weg zum Fahrstuhl.

7

Irene Berg und Kim Brenze. Wieder zog der Stift einen roten Kreis, übermalte den alten. Konfrontieren, hatte Steiner neulich gesagt, bevor sie in diese Liebesnacht eingetaucht waren, die sie noch immer aus der Bahn warf, sobald sie sich gestattete, daran zu denken.

Jona zwang sich, ihr Augenmerk auf die Skizze am Kühlschrank zu richten. Mit der Wahrheit konfrontieren oder durch eine Beschuldigung aus der Reserve locken. Aber wie? Konkrete Anhaltspunkte besaß sie nur über Irene Berg, die Musik-Lehrerin alias *CD*. Eine seltsame Person. Zu ihr führten die meisten Linien in dem verschlungenen Gebilde von Namen und Strichen.

Sie legte den Stift beiseite und kontrollierte ihr Smartphone. Noch immer keine Nachricht von Iska, auch Melanie hatte sich nicht zurückgemeldet. Vielleicht hatte sie Nachmittagsunterricht. Am Montag begannen die Schulferien, dann konnte Irene Berg für zwei Wochen abtauchen. Sie war weder gefährlich noch unschuldig. Sie war einfach ein Mensch, der zu offensichtlich geliebt werden wollte. *Bringschuld*, schrieb sie auf das Papier und steckte die Kappe auf den Filzstift.

Als sie fünf Minuten später ihre Wohnung verließ, lächelte ihr Mr. Bones mit blankem Gebiss zu, wie um sie auf das vorzubereiten, was sie die nächsten vierundzwanzig Stunden erwarten sollte.

Irene Berg wohnte in einem Altbau in der Textorstraße in Sachsenhausen; fünf Gehminuten von der Schule entfernt, zehn zum Gewächshaus und so nah am Puls des Geschehens, als hätte sie hier absichtlich ihren Stützpunkt bezogen. Jona inspizierte die Klingelschilder neben dem Eingang, als plötzlich die Tür aufgezogen wurde und eine junge Frau mit Baskenmütze aus dem Haus trat. Nach einem Gruß schlüpfte Jona an ihr vorbei ins Treppenhaus und suchte die Namensschilder ab, bis sie im vierten, dem obersten Stockwerk auf den Namen der Lehrerin stieß. Eine Bastfußmatte mit Papageienaufdruck lag schief vor der Tür. Sie hob ein Päckchen Papiertaschentücher auf. Irene Berg schien übereilt aufgebrochen zu sein. Im Innern der Wohnung regte sich trotz mehrmaligem Klingeln nichts, und als Jona wenig später auf die Straße hinaustrat und ihr Blick auf den weißen Fiat am Straßenrand fiel, kam ihr plötzlich der Gedanke, dass sie bei den Mädchen sein konnte. Das Gewächshaus war von hier aus gut zu Fuß zu erreichen.

Sie rief Melanie an, die sich erst nach endlosen Klingelzeichen meldete und in den Hörer raunte, sie würde sich später melden. Im Hintergrund zischte jemand etwas.

„Mel, wo bist du?“

Unwillig nannte sie Kims Namen.

„Gib mir deine Freundin mal.“ Jona hielt sich ein Ohr zu, bis eine Stretchlimousine mit johlenden Jugendlichen über die Kreuzung gerast war.

Die unwirsche Stimme, die sich meldete, ließ keinen Zweifel, dass ihr Anruf ungelegen kam. Jona trat von der lauten Verkehrsstraße zurück und stellte sich in den Schutz einer Hausmauer, bevor sie ohne Umschweife um ein Treffen bat. Jetzt gleich, und mit ihrer Nichte zusammen. In der Leitung blieb es still. Erst nach einer Weile kam ein zögerndes: „Und warum?“

„Ich denke, du weißt mehr, als du zugibst. Und ich weiß

mehr, als du denkst. Wir sollten uns austauschen." Wieder Stille in der Leitung.

„Okay", kam es aus dem Hörer, bevor sie ihr eine Adresse im Mainfeld nannte.

Das Auto, das Jona über Carsharing gemietet hatte, roch nach Leder und dem vom Rückspiegel baumelnden Zedernbäumchen. Dumpf. So dumpf wie ihre Vorahnung, als sie den Wagen am Parkplatz vor der Mainfeldsiedlung abstellte und zu den aufragenden Hochhäusern sah. Zu ihrer Kinderzeit galt die Wohnanlage als sozialer Brennpunkt. Wolkenkratzer, deren Beton Familienschicksale einschloss. Es war das Bild, das sie geprägt hatte, und vermutlich ein von ihren Eltern absichtlich entworfenes, um sie davon abzuhalten, sich mit vermeintlich falschen Freunden abzugeben. Seither war einiges erneuert und verändert worden, wie Iska ihr beim Kauf ihrer Reihenhaushälfte erzählt hatte. Ihr Haus lag nur wenige Parallelstraßen weiter im Ortskern von Niederrad, und schien doch einer gänzlich anderen Welt anzugehören.

Jona lief den asphaltierten Fußweg zu den Hochhäusern, vorbei an einem Abenteuerspielplatz, vorbei an eingezäunten, mit Sperrmüll und Elektroschrott überquellenden Mülltonnen und einem Vorplatz mit Fahrrädern.

Als sie die Glastür aufzog, trat Melanie aus dem Vorraum der Briefkastenanlage. Sie trug einen beigen Trenchcoat, den Jona noch nie an ihr gesehen hatte.

„Kim möchte nicht, dass du hoch kommst. Können wir irgendwohin fahren?"

Jona nickte und sah ihrer Nichte dabei zu, wie sie mit flinken Fingern eine Nachricht in ihr Smartphone tippte. Die Zeit der Glitzerpullis war vorbei.

„Erschrick nicht, sie hatte einen Crash mit dem Rad."

„Mel, wie geht es dir?"

In den Augen ihrer Nichte blitzte es auf. „Fml."

„Und das bedeutet?"

„Fuck my life."

Bevor sie etwas erwidern konnte, sah sie einen Schatten, und Kim trat durch die Glastür, bemüht, ihr Humpeln zu verbergen. Ein dünner Grind überzog ihre Lippe, das Veilchen zwischen Auge und Wangenknochen schimmerte blauviolett; ihre Hände hatte sie in den Taschen ihrer Lederjacke vergraben, doch an der Art, wie sie ihre Schulter hielt, war zu sehen, dass sie Schmerzen hatte.

„Ihr wollt anderswo reden, hab ich gehört. Dann kommt mal mit."

Den kurzen Weg zum Wagen liefen sie schweigend. Erst im Auto richtete Jona das Wort an die Mädchen. „Wenn ich euch helfen soll, muss ich wissen, was los ist."

„Wer hat gesagt, dass wir Hilfe brauchen?", blaffte es von hinten. „Wir müssen erstmal weg hier."

Sie ließen die Siedlung hinter sich und fuhren in den Ortskern Niederrads. Jona lenkte den Wagen auf den Bürgersteig und fuhr, als ein Kinderwagen auf sie zusteuerte, direkt auf den Vorplatz der Kirche. Die rote Kirche. Wie oft hatte sie in ihrer Jugend in einem der dunklen Beichtstühle gesessen und Missetaten erfunden, um die wahren nicht zugeben zu müssen. Gerade war sie selbst kurz davor, eine Beichte abzunehmen, jedenfalls fühlte es sich so an.

„Und jetzt?" kam es von hinten.

„Jetzt sagst du mir, wer dich so zugerichtet hat."

Sie inspizierte den Ziegelstein der Kirche und die massiven Eingangstüren, durch die sie als Kind in diese Welt aus Weihrauch, harten Holzbänken und heiligen Gesängen eingetaucht war. Mutter vom Guten Rat. Den konnte sie jetzt gebrauchen. Sie suchte Kims Blick im Rückspiegel.

„Ich dachte, du bist clever genug, um zu wissen, wer auf deiner Seite steht."

Kims Gesicht wechselte die Farbe. Eine Weile starrte sie ins Leere, bis sie fragte, woher sie das wissen solle. „Ich weiß ja noch nicht mal, was Melanie schon erzählt hat."

Jetzt war es an ihrer Nichte, rot zu werden. „Nichts von der Kamera, nichts vom Unfall", raunte sie leise, aber nicht leise genug.

„Es gibt zwei Möglichkeiten. Entweder wir versuchen gemeinsam, die seltsamen Vorgänge aufzuklären. Oder unsere Wege trennen sich hier." Jona wandte sich nach hinten. Sie konnte kaum weiterreden, so sehr setzte ihr das verschwollene Gesicht des Mädchens zu, in dem widerstreitende Gefühle miteinander kämpften. „Dann kann ich aber keine Rücksicht nehmen."

Ein lautes Klopfen gegen das Seitenfenster vereitelte eine Antwort der Mädchen. Noch während die Scheibe herunterfuhr, schimpfte der Anwohner, dass es verboten sei, direkt vor der Kirche zu stehen, respektlos und ungehörig.

„Wir sind gleich wieder weg."

„Aber es ist verboten, hören Sie, verboten."

„Das ist jetzt wirklich Ihr Problem." Sie fuhr die Scheibe hoch und ignorierte seinen fuchtelnden Arm, bis er sich entfernte.

„Arschloch." Kim befühlte ihre Wange. Sie sah dem Mann hinterher, und schließlich, den Blick noch immer aus dem Fenster gerichtet, begann sie zu reden. Von der Entdeckung der Kamera im Gewächshaus, ihrem Verdacht, wie sie sich mit

Melanie zusammen Gewissheit verschafft hatte. Etwas zögerlich fügte sie an, dass jemand die Bremszüge ihres Fahrrads durchtrennt hatte.

„Und dann bist du gestürzt?"

„Das war was anderes. Mich hat Sonntagnacht ein Auto angefahren und ist dann abgehauen."

Jona versuchte, sich ihr Entsetzen nicht anmerken zu lassen.

„Wo ist die SD-Karte jetzt?", fragte sie mit trockenem Mund.

„Bei Mel."

Melanie schlang die Arme um ihren Trenchcoat. „Ich hab sie nicht mehr. Sorry, Kim. Gestern Abend hat plötzlich meine Mutter hinter mir gestanden, wie aus dem Nichts, da hab ich mir gerade Dorothees Auftritt angeschaut. Und dann wollte sie wissen, was das ist, und hat die Speicherkarte eingesackt. Ich wollte es dir erzählen, vorhin."

Kim stöhnte auf. „O Mann, deine Familie."

Ja, ihre Familie. Jona ließ den Motor an. Warum, verflucht, hatte Iska ihr nicht gleich heute Morgen Bescheid gegeben? So wie sie ihre Schwester kannte, würde sie zu Frau Johansen gehen und sie zur Rede stellen, wie es passieren konnte, dass auf ihrem Grundstück heimlich Aufnahmen von Jugendlichen gemacht wurden. Fahrlässigkeit, Überwachungsstaat, die ganze Litanei.

Im Rückwärtsgang setzte sie den Wagen auf die Straße zurück und fädelte sich in den Verkehr der Bruchfeldstraße ein.

„War irgendwas Seltsames von euch darauf?", fragte sie, als eine rote Ampel sie zum Stehen zwang, und hörte an der Art des Schweigens, dass sie ins Schwarze getroffen hatte.

„Der Kuss." Kim lehnte sich im Polster zurück.

„Der Kuss von Vesna und Frau Berg", beeilte Melanie sich zu sagen und schilderte in knappen Worten das Gespräch zwischen Dorothee und Vesna.

„Also echt." Jona schüttelte den Kopf. „Das ist …"

„… krass", ergänzte Kim und lächelte sie, soweit es die Verletzungen in ihrem Gesicht zuließen, im Rückspiegel an. „Wo geht's eigentlich hin?"

„Ich weiß, dass eure Musiklehrerin lügt. Mir ist nur noch nicht klar, warum. Oder besser: Für wen." Sie öffnete das Fenster und steckte sich eine Nelkenzigarette an. Jemand hupte, und sie gab Gas und ließ Niederrad hinter sich, ließ die Bedenken, die sie beim Anblick des verletzten Mädchens bekommen hatte, hinter sich, und die Angst, fremden Menschen unrecht zu tun. Etwas stimmte nicht an Vesnas Tod, etwas Seltsames war geschehen, das in die Gegenwart hineinreichte.

„Ich möchte mit euch zu Irene Berg." Sie spannte ihre Schultern an, wartete auf Protest oder Nachfragen. Doch Melanie war mit ihrem Smartphone beschäftigt und Kim sah aus dem Fenster.

Die Fahrt nach Sachsenhausen verlief schweigsam, die Mädchen schienen ihren eigenen Gedanken nachzuhängen. Erst auf Höhe des Ziegelhüttenplatzes spürte sie einen Ruck an ihrer Nackenstütze und Kims Atem dicht an ihrem Ohr.

„Wir fahren zur falschen Adresse", sagte sie. „Können wir kurz halten?"

Jona nickte, während ein rascher Blick zu Melanie ihre Vermutung bestätigte. Ahnungslos.

In einer Hofeinfahrt stellte Jona die Warnblinkanlage an und den Motor aus.

„Sorry, Mel, ich hätte es dir eher sagen sollen", begann Kim und strich wieder prüfend über ihre Wange. Weißt du noch neulich – deine Frage, auf was ich so gestarrt habe in Dorothees Zimmer? Bevor sie uns in den Ankleideraum geschoben hat. Es war der Wecker. Anderes Modell als im *On Stage*, aber er stand so … so zentral im Regal. Also bin ich wieder in den Elektroladen und hab alle Überwachungsuhren durchgesehen, und: bingo."

„Du meinst …?"

„Hundert Prozent. Ihre Mutter überwacht sie im Zimmer, wie ein Hündchen. Jeden Schritt. Jedes bisschen Privatleben. Sie weiß alles."

„Dann weiß sie auch das mit dem Casting", sagte Melanie tonlos. „Und dass wir die SD-Karte haben. Wir haben sie auf Dorothees Computer angeguckt."

Es wurde still im Wagen, nur das Ticken des Warnblinkers gab den Takt ihrer Gedanken vor. Jona starrte durch die Windschutzscheibe in den Hof. Ihre Begegnung am Obststand. Mit Frau Johansen. Sie hatte sich über den Zufall gefreut. Aber vielleicht war es gar keiner gewesen, und sie war es, die ausspioniert worden war. Frau Johansen und Vesna – die Betuchte und die Feine. Ein Traumpaar. Oder einander ein Dorn im Auge.

„Wieso hast du das nicht vorher erzählt?", fragte sie so ruhig wie möglich.

„Dann wär's aus gewesen. Aus mit meinem Traum. Mit unserem", verbesserte Kim sich. „Es wär doch alles aufgeflogen, und mein Alter hätte mir das verboten."

„Ich muss mal kurz an die Luft."

Jona stieg aus dem Wagen und schlug die Tür des kleinen Polo mit Wucht zu. Die Rollläden des Yoga-Zentrums am Ende der Hofeinfahrt waren zur Hälfte hinabgelassen und gaben den Blick auf blinde Fenster frei, vor Dreck erstarrt, genau wie die Sitzkissen, Matten und Polster, die im Staub des Hofes lagen. Sie verspürte große Lust, ihre Wut daran auszulassen. Es waren Jugendliche. Verdammt, pubertierende Mädchen. Wie sollte man in dem Alter nicht alles aus der eigenen Sicht betrachten? Die Lichter ihres Leihwagens blinkten stoisch, während ihr Gehirn zu arbeiten begann. Ihre Schwester war im Besitz des Chips. Ihre Nummer war im Handy eingespeichert, aber wie so oft meldete sich nur der Anrufbeantworter. Sie bat um schnellen Rückruf, ehe sie wieder in den Wagen stieg.

Dass sie trotzdem kurz mit Irene Berg sprechen musste, war alles, was sie sagte. Fünf Minuten später standen sie vor dem vierstöckigen Altbau in der Textorstraße. Sie parkte den Wagen in zweiter Reihe und nahm den Mädchen das Versprechen ab, im Auto zu warten. Beim Zuwerfen der Fahrertür sah sie, wie Melanie die Hand hob. In ihrem Trenchcoat wirkte sie fremd.

Als keine Reaktion auf ihr Klingeln erfolgte, drückte sie nacheinander alle Knöpfe, bis der Türsummer ging und sie ins Treppenhaus einließ. Ein Pekinese japste und bellte, während sie der Frau, die durch den geöffneten Spalt der Tür sah, etwas von einem Überraschungsgeschenk erzählte und sich fürs Öffnen der Tür bedankte. Noch immer lagen vor der Wohnung der Lehrerin die Fußmatte schief und das Päckchen Taschentücher auf dem Boden. Sie klopfte. Nichts geschah. Auch hinter der Wohnungstür gegenüber regte sich nichts. Waren das jetzt genügend Anhaltspunkte, um Steiner zu überzeugen? Sie rang einen Moment mit sich, und hielt kurz darauf ihre kleine Plastikkarte mit dem Sparkassenaufdruck in der Hand. Zwei, dreimal hatte Ulf ihr damals die Bewegung gezeigt, mit der man die Scheckkarte in den Türspalt zwischen Schnapper und Zarge schieben musste.

Plötzlich schlug ihr das Herz bis zum Hals. Hausfriedensbruch. Sie konnte immer noch mit den Mädchen Kaffee trinken gehen und warten, bis die Lehrerin wieder auftauchte. Oder Steiner die gesamten Fakten auf den Tisch legen und fragen, was er ihr riet. Aber unter ihrer Kopfhaut kribbelte es bereits.

Eine kurze Stippvisite, drei, vier Minuten, vielleicht fand sich ein eindeutiges Indiz. Und bei Kim waren sie auch nicht zimperlich gewesen. Sie wandte sich noch einmal um, setzte die Scheckkarte an und begann ihr Werk.

Die Vision der toten Lehrerin ereilte sie in dem Moment, in dem die Tür unter ihren Händen aufsprang. Bestürzt sah sie in einen gefliesten Flur. Wenn Frau Berg wirklich etwas zugestoßen war, würde sie in Erklärungsnot geraten. Sie trug noch nicht einmal Handschuhe. Leise schloss sie die Tür hinter sich und wischte mit dem Ärmel über die Klinke.

Nach einem raschen Blick in vier winzige Räume atmete sie auf. Die Wohnung war leer, und für eine Lehrerin seltsam ärmlich eingerichtet. Auf dem Nachtschränkchen vor dem Bett stapelten sich Fantasy-Romane, eine saubere, aber abgewetzte Kochnische dominierte die kleine Küche. Im Wohnzimmer stieß sie auf einen umgeworfenen Stuhl, der neben einem Schnellhefter am Fuße des Tisches lag. Auch auf dem Tisch herrschte Durcheinander. Sie bückte sich und las auf dem Deckblatt des Schnellhefters den Namen ihrer Nichte. Auf der ersten Seite lächelte Melanie ihr aus einem Foto entgegen, darunter stand, mit Füller geschrieben:

Melanie, die Korrekte. Vernünftig. Nachsichtig.

Wenn man sie nicht besser kennt.

Hin und wieder spielt sie ihre Macht an ihrem verhaltensauffälligen, kleinen Bruder aus.

Noch provozieren, stand mit Ausrufezeichen versehen dahinter.

Klar geführte Stimme, mäßiges Bewegungstalent, solides Elternhaus, Image: Das Mädchen, das jeder gern zur Tochter hätte.

Schwachpunkt: Sie kann auch aus sich herausgehen. Ausflippen.

Das letzte Wort war in einer anderen, deutlich steileren Handschrift angefügt und doppelt unterstrichen.

Auf der nächsten Seite standen Zitate und Gesprächsfetzen, böse Worte, die zwischen Melanie und den anderen Mädchen gefallen waren.

Benachteiligen, stand isoliert und durch ein rotes Kästchen eingerahmt zuunterst.

Hat früher gestohlen. Sie muss zu Unrecht beschuldigt werden, war wieder mit der steilen Schrift angefügt. Jonas Atem ging schneller. Das zielte auf Mels Gerechtigkeitssinn ab. Jemand erteilte konkrete Anweisungen, um sie zu diskreditieren. Sie zog ihr Smartphone heraus und fotografierte die ersten Seiten.

In dem Blätterwust auf dem Tisch lagen noch zwei weitere Hefter. Es waren die über die beiden anderen Mädchen. Sie hatte gerade Kims Profil abgelichtet, als es an der Tür läutete. Reglos verharrte sie. Die Mädchen? Hätten angerufen. Das Rascheln jenseits der Tür konnte Einbildung gewesen sein, die pure Nervosität. Ihre Blicke jagten durch den Raum, nur für den Notfall. Der bodenlange Vorhang am Fenster oder dieses Monster von einem Sessel, hinter den sie sich kauern müsste. Unschlüssig stand sie im Wohnzimmer und vernahm noch einmal ein Rascheln, diesmal eindeutig vor der Tür. Bevor sie sich entscheiden konnte, wurde ein Schlüssel ins Schloss gesteckt, und jemand betrat die Wohnung. Sie hörte Schritte, ein lautes „Hallo?", und durch die Tür trat eine ältere Dame in Leggins und Strickjacke.

„Wer sind Sie?"

„Eine Freundin von Irene", Jona ging einen Schritt auf sie zu und streckte ihr die Hand entgegen. „Ich hole ihre Unterlagen, die sie vergessen hat. Sie ist vorhin übereilt aufgebrochen. Immer im Stress."

„Das kann man wohl sagen." Die fleischige Hand entzog sich

der ihren wieder. „Sie ist regelrecht geflüchtet mit dieser Frau. Dabei wollte sie doch nochmal zu mir, meinen Verband erneuern."

„Ach, das war bestimmt Luise. Groß und rothaarig."

„Nein." Ein misstrauischer Blick der Nachbarin traf sie. „Das Gegenteil. Sie war blond und zierlich, und ganz in schwarz gekleidet."

Jona spürte, wie sich ihre Kehle zuschnürte. Deshalb fehlten auch die Unterlagen über Vesna. Sie nahm die Schnellhefter vom Schreibtisch an sich.

„Ich muss jetzt gehen. Kann ich Irene etwas von Ihnen ausrichten?"

„Mein Verband. Sie soll bei mir klingeln, wenn sie heimkommt."

„Mach ich."

Wieder diese fleischige Hand in ihrer und ein Abschiedsblick, in dem ein Rest Misstrauen saß. Vielleicht spielte sie einfach nur aus Angst mit und rief, sobald sie alleine war, die Polizei. Jona drehte sich noch einmal um und hob die Hand. Ihre Knie gaben bei jeder Stufe nach. Frau Ikanovic war ihr also zuvorgekommen. Sie trat auf die Straße und eilte zu dem Leihwagen, in dem eine Streiterei in Gange war. Als sie die Tür öffnete, verstummten die beiden.

„War sie da?"

„Was ist denn bei euch los?"

„Sag du's ihr." Kim sah aus dem Fenster und schob, als Melanie nicht gleich reagierte, ihren Oberkörper zwischen den beiden Vordersitzen durch.

„Gestern Abend hat Melanie Frau Ikanovic die Telefonnummer von der Berg gegeben. Weil sie …"

„Sie hat angerufen und gesagt, es lägen noch Bücher und

eine Querflöte in Vesnas Zimmer“, sagte Melanie pampig, „und die wollte sie Frau Berg zurückbringen.“

„Nur, dass *CD* uns nie Instrumente geliehen hat. Auch keine Bücher. Schon vergessen?“

Jona ließ den Zündschlüssel sinken. Melanies trotzige Erwiderung drang nur an die Peripherie ihres Bewusstseins. Die Serbin hatte zwei und zwei zusammengezählt.

„Ich brauche die Nummer von Frau Ikanovic“, sagte sie tonlos.

Kurz darauf stand sie am Bordsteinrand und telefonierte mit Herrn Ikanovic. Er war gerade erst heimgekommen und gab an, mit seiner Frau noch einen Kaffee getrunken zu haben, bevor er zum Schützenverein gegangen sei.

„Sie schießen?“ Jona sah die Häuserfassade empor und entdeckte die ältere Nachbarin am Fenster. Während sie nach oben winkte, fielen ihr die Pokale auf dem Kaminsims der Ikanovics ein, denen Sie bei ihrem Besuch nach Vesnas Tod kaum Beachtung geschenkt hatte.

„Schon seit Jahren, ich bin ...“

„... haben Sie auch eine Waffe zu Hause?“

Es wurde still in der Leitung. „Natürlich. Zwei sogar.“

„Könnten Sie vielleicht nachschauen, ob Sie noch da sind?“

Die gemurmelten, serbischen Worte hörten sich nach einem Fluch an. Während sie wartete, schlug die Ampel an der Kreuzung auf Rot um und wurde wieder grün, die ersten Gäste traten aus den Apfelweinwirtschaften, andere strömten hinein. Noch immer hing der krause Kopf der alten Dame im Fenster des vierten Stockwerkes, und die Mädchen starrten sie unverhohlen aus dem Wagen an, als endlich ein Geräusch aus dem Hörer drang. „Das gibt's nicht“, sagte Herr Ikanovic und beteuerte, nicht zu wissen, wie seine Sportpistole aus der gesicherten Schublade verschwinden konnte. „Sie muss gestohlen worden sein.“

„Ihre Frau vielleicht?“

„Wozu denn? Sie kann gar nicht damit umgehen.“ Es klackerte in der Leitung, dann fügte er hinzu, dass ihr Handy auf der Flurkonsole lag und sie vielleicht gleich zurückkam.

„Bitte halten Sie die Leitung frei, es ruft gleich jemand bei Ihnen an“, sagte Jona und legte auf. Sie wählte Steiners Nummer. Im Revier hieß es, er sei bereits außer Dienst. Sie probierte es übers Handy, erwischte nur das Band und bat ihn, sie dringend anzurufen. Herrgott, seine verfluchte Philosophie, nicht überall und immerfort erreichbar zu sein, war so unangebracht. Wahrscheinlich schlenderte er über den Markt und wählte in Seelenruhe Zutaten fürs Abendessen aus. Konnte sie auch seine Kollegen um eine Handy-Ortung bitten, wenn sie betonte, dass Gefahr im Verzug lag? Vielleicht hatte die Musiklehrerin ihr Mobiltelefon geistesgegenwärtig eingesteckt. *Mädchen, Mädchen, diese Suppe musst du alleine auslöffeln.* Die Stimme ihres Vaters, natürlich! Wie immer bei solchen Gelegenheiten. Jemand tippte ihr von hinten auf die Schulter.

„Wie war das vorhin mit dem Gemeinsamen? Wir wissen vielleicht mehr, als Sie denken.“ Kim sah sie durchdringend an, bevor sie sich umwandte und zum Wagen zurückkehrte. Auf der Rückbank saß Melanie mit durchgedrücktem Rücken und entschlossener Miene, auch wenn sich ihre Gesichtsfarbe kaum von dem Beige ihres Trenchcoats unterschied.

„Also schön“, Jona legte ihre Hände aufs Lenkrad, „die Nachbarin hat eure Musiklehrerin zusammen mit einer Frau eilig das Haus verlassen sehen. Ihrer Beschreibung nach war die andere Frau Vesnas Mutter.“

Kim sank in den Sitz zurück. „Krass. Die Ikanovic hat der

Berg einen Besuch abgestattet, und jetzt sind sie verschwunden. Vielleicht hat sie sie entführt."

„Was hat sie davon?", warf Melanie ein.

„Rache", flüsterte Kim.

„Die Wahrheit." Jona drehte sich nach hinten und sah die beiden prüfend an. Es waren vierzehnjährige Mädchen, doch die vergangenen Wochen hatten ihren Träumen den Stempel der Realität aufgedrückt. „Frau Ikanovic muss Vesnas Skript gefunden haben, sie wusste über Moritz Bescheid, und vielleicht habe ich sie noch auf die Idee gebracht, die letzten Handyverbindungen ihrer Tochter zu überprüfen, als ich sie neulich fragte, ob Vesnas Handy abgemeldet sei. Sie will alles über die letzten Tage ihrer Tochter wissen."

„Shit."

„Du sagst es." Jona startete den Motor. „Keine Ahnung, wo wir mit der Suche anfangen sollen. Sie können überall sein."

„Nein", erwiderte Kim, „es ist ein besonderer Ort. Sonst hätten sie auch bei der Berg in der Wohnung bleiben können."

Im Rückspiegel begegneten sich ihre Blicke, bis Melanie sich in ihr Sichtfeld schob. „Die Brücke", sagte sie. „Sie will die Berg dorthin bringen, wo Vesna gestorben ist."

„Krass", flüsterte Kim und sah Melanie entgeistert an.

„Das könnte sein", sagte Jona und versuchte, sich ihre Aufregung nicht anmerken zu lassen. Wenn das stimmte, dann war Gefahr im Verzug. Sie brauchte Steiner, verflucht. Es war Melanie, die sie aus der Erstarrung riss. „Wir müssen gucken, ob der cremefarbene Mini von Frau Ikanovic irgendwo da steht."

„Kann eine von euch Irene Berg eine WhatsApp schicken, dass sie sich mal melden soll?", fragte Jona betont ruhig, während ihr Blick auf die Skripte fiel, die sie in den Fußraum des Beifahrersitzes geworfen hatte. „Und das hier checken. Auch die Handschriften. Besonders die steile, die mit Kuli geschrieben ist."

Sie reichte die drei Schnellhefter nach hinten. Auf der Rückbank wurde es still. Versunken in ihre eigenen Skripte, vergaßen die beiden Mädchen alles um sich herum. Blind für die Außenwelt, die hinter dem Fenster an ihnen vorbeirauschte, blind für den Fluss, den sie überquerten, blind auch für sie selbst, die mit schweißnassen Händen den Wagen über die Friedensbrücke Richtung Westhafen lenkte. Jona verbot sich, die Gesichter der beiden im Rückspiegel zu studieren. Vor ihr strömte der Abendverkehr, und vielleicht zählte jede Minute. Aber wie ging es weiter, wenn sie wirklich auf diesen Mini stießen? Die Mädchen mussten im Auto bleiben, soviel stand fest.

Melanie sah als erste auf. Ihr knallrotes Gesicht erinnerte in nichts an den geisterhaften Anblick, den sie noch vor wenigen Minuten, vor dem Lesen des Skriptes, geboten hatte.

„Sowas haben wir nie besprochen, das ist total verzerrt und doppeldeutig. Ich habe weder gesagt, dass Kim eine Schlampe ist, noch zu Dorothee ..."

„Bullshit steht hier", platzte Kim dazwischen.

„Und die Handschriften?" Ein Reisebus setzte sich vor Jona, nahm ihr die Sicht, dieses schwarze Monstrum mit den getönten Scheiben. Sie hupte, und im gleichen Moment spielte ihr Smartphone die ersehnte Melodie.

„Ulf, Gott sei Dank. Wo bist du?"

Die Antwort ging in dem anschwellenden Martinshorn des Rettungswagens unter, der von hinten auf die Brücke gerast kam. Das Handy unters Kinn geklemmt, setzte sie zum Spurenwechsel an und schwenkte sofort zurück. Nur durch eine Meisterleistung war ein Motorradfahrer ihrem Manöver ausgewichen.

Hinter ihr stöhnte es auf, während eine Hand nach dem Mobiltelefon griff und es ihr vorsichtig unter ihrem Kinn wegzog. Mit fester Stimme erklärte Melanie dem Kommissar, wo sie sich gerade befanden und was in den letzten Stunden geschehen war. Kurz darauf hielt sie die Muschel des Hörers zu. „Er will mit dir sprechen. Ich soll auf Lautsprecher stellen."

Jona rollte mit den Augen und nickte.

8

Schräg stand die Abendsonne über den Ziegelmauern des ehemaligen Druckwasserwerks und auf dem gepflasterten Vorplatz. Auch auf der Brücke, die Jona vom Westhafen aus im Blick hatte, lag ein schwacher Abglanz. Sie steckte sich eine Nelkenzigarette an. Warten, hatte Steiner gesagt, nein: befohlen. Warten, bis sie einen Anruf von ihm erhielt. Unruhig wanderten ihre Augen den Fußweg an der Stahlbrücke ab und blieben wieder am hinteren Ende auf den zwei schmalen Gestalten liegen.

Wie durch ein Wunder folgte Kim ihrer Bitte, im Wagen zu bleiben, und starrte durch das offene Seitenfenster zur Brücke. Auch Melanie hielt sich an die Abmachung.

Zum wievielten Mal wählte sie nun Steiners Nummer?

Sie sah über das Wasser, auf die kleinen Schaumkronen, die in der Strömung trieben. Stromabwärts. Tagein, tagaus zog der Fluss gleichmütig dahin, ganz egal, welche Dramen sich an seinem Ufer oder wenige Meter über ihm abspielten. Was machten die beiden da? Reden? Unmöglich, auf diese Distanz irgendetwas zu erkennen.

Ihr Handy klingelte. Es war Iska, atemlos, besorgt, mit einem leichten Vorwurf in der Stimme. „Ich ruf nachher zurück“, sagte Jona und fügte rasch an, dass sie Melanie später nach Hause bringe und es besser sei, über den Besitz der SD-Karte nicht zu reden, mit niemandem. „Erklärung folgt. Nein, keine Gefahr.“ Sie legte auf. Keine Gefahr. Was hieß das denn? Ihr Auto besaß kein kugelsicheres Glas, und die Mädchen konnten noch nicht selbst fahren, um im Ernstfall zu flüchten.

Sie nahm den letzten Zug ihrer Zigarette und trat sie auf dem Kopfsteinpflaster aus.

Schlote, die in den Himmel ragten, das Heizkraftwerk mit seinen Metallarmen und die Weite des Flusses, diese Brücke gab einen perfekten Ort für die sterbensgroße Traurigkeit einer Vierzehnjährigen ab.

Wieder riss die vertraute Melodie des Smartphones sie aus ihren Gedanken.

„Verflucht, Ulf. Was war denn?"

Steiner schwieg eine Sekunde. „Das Wichtigste: Die Waffe ist nicht geladen. Munition fehlt auch keine. Ich hab mit Herrn Ikanovic gesprochen. Ich komme jetzt gleich zu euch."

„Und wann?"

„Bin auf dem Weg. Wenn du dir das zutraust, geh schon mal in ihre Nähe. Und sprich sie an. Aber keinen unvernünftigen Alleingang. Einfach nur ins Gespräch ziehen. Und die Mädchen bleiben im Wagen. Mach ihnen das klar."

Zwei Minuten später lief Jona den asphaltierten, steilen Aufgang zur Brücke hoch. Die Blüten eines weißen Spierstrauches ragten in den Weg und verströmten ihren Duft, viel zu idyllisch für diesen Ort, diesen Moment. Hoffentlich hatte sich Herr Ikanovic nicht getäuscht. Sie hatte nichts gefragt, nur stumm den Instruktionen Steiners gelauscht. Ansprechen, Zeit schinden, nicht erwähnen, dass die Waffe ungeladen war. Die Mädchen im Auto lassen. Sie verfolgten vom Wagen aus garantiert jeden ihrer Schritte. Bei den Worten *polizeiliche Anweisung* war Melanie zusammengezuckt. Sie fühlte sich noch immer schuldig. Ein Sirren drang an Jonas Ohr, wie ein anrollender Wespenschwarm, und gleich darauf spürte sie einen Luftzug an ihrem Ärmel, den ein Radfahrer verursacht hatte. Sie setzte zu einem Spurt an und stoppte nach den ersten Schritten. Als sie am Gleisbett der Brücke angelangt war und auf das Gitter des Fußsteges trat, radelte er schon jenseits der Frauen. Nichts war geschehen. Vielleicht redeten sie einfach. Oder es sah nach einem harmlosen Streit aus, und die Serbin hatte die Waffe geschickt verborgen. Noch hundert Meter trennten sie von den beiden. Deeskalation. Krisenintervention. Wie oft nahm sie diese Worte in den Mund, wie viel schon hatte sie darüber gelesen. Theorie war nichts weiter als eine Ansammlung schwarzer Buchstaben auf weißem Papier. Sie warf einen kurzen Blick über den Fluss, der mächtig und erhaben unter ihr dahinfloss. Durch den Hafen wirkte er breit, mit ein wenig Fantasie konnte man sich vorstellen, dass es dort hinaus zur offenen See ging. Vesna hatte genug Fantasie besessen, ebenso wie einen starken Hang zur Dramatik. Noch immer beschien die Abendsonne mit letzter Kraft den Westhafen. Der laue Wind, der ihr Gesicht streifte, kam ihr unpassend vor, genau wie die Szenerie, der sie sich näherte. Noch fünfzig Meter. Frau Ikanovics schmale Gestalt wurde fast vollständig von Irene Berg verdeckt, deren Hände den Handlauf des Stahlgeländers umschlossen. Freiwillig? Gemeinsam sahen die Frauen aufs Wasser. Sahen das, was Vesna vor drei Monaten gesehen hatte. Damals war es später Abend gewesen, kalt, einsam, Frost und Eisschnee hatten die Stahlbrücke überzogen.

Unwillkürlich blieb Jona stehen. Die Pistole war nicht geladen, Steiners Worte. Jetzt sah die Lehrerin zu ihr herüber. Etwas glomm in ihren Augen auf und erlosch wieder, bevor sie sich dem Fluss zuwandte, als sei nichts geschehen. Doch die Serbin war aufmerksam geworden und starrte sie entgeistert an.

„Gehen Sie“, rief Frau Ikanovic. „Das ist eine Sache zwischen uns.“

„Eben nicht. Hier sind noch mehr beteiligt." Jona trat zwei Schritte auf die beiden zu und stoppte, als sie sah, wie die über den Arm drapierte Jacke der Serbin sich bewegte.

„Legen Sie die Waffe weg, bitte." Sie fing Frau Ikanovics überraschten Blick auf. „Die Polizei ist auf dem Weg." Ein Adrenalinstoß jagte durch ihren Körper. Hatte sie das sagen dürfen?

„Ich will wissen, was passiert ist." Frau Ikanovic ließ ihre Jacke vom Arm rutschen und hielt die schwarze, flache Sportpistole auf die Lehrerin gerichtet, während sie mit der anderen Hand auf den Fuß einer Stahlstrebe wies.

„Genau an der Stelle hat man Vesnas Tasche gefunden. Ihr Handy hat sie mit in den Tod genommen. Aber ich habe gesehen, mit wem sie zuletzt telefoniert hat." Ihr Kinn wies auf Irene Berg, die unter dem auf sie gerichteten Pistolenlauf wie versteinert wirkte.

„Ich kann nichts dafür", sagte die Lehrerin nach einer Weile tonlos und fixierte etwas in ihrem Rücken. Jona ahnte, wer für die kaum merklichen Erschütterungen des Gitters verantwortlich war, bevor sie sich umwandte und die humpelnde, schwarz gekleidete Gestalt auf sie zukommen sah. Die Geste, mit der sie ihr zu verstehen gab, sie solle umkehren, perlte an der Vierzehnjährigen ab. Erst als Kim die Pistole erblickte, blieb sie stehen. Einen Moment sah sie Frau Ikanovic in die Augen, dann schwenkte ihr Blick zu der Musiklehrerin.

„Verflucht, wie können Sie bloß, Sie ..." Kim wandte ihr Gesicht ab und schnaufte, bevor sie ihre Lehrerin wieder fixierte. „Da unten im Wagen sitzt Melanie, der versöhnlichste Mensch der Welt. Sie macht sich Vorwürfe, seit Monaten. Weil sie Ihren Lügen geglaubt hat. Und wie wir alle den Anweisungen aus den Skripten gefolgt ist." Sie griff nach hinten in ihren Hosenbund und zog den Hefter heraus. Krachend landete er auf dem Eisengitter und blieb frontal aufgefächert liegen. „Hier steht jede Menge Bullshit über uns drin. Dinge, die wir nie gesagt haben und niemals wollten." Ihr Gesicht zuckte, bevor sie sich an die geschwollene Lippe fasste. „Wir haben Ihnen vertraut. Und Sie haben uns gegeneinander aufgehetzt."

„Aber die drastischen Anweisungen sind von einer anderen Person", warf Jona ein und hielt Kim an der Lederjacke zurück, bevor sie sich selbst an Frau Ikanovic wandte.

„Ihre Tochter war an einem Projekt beteiligt. Sie hat sich heimlich von Frau Berg für ein Vorsingen bei einer Casting-Show coachen lassen. Dabei sind Skripte entstanden – in Zusammenarbeit mit Frau Berg."

„Nur die ersten Entwürfe kamen von mir, gemeinsam mit euch, stimmt's, Kim?"

„Ja, aber sie wurden krasser, und wir sollten sie nicht mehr den anderen zeigen." Kim starrte auf die Pistole.

„Das war nicht meine Idee, ich wurde gezwungen."

„Gezwungen", wiederholte die Serbin ungläubig.

„Von einer äußerst ambitionierten Mutter", hörte Jona sich sagen, während in ihrem Kopf ein Satz detonierte: *Was war eine Mutter bereit, für ihr Kind zu tun?* Sie hatte sich das so oft gefragt, und dabei an die falsche Person gedacht, in die falsche Richtung. „Ich schätze mal von Frau Johansen, Dorothees Mutter."

Irene Berg sah sie einen langen Moment an. Vom anderen Ende der Brücke näherte sich ein Mann in Jeans und weißem Hemd.

„Wie kann sich eine erwachsene Lehrerin zu so etwas zwingen lassen?", fragte Frau Ikanovic und ignorierte den Kommissar, der seinen Dienstausweis in die Höhe hielt und sie aufforderte, ihm die Waffe zu geben.

Jona fing seinen fragenden Blick auf und zuckte mit den

Schultern. Auch Kim rührte sich nicht. Gemeinsam verfolgten sie, wie die schmale Serbin zur Stahlstrebe zurücktrat und mit der Sportpistole auf das Herz der Lehrerin zielte, während sie sagte, dass sie erst hören wolle, was geschehen sei. Seit Steiners Auftauchen wirkte sie vollkommen ruhig. Die gleiche Ruhe, mit der manche Selbstmörder ihren Suizid vorbereiteten, dachte Jona. Sie hatte abgeschlossen. Für sie gab es nur die Lehrerin ihrer Tochter, die paralysiert am Brückengeländer stand. Kurz war Irene Bergs Blick zu Steiner gehuscht, die stumme Bitte darin, der Serbin die Waffe aus der Hand zu reißen, wie es in Krimis so oft geschah. Doch Steiner hatte nicht einmal seine Dienstwaffe gezogen. Wie durch ein Wunder war noch kein weiterer Fußgänger über die Brücke gekommen. Vielleicht hielt Melanie dort unten Wache.

„Reden Sie", sagte jetzt auch Steiner, doch der Mund der jungen Lehrerin blieb verschlossen.

„Zuerst war da der Kuss zwischen Vesna und Ihnen, von dem Frau Johansen erfuhr", begann Jona an ihrer statt und sah, wie das Gesicht der Serbin einfror. „Vesna erzählt in einem der Filme darüber, die heimlich gedreht wurden. Er ging von dem Mädchen aus, wie Kim und Melanie mir erzählten, aber Sie haben ihn zugelassen, und jeder würde daraus falsche Schlüsse ziehen. Eine Lehrerin, die sich im Landschulheim nachts mit einer angetrunkenen Schülerin küsst. Wo Sie schon einmal wegen Verstrickungen die Schule wechseln mussten."

Der Wind trug jedes ihrer Worte zu Steiner. „Was für Filme?", fragte er. „Kameraaufzeichnungen von den Mädchen. Heimlich in diesem Gewächshaus gemacht, in dem sie geprobt haben. Durch eine als Wanduhr getarnte Überwachungskamera."

„Ich hab sie entdeckt. Und erst Dorothee verdächtigt." Kim

kratzte sich am Hals, bevor sie sich an die Mutter der Toten wandte. „Wir haben das alles nicht zu ihrer Tochter gesagt, was sie dachte, was wir gesagt haben, also ...“. Sie wurde rot. Jona ergriff wieder das Wort.

„Ich denke, Frau Johansen hat Sie damit erpresst und so dazu gebracht, ihr verlängerter Arm bei den Mädchen zu werden. Damit sich alle zerstreiten und jede der anderen misstraut.“

„Dorothee hätte nie Chancen bei dem Contest gehabt. Vesna war viel zu begabt, das wussten alle.“ Die Lehrerin vermied es, jemanden anzusehen. „Frau Johansen wollte, dass sie aussteigt. Hat gegen sie intrigiert. Sie hat mir vorgegeben, was ich schreiben soll, manchmal die Sachen auch direkt über mein Handy versendet. Aber dann hat sie den Bogen überspannt, mit dem Musiker. Ich wusste nichts von den Anrufen. Erst später habe ich mitbekommen, dass sie sich als Vesnas Mutter ausgegeben hat. Diese ganzen Briefe, die WhatsApps, die Nachrichten, die sie anonym losschickte. Über irgend so eine Plattform. Und dann der Anruf. Alles, um dem Jungen zu zeigen, wie krank Vesna ist, und dass er sich von ihr fernhalten soll, wenn er ihr nicht schaden will. Sie hat nicht damit gerechnet, dass der Liebeskummer Vesnas Ausstrahlung noch stärker macht.“

Die Lehrerin schien sich in der Erinnerung zu verlieren. Jona wagte einen Blick zum Westhafen. Eine kleine Gruppe Schaulustiger hatte sich auf dem Vorplatz des Druckwasserwerks gebildet und starrte zu ihnen herüber. Was auch immer Melanie ihnen erzählt hatte, es hielt sie davon ab, die Brücke zu betreten.

„Und dann kam dieser Abend, an dem Vesna so verzweifelt

war, dass sie mich angerufen hat, hier von dieser Brücke aus." Sie verstummte. Alle Augen lagen auf ihr.

„Ich sag nichts mehr ohne Anwalt", stieß sie hervor.

„Wie kann man nur so feige sein." Frau Ikanovic trat einen Schritt auf sie zu.

„Stopp", rief Steiner und zog seine Waffe, deren Anblick die Serbin wirklich stehen bleiben ließ.

„Frau Berg, wenn Sie nicht reden, wird Elisabeth Johansen es tun", warf Jona ein, „und glauben Sie mir, Sie wird gut vorbereitet sein. Mir gegenüber hat sie schon etwas über Ihre intensive Beziehung zu den Schülerinnen erwähnt."

„Ich wollte doch nur helfen", brach es aus ihr heraus. „Ich hätte Frau Johansen nicht anrufen sollen, aber ich hatte Angst."

„Angst vor einem vierzehnjährigen, verzweifelten Mädchen", spie Frau Ikanovic aus.

„Angst, etwas falsch zu machen. Noch mehr falsch zu machen."

Ein vorbeidonnernder Zug schnitt der Lehrerin das Wort ab.

„Frau Johansen ist also dann mit Ihnen zur Brücke gefahren. Zu dem Mädchen." Steiner sah sie aufmunternd an.

„Es war ausgemacht, dass sie im Wagen blieb und ich mit Vesna rede. Und sie nur im Notfall dazukommt. Vesna stand am Geländer. Sie schlotterte vor Kälte, und sie hatte einen Backstein in der Hand, und einen in ihrer Manteltasche. Wir haben geredet und … ich glaube, sie wollte sich nicht wirklich umbringen. Sie wollte … Aufmerksamkeit." Irene Berg schob ihre Haare nach hinten. Zum ersten Mal wirkte sie wie eine besorgte Lehrerin. „Ich hab ihr geraten, aus dem Projekt auszusteigen. Und dann ist Frau Johansen plötzlich aufgetaucht. Sie hat auf das Mädchen eingeredet wie auf eine Kranke. Dass Selbstmord keine Lösung sei, sie sich auf den Wettbewerb konzentrieren und mit ihrer Tochter ein Duett singen solle. Und dass Liebeskummer sich nicht lohne für einen, der sie verriet und damit drohe, intime Videos zu versenden."

Irene Berg hielt inne.

„Sie hat gar nicht gemerkt, was ihr rausgerutscht war. Bis Vesna sie so merkwürdig ansah. Woher wissen Sie das, hat sie gefragt und plötzlich alles begriffen. Die Lügen bei diesem Musiker, die gefälschten Nachrichten, die WhatsApps, die so oft zu Streit zwischen den Mädchen geführt hatten. Es war alles abgekartet zwischen ihnen, hat Vesna gesagt, und dann kam dieser fatale Satz. *Ich mach das publik*, hat sie gesagt, ganz leise und so, dass klar war, sie tut es, *ich mach das öffentlich*."

Wieder raste ein ICE an ihnen vorbei und wehte einen Stoß verbrauchter Luft in ihre Gesichter. Frau Berg sah ihm nach.

„Dann ging alles so schnell, ich konnte nicht mehr eingreifen."

„Was ging so schnell?", fragte Steiner. Er hatte sich ein Stück auf die Serbin zubewegt, die noch immer die Waffe auf die Lehrerin gerichtet hielt.

„Frau Johansen hat sich auf sie gestürzt. Es gab ein Gerangel zwischen den beiden, genau hier, wo ich jetzt stehe. Und dann ist Vesnas Kopf gegen den Stahlträger geprallt, ganz leicht nur, aber sie wirkte benommen, und in dem Moment hat Frau Johansen ihr einen Stoß verpasst, und Vesna ist über das Geländer in die Tiefe gestürzt. In den Main."

Sie sah zum Eisenaufsatz des Geländers und dann zu Boden. Der Aufsatz war auf Schulterhöhe. Dass ein Stoß nicht ausgereicht hatte, um Vesna über das Geländer zu befördern, musste jedem auffallen. Als sie wieder aufblickte, lag etwas Flehendes in ihren Augen.

„Ich hab das alles beobachtet wie unter Schock, auch dass sie

Vesna das Handy vor dem Stoß aus der Hand genommen hat. *Vergessen Sie nicht, dass der letzte Anruf an Sie gegangen ist*, hat sie gesagt. Und dass alle mich verdächtigen würden, weil die manipulativen Nachrichten über mein Handy liefen. Sie würde schon Wege finden, wie die Hinweise in die Hände der Polizei geraten würden. Bei meiner Vorgeschichte mit Schülern. Dann hat sie Vesnas Smartphone in ihre Tasche gesteckt und mich stehenlassen."

„Und es ist niemand nach unten gerannt und hat versucht, sie zu retten?", fragte Frau Ikanovic mit leiser Stimme.

„Doch", rief Irene Berg, aber es klang gelogen, verzweifelt und gelogen, und im nächsten Moment geschah alles gleichzeitig: die Serbin zielte auf die Lehrerin, Steiner schlug ihr die Pistole aus der Hand, Jona stoppte die Waffe, die über den Gitterboden schlitterte, mit dem Fuß und nahm sie an sich.

„Krass", flüsterte Kim in ihrem Rücken.

Jona spürte das Gewicht der flachen Sportpistole in der Hand. Ein unwiderstehlicher Drang, den Abzug durchzuziehen, nahm von ihr Besitz, doch Steiner schien in ihren Gedanken lesen zu können.

„Die Waffe bitte zu mir", sagte er, bevor er sich Frau Ikanovic zuwandte, die noch immer die Lehrerin fixierte.

„Sie sollten sich professionelle Hilfe holen. Jetzt wartet erst einmal Ihr Mann unten auf sie, Frau Hagen begleitet Sie hinunter. Ich melde mich bei Ihnen."

„Sie wollte mich gerade erschießen", stammelte die Lehrerin.

„Sie wusste, dass die Waffe nicht geladen war", sagte Steiner freundlich, „und Sie brauchen wir jetzt. Wenn es stimmt, was Sie sagen, finden wir das Handy des Mädchens ja bei Frau Johansen."

Jona fing seinen Blick auf. Er dachte das gleiche wie sie. Welcher Täter hob schon ein Beweisstück auf, das ihn belastete? Es sei denn, Frau Johansen hatte vorgehabt, Irene Berg Vesnas Smartphone unterzuschieben und dann das Augenmerk der Polizei auf sie zu lenken.

Eine halbe Stunde später saß Jona auf der Rückbank in Steiners Mercedes und verfolgte aus den Augenwinkeln jede Regung der Lehrerin. Die Fluchtgefahr war gering, doch wer wusste schon, zu was Irene Berg nicht alles fähig war, um einer Konfrontation mit Frau Johansen zu entgehen. Auch sie selbst war sich fremd. Die Ruhe, mit der sie auf der Brücke das Geständnis angeleitet hatte, war schlagartig verschwunden, als sie ihre Schwester angerufen und sie gebeten hatte, die beiden Mädchen zu holen. Melanie würde ihr alles Weitere erklären, hatte sie gesagt und versprochen, am Abend noch persönlich vorbeizukommen.

Sie fuhr die Scheibe des Seitenfensters ein Stück herunter, atmete die Frühlingsluft ein. Frau Berg schien in ihrer eigenen Welt gefangen. Niemand sagte etwas. Auch Steiners Miene war unergründlich. Im Profil wirkte sein Gesicht kantiger als sonst, und der Nacken saß als kerzengerade Verlängerung seines Rückens wie aufgeschraubt zwischen den Schultern.

Dabei hatte er ganz unbürokratisch Frau Ikanovic entlastet. Hatte Melanie, die bis zum Schluss auf ihrem Posten am Brückenaufgang geblieben war, für ihre Umsicht und ihren Einsatz gelobt, und sich Kims Hinweis notiert, den Sportwagen von Frau Johansen nach Kratzern zu überprüfen.

Er hatte korrekt gehandelt, in jeder Situation, und doch musste es ihn seltsam berühren, dass er einen Fall aufklärte, zu dem es keine offiziellen Ermittlungen gab.

Die Kehrtwende, die Steiner auf offener Straße machte, drückte Jona ins Polster des Rückbank. Während der Fahrt nach

Sachsenhausen versuchte sie zu begreifen, was sie gerade auf der Brücke gehört hatte. Das ergab doch keinen Sinn. Es gab hunderte Mädchen, die besser als Dorothee sangen, die konnte man ja nicht alle eliminieren. Mord macht nie Sinn, hatte Steiner mal gesagt. Steiner, der im gleichen Moment im Rückspiegel ihren Blick suchte.

„Wenn wir gleich da sind, möchte ich, dass nichts ohne Absprache geschieht. Ich werde zuerst alleine mit ihr reden."

„Ich wollte nur helfen", sagte Irene Berg plötzlich. „Jugendliche sind so zerbrechlich in dem Alter. Sie tragen alles in sich. So viel Hingabe. So viel Glanz und Tragik. Und sie können es nicht immer zeigen. Dabei wollen sie nur, dass man sie sieht." Ein zaghaftes Lächeln huschte über ihr Gesicht. „Und dann sind sie auch so egoistisch. Sie können sich nicht vorstellen, was für einen perfiden Willen sie an den Tag legen, wenn sie sich etwas in den Kopf gesetzt haben. Die reinsten Monster." Ihre Stimme klang, als bäten ihre Worte um Entschuldigung für die ganze Welt. Es gab keinen Zweifel, dass sie von sich selbst sprach.

Inzwischen war die Sonne hinter dem Horizont verschwunden, die ersten Blautöne kündigten den Abend an. Ein Donnerstagabend wie viele; idyllisch und abseits vom Trubel führte der Mittlere Hasenpfad den Berg hinauf. Selbst die Baustelle war stillgelegt.

Steiner parkte den Wagen vor dem einstöckigen Haus mit der Marmorfassade und wandte sich zu Irene Berg um. „Wenn Sie die Möglichkeit nutzen, um zu flüchten, ist das sehr zu Ihrem Nachteil."

Zum ersten Mal, seit sie sich kannten, wirkte er ratlos. Blank, dachte Jona und wich seinem Blick nicht aus, der sich einen Moment zu lange in ihren versenkt hatte. Dann gab es nur noch Steiner, den Kommissar. Seine Anweisung, sich vor dem

Hauseingang in den toten Winkel der Kamera zu stellen. Reglos. Still. Und erst auf sein Zeichen aus dem Schatten zu treten.

Irene Berg stieg ohne ein weiteres Wort aus dem Auto und folgte ihr, als ginge es zum Schafott.

„Sie brauchen keine Angst zu haben“, hörte Jona sich sagen und wusste, dass es eine verdammte Lüge war. Sollte Frau Johansen so schlau gewesen sein, Vesnas Handy verschwinden zu lassen, würde man ihr außer Überwachungskameras in ihren Räumen nichts nachweisen können. Und das war nicht verboten. Höchstens Lackspuren von Kims Fahrrad an ihrem Wagen konnten ein Hinweis auf Fahrerflucht sein, immerhin eine Straftat.

Sie lehnte sich gegen den kühlen Marmor der Hauswand und bedeutete der Lehrerin, es ihr gleichzutun. Steiner nickte ihr zu. Als er klingelte, ging im Haus das Flurlicht an, und kurz darauf wurde die Tür geöffnet. Jona hielt die Luft an. Die Szenerie war unwirklich: Steiner, fünf Meter vor ihr im Profil. Die Dienstmarke, seine freundlichen Worte, dass sie noch einmal die Ermittlungen im Fall Vesna Ikanovic aufgenommen hatten und er sie dazu befragen musste. Im Hintergrund Discomusik und eine Frauenstimme mit Anweisungen für ein Workout.

„Wussten Sie, dass das verstorbene Mädchen öfter mit Ihrer Tochter und zwei anderen Mädchen in Ihrem Garten gewesen ist? In einer Art Gewächshaus.“

„Ach, die Musik-AG. Ja, davon wusste ich. Die Mädchen haben da geübt. Hätte ich das der Polizei sagen sollen?“

„Momentan wird ermittelt, ob Vesna Ikanovic freiwillig aus dem Leben geschieden ist. Es gab da Konkurrenzkämpfe zwischen den Mädchen. Und Vesna war angeblich die Beste von ihnen. Ist Ihnen da etwas aufgefallen?“

„Das klingt ja ungeheuerlich. Dorothee hat nicht viel erzählt.

Aber Konkurrenz, das glaube ich nicht. Sie sind doch Freundinnen."

Jona sah auf die weißen Blüten, die aus den Amphoren im Erdreich krochen und die Dunkelheit konturierten. Neben ihr atmete Irene Berg heftig aus.

„Es gibt Videomaterial, das das beweist. Von einer Kamera, in Ihrem Gewächshaus aufgenommen."

Die Musik im Hintergrund war erloschen. Nur eine Grille zirpte in der Abendluft.

„Eine Kamera? In dem alten Gewächshaus? Das kann ich mir nicht vorstellen. Höchstens, dass die Musiklehrerin was von ihnen aufgenommen hat – zu Demonstrationszwecken. Sie war ein, zweimal dabei, als sie probten."

Eine Pause entstand.

„Irene Berg. Ein bedauernswertes Geschöpf. Lässt sich von den Schülerinnen auf dem Kopf herumtanzen. Aber warum kommen Sie nicht rein?", hörte Jona sie sagen und sah im gleichen Moment die Lehrerin aus dem Schatten treten.

„Nicht halb so bedauernswert wie Sie."

„Ich habe noch jemanden mitgebracht", sagte Steiner und lächelte, während er Jona bedeutete, ebenfalls aus dem Schutz der Mauer zu treten.

Zwei Minuten später standen sie im hell erleuchteten Flur des Einfamilienhauses der Hausherrin gegenüber, die einen Bodysuit sowie eine Leggins trug und ihre Arme über der Brust verschränkt hatte.

„Worum geht es hier eigentlich?"

„Um den Abend im Februar." Irene Bergs Stimme klang rau. „Um den Anruf von Vesna, um die vielen WhatsApps und Briefe, die dem Mädchen zugesetzt haben. Es geht darum, wie

Sie das Mädchen fertig gemacht und dann getötet haben. Weil sie nicht länger schweigen wollte."

Ungläubig starrte Elisabeth Johansen die Lehrerin an.

„Sind Sie verrückt? Wie kommen Sie dazu? Das ist ja absurd."

„Genauso absurd wie Überwachungskameras im Zimmer der eigenen Tochter, als Wecker getarnt?", fragte Jona und erntete einen überraschten Blick der Lehrerin. Im oberen Stockwerk fiel eine Tür zu.

„Könnte ich mal kurz Ihren Wagen sehen?", fragte Steiner.

„Der ist in Inspektion."

„Und Sie hatten keinen kleinen Auffahrunfall?", fragte Steiner so freundlich, als frage er nach einer Tasse Kaffee.

„Wir sind hier in Sachsenhausen. Betrunkene, Radfahrer, die nicht mehr geradeaus fahren können, das ist hier an der Tagesordnung. Ich achte schon lange nicht mehr auf Kratzer im Lack. Was wollen Sie eigentlich von mir?"

„Vesnas Handy", sagte Irene Berg.

Im Flur erstarben die Geräusche.

„Sie haben gesagt, Vesnas Handy liegt in ihrem Schatzkästlein. Ich sollte das nicht vergessen. In ihrem Schatzkästlein", wiederholte Irene Berg beschwörend und wurde von einem Geräusch aus dem oberen Stockwerk abgelenkt. Am Treppenabsatz stand Dorothee mit aufgesteckten Haaren und schritt die Stufen hinab, als spiele sie die Hauptrolle in einem Film. Wie eine Diva, schoss es Jona durch den Kopf, während sie den Gegenstand in der Hand des Mädchens identifizierte und mit einem Mal alles erfasste. Den seltsamen Blick, das erhitzte Gesicht und die Wucht, mit der Dorothee den Wecker vor ihrer Mutter auf dem Marmorboden zerschmetterte.

Für einen Moment standen sie voreinander, ein ungleiches Zwillingspaar, rotes Haar und schmale Figur, bis die Vierzehnjährige sich aus dem Blickduell löste und in den angrenzenden Raum verschwand. Steiner sah ihr nach. „Frau Johansen, ich habe keinen Durchsuchungsbefehl dabei, aber wenn Sie gestatten, würde ich ..."

„Nein." Sie wies zur Tür. „Sie haben genug angerichtet."

Im Zimmer nebenan klimperten Schlüssel, gleich darauf drangen dumpfe Schläge in den Flur.

„Gehen Sie, sofort." Sie stob an ihnen vorbei und riss die Haustür auf, doch keiner von ihnen rührte sich. Jona spürte ihre Kopfhaut kribbeln. Da war dieses Geräusch aus dem Zimmer, ein Krachen, als wäre Holz gesplittert. Und die einsetzende Stille. Mit zwei Schritten war Jona an der Türschwelle und trat in ein Wohnzimmer, weiß möbliert, mit Leuchtkugeln entlang des Fußbodens, die weiches Licht spendeten und auch auf das erstarrte Mädchengesicht einen warmen Schein legten. Ungläubig hielt Dorothee ein schwarzes Smartphone mit Glitzersteinchen in ihrer Hand. Ihre rechte umklammerte noch immer den Schraubenzieher, mit dem sie die Schublade des Sekretärs aufgebrochen hatte.

„Das Schatzkästlein", raunte die Lehrerin, die hinter sie getreten war.

Dorothee sah entgeistert zu ihnen herüber. Nur schwach ähnelte sie dem farblosen Mädchen, das auf der Beerdigung ein Papier in die Grube geworfen hatte und Kim und Melanie hinterhergelaufen war. Aufgewacht, dachte Jona und fühlte Mitleid mit dem Mädchen, das in den Flur zu ihrer Mutter schritt und Steiner beiseiteschob. Steiner, der ihr sanft das Smartphone aus der Hand nahm, um es in ein Papiertaschentusch zu wickeln, während Dorothee in einem Abstand von drei Metern vor ihrer Mutter stehenblieb und sie fassungslos ansah.

„Das warst du? Die Gerüchte, die fiesen WhatsApps, die ganzen Geheimnisse, die angeblich jemand von uns verraten hat, und das Geld." Der Schraubenzieher löste sich aus ihrer Hand und fiel klirrend auf den Marmorboden. „Und der Text in meiner Tasche, den hast du auch geschrieben. Von wegen Freund aus dem Casting-Bereich. Das warst alles du."

„Ich hab's für dich gemacht, Dorothee." Die Hand, die sie nach ihrer Tochter ausstreckte, griff ins Leere.

„Du machst nie was für andere. Auch nicht für mich."

Vor den Augen aller stieg sie die Treppe zu ihrem Zimmer hinauf. Jona zögerte nur einen Augenblick, bevor sie ihr folgte. Das Schlimmste stand dem Mädchen noch bevor. Bisher war die Tatsache, dass ihre Mutter eine Freundin getötet hatte, noch nicht zu ihrem Bewusstsein vorgedrungen. Aber der Schutzmechanismus würde nicht lange anhalten, und sie sollte nicht alleine sein, wenn es soweit war.

Auf dem oberen Absatz der Treppe hörte sie noch, wie der Kommissar seine Kollegen per Handy um Verstärkung bat, bevor er Frau Johansen nahelegte, sich umzuziehen. Und ihn die Musiklehrerin fragte, was nun mit ihr sei.

Dann klopfte sie, und drückte, als sich hinter der Tür nichts rührte, vorsichtig die Klinke hinunter. Der Anblick des märchenhaften Zimmers in rosa und weiß verschlug ihr die Sprache. Sie setzte sich neben Dorothee auf das Bett und legte eine Hand auf die Schulter des Mädchens. An der Wand gegenüber hing ein Poster von Nicole Kidman mit roter Lockenmähne, die über ihr champagnerfarbenes Kleid fiel.

Gerade als Jona sich die ersten Worte zurechtlegte, brummte ihr Smartphone. Es war Steiner.

Ich brauche dich im Präsidium. Sowohl als Zeugin als auch

wegen deiner Recherchen. Komm bitte, sobald der Vater des Mädchens bei euch ist. Ich habe ihn informiert.

Es war die längste digitale Nachricht, die sie bisher von ihm empfangen hatte.

Sie schickte ein *Okay* und wandte sich wieder der Vierzehnjährigen neben sich zu.

9

Im Haus herrschte Festbeleuchtung; der Deckenfluter und der LED-Strahler in der Leseecke erhellten auch den letzten Winkel des Wohnzimmers. Seit eineinhalb Stunden saßen sie in Straßenschuhen um den Couchtisch, tranken Tee und aßen belegte Brotschnitten, die ihre Mutter in Windeseile in der Küche zubereitet hatte. Melanie fing einen Blick von Kim auf. Ratlos und traurig. Es war alles gesagt, alles, was auf der Brücke geschehen war, die ganzen krassen, traurigen Fakten. Sie kapierte es immer noch nicht. Wie konnte hinter einer so netten Mutter aus einer solchen Familie eine Mörderin stecken? Jona hatte nur eine kurze WhatsApp geschrieben, dass sie noch ins Präsidium müsse, zum Verhör. Also war es offiziell. Hatte Frau Johansen gestanden? Bei dem Gedanken, dass Dorothee der Verhaftung der eigenen Mutter zusehen musste, wurde ihr ganz anders. Tante Jona hatte ihr versprochen, anschließend zu erzählen, was genau sich im Hause der Johansens abgespielt hatte. Aber sie ließ auf sich warten. Quälend verstrichen die Minuten. Das Wohnzimmer, ihr ganzes Zuhause war ihr fremd und die Stimmung so ungemütlich wie auf einer Durchreise. Auch das Oberlicht im Hausflur brannte noch. Ihr Vater schenkte Tee nach.

„Warum war sich Jona eigentlich so sicher, dass sich das Mädchen nicht umgebracht hat?“

„Das war schon immer so“, erwiderte ihre Mutter nach einer Weile. „Sie sieht dir ins Gesicht und weiß, ob du lügst oder nicht.“

„Wie krass.“ Kim zupfte an dem frischen Verband, den

sie ihr angelegt hatte, und hielt die verbundene Hand außer Reichweite des Welpen, der ihr, seit sie das Haus betreten hatten, nicht mehr von der Seite wich. Vielleicht dachte sie an ihr Pokerface, an ihre bisher erfolgreiche Methode, sich einfach tot zu stellen, bis die Umstände es zuließen, aus der Situation zu fliehen. „Aber wem hat sie denn ins Gesicht geguckt?"

„Wenn ich das richtig sehe, ihrer Nichte."

Melanie spürte den warmen Blick ihrer Mutter auf sich und wurde rot.

„Ich hab auch gespürt, dass etwas nicht stimmt", fuhr ihre Mutter fort. „Von Anfang an. Aber ich kam nicht ran an dich. Und ich hatte Angst, dass ..." Sie schüttelte den Kopf und verstummte.

Aus dem ersten Stock ertönte ein dumpfer Schlag.

„Ich seh mal nach Benjamin."

Melanie sah ihrem Vater nach, der die Treppe nach oben verschwand, ruhig und bedächtig. Igor flitzte ihm hinterher. Als das Kratzen seiner Pfoten sich auf der stoffbesetzten Treppe verlor, wurde es still im Wohnzimmer. Das Bekenntnis ihrer Mutter hing noch immer im Raum.

„Mel, warum hast du mir denn nichts von dem Casting erzählt?"

„Du sagst immer, es ist Bewertungsschrott."

„Ist es ja auch."

„So what?" Kim rückte an die Kante des Sessels vor. „Wir werden doch ständig bewertet. Ich sag mal nichts von wegen Schule. Aber geh mal mit wenig Kohle abends in eine Disko oder sag dem Clown vom Jugendamt, dass dein Vater von Hartz IV lebt. Ein Blick, und alles ist klar. Die machen beim Casting nichts anderes. *Zeig dich!* Aber du kannst entscheiden, wie. Du kannst mal ne andre sein."

„Ja, aber welche?“ Ihre Mutter legte den Kopf schief, als wägte sie ihre Worte im Geiste ab.

„Es ist hart“, sagte Kim, und ihr Gesicht legte sich in Falten, „aber du bist jetzt die, deren Freundin ermordet wurde – von der Mutter einer Mitstreiterin und Freundin. Was Besseres kann sich diese Sendung gar nicht wünschen. Glaub mir, du hättest jetzt die besten Chancen. Aus dir kann man alles machen: die tragisch Zurückgebliebene, die kaltblütige Nutznießerin, die, die das Glück hat, die tote Freundin durch den Contest unsterblich zu machen, die Hartgesottene, die trotzdem weitermacht oder die, die eine letzte Ballade auf ihre Freundin singt und ihr damit ein Denkmal setzt. Vesna hast du im Gepäck, ob du willst oder nicht.“ Sie lehnte sich in die Stuhllehne zurück. „Tut mir leid.“

Tut mir leid. Melanie zog scharf Luft ein. Wie sie diese Formulierung hasste. Sie kam immer nach Ansagen, bei denen ihre Mutter im Recht war. Das war das Schlimmste. Es goss ihre Wahrheit in Zement. Von der Couch aus fing sie Kims ruhigen Blick auf. Kein Pokerface, weder ein gefluchtes Bullshit noch ein zynischer Kommentar. Kim sah von ihr zu ihrer Mutter, mit diesem verschwollenen Gesicht, der aufgeplatzten Lippe, mit ihren blauen Augen, die wirklich Blitze schicken konnten, wenn sie etwas wollte. Und dann nickte sie und sprach den magischen Satz aus, den Melanie schon seit Wochen hören wollte. Ihre Stimme klang wie ein Reibeisen, nur daran konnte sie ermessen, was es für ihre Freundin bedeutete, die Sache für gestorben zu erklären.

„Ich kann’s auch wegen Dorothee nicht mehr“, sagte Kim leise. „Hey, krass, wenn deine eigene Mutter ne Freundin von dir umbringt.“

First-Class-Tochter, schoss es Melanie durch den Kopf. Unter

Tränen hatte Dorothee ihr damals versichert, diesen Traum ihrer Mutter mit dem Casting zu erfüllen.

Kim griff nach der Teetasse und stellte sie wieder auf den Korkuntersetzer zurück.

„Können wir vielleicht mal etwas mit Schuss haben, angesichts der Situation?"

Staunend verfolgte Melanie, wie ihre Mutter ans kleine Buffet ging und aus dem Unterschrank eine Flasche Haselnusslikör und drei Gläser nahm. Mit dem Fuß schob sie die Tür des Schrankes zu und stellte die Schnapsstamperl auf den Tisch. Ganz Schulterschluss mit Kim. Und gelöst, als hätte sie gerade eine Tochter dazugewonnen.

Die hellbraune Flüssigkeit rann wie Sirup in die Gläser.

„Auf euch", sagte sie.

„Ne, auf Melanie. Sie war die Loyalste von uns. Hat nicht gehetzt und jedes schiefe Ding angesprochen, jeden Zweifel, jede Befürchtung. Und niemanden verraten dabei." Kim drehte das Schnapsstamperl in ihrer Hand. „Sie ist übrigens schon längst ausgestiegen."

Ihre Mutter erhob das Glas und schenkte ihr ein Lächeln, in dem Stolz lag.

„Das passt doch auch gar nicht zu dir, Mel. Der Werbetrubel, dieser ..."

„... Bewertungschrott. Sprich's ruhig aus." Melanie leerte das Schnapsglas in einem Zug. Süß legte sich der Likör über ihre Zunge und brannte in der Kehle. „Gut, dass du immer weißt, was zu mir passt."

„Wenn's nicht stimmt, dann widersprich mir doch."

„Oder frag mich einfach mal. Ohne die Antwort gleich zu bewerten", gab Melanie schroff zurück.

Eine Entgegnung wurde durch das Läuten der Hausklingel

vereitelt. Igor reagierte als Erster. Bellend schoss er die Treppe hinunter und kratzte an der Haustür, wohin Iska ihm folgte.

„Wow." Nach einem Blick in den Flur füllte Kim ihre Gläser noch einmal und erhob das ihre. „Jetzt geht's zur Sache."

Der Haselnusslikör rann Melanies Kehle hinab, diesmal ohne zu brennen. Sie winkte ab. „Du siehst heute die Softversion von ihr."

„Ja, aber bei euch wird geredet. Das ist doch was."

Vom Flur her drangen Stimmen, und kurz darauf erschienen ihre Tante und der Kommissar im Wohnzimmer. Nebeneinander wirkten sie wie ein großes, ungelenkes Geschwisterpaar. Ulf Steiner ergriff als Erster das Wort. Er dankte ihnen noch einmal und bat sie, morgen am Vormittag ins Präsidium zu kommen, um Details und weitere Informationen zu besprechen, die wichtiger seien als der Schulbesuch. Melanie sah zu ihrer Mutter herüber, doch die gestattete ihrem Blick gerade einen Spaziergang über die schlanke Gestalt in Blue Jeans und weißem Hemd. Es war unschwer zu erkennen, dass ihr gefiel, was sie sah.

„Frau Johansen wird erst im Beisein eines Anwaltes aussagen", Ulf Steiner zog seine Brille von der Nase und wischte sich über die müden Augen, „und Dorothee hat sich dazu entschlossen, jede weitere Aussage zu verweigern."

Er zog einen Stuhl zu sich heran und nahm ihnen das Versprechen ab, Stillschweigen über das zu wahren, was er ihnen nun mitteilen würde.

„Schließlich war sie es, die ihre Mutter des Verbrechens überführt hat", begann er und schilderte behutsam und sachlich zugleich, was geschehen war, nachdem Frau Johansen im Bodysuit die Haustür geöffnet hatte.

Die Stille, die seinem Bericht folgte, legte sich bleischwer über das Zimmer.

Melanie spürte, wie ihr die Luft zum Atmen schwer wurde. „Arme Dorothee“, sagte sie und fügte im Geiste die letzte Zeile zur Strophe hinzu, die sie nach Vesnas Tod nicht hatte beenden können.

I'm not sure if you can understand
What it costs me to take someone's hand
But if it pleases you, yes, if it pleases you
Walk, don't run, swim, don't dive
Just be a friend and safe my life.

10

Drei Stunden Schlaf, ein erschrockener Dreizehnjähriger, der sie in Slip und T-Shirt aus dem Bad kommen sah und einen Espresso decaffinato zum Frühstück, so hatte sie sich die erste Nacht bei Ulf Steiner nicht vorgestellt. Jona strich sich durchs Haar und roch das herbe Aftershave, von dem sie am Morgen ein paar Spritzer auf ihr Handgelenk verteilt hatte. Ulf lief neben ihr über den Polizeiparkplatz, gleiche Beinlänge, gleiche Funkwelle; sie schmunzelte. Auch aus den Augenwinkeln sah sie, wie seine Schritte nachfederten.

Müde und glücklich nahm sie die Stufen zum Eingangsportal, das zum kastenförmigen Polizeipräsidium führte. Sie durchquerten die Eingangshalle, vorbei an der kugelsicheren Trennscheibe, hinter der die Beamtin ihr neugierig nachsah, folgte Steiner durchs Drehkreuz über den Innenhof und den langen, verglasten Flur entlang.

Im Büro zog er sie an sich.

„Deswegen sind bei euch die Rollos immer unten." Sie lachte. Zum ersten Mal seit drei Monaten fühlte sie sich befreit und leicht.

Das Büro sah noch genauso aus wie letztes Jahr, als sie ihm die kriminellen Machenschaften ihres Kollegen anvertraut und ihr eigenmächtiges Handeln zugegeben hatte. Grünpflanze, Whiteboard, Schreibtisch und eine Ecke mit einer kleinen, vollautomatischen Espressomaschine. Jona wollte gerade darauf zustürmen, als ihr Blick auf den Schreibtisch fiel. Steiner folgte ihm.

„Ah, die Kollegen von der Datenträger-Forensik waren schon tätig."

Er stellte seinen Computer an und schob den USB-Stick ein.

Dass Frau Johansen auf einer der rekonstruierten Dateien zu sehen sein würde, hatte sie Steiner schon gestern Nacht auf dem Heimweg prophezeit. Jetzt verfolgten sie ungeduldig, wie das Programm hochfuhr.

„Wer so narzisstisch ist wie diese Frau, der hört und sieht sich selbst gerne reden."

Der Kommissar zögerte. „Eigentlich müsste ich meinen Kollegen holen, aber ich nehme an, du legst keinen gesteigerten Wert auf zusätzlichen Männerbesuch."

„Sehr gut beobachtet." Jona schob ihr Bein an seines. „Du wärst ein guter Seelenklempner."

„Und du ein guter Bulle." Steiner lächelte, bevor er die Videodatei anklickte.

Auf dem Monitor erschien ein Barhocker mit Lehne vor einer dunkelblauen Stoffblende, die Sonnenstrahlen von draußen abfing.

„Das Gewächshaus", murmelte Jona und sah im selben Moment eine schmale, in schwarz gekleidete Frau ins Bild laufen und den Barhocker besteigen. Einzelne, lockige Haarsträhnen wellten sich aus der Wollmütze, die sie trug, wie Rapper es taten; durch die Plateauturnschuhe und den Glitzergürtel um die eng geschnürte Taille wirkte sie jünger, als sie war. Von weitem hätte man sie mit einer Jugendlichen verwechseln können.

Sie schlug ihre Beine übereinander und schenkte der Kamera ein warmherziges, glückliches Lächeln.

„Ich war ahnungslos", sagte sie und wiederholte das letzte Wort, indem sie jede Silbe einzeln betonte. „Dass Doro ihren eigenen Kopf hat, weiß ich. Und Rhythmus im Blut, o ja, das liegt in der Familie. Ich selbst habe schon einmal einen kleinen

Blick ins Showbusiness werfen dürfen, als junge Frau. Ist ewig her." Sie lachte und ließ eine Pause für Beteuerungen, dass es nicht ewig her sein konnte. „Aber dass ich mein Talent so weitergeben kann, das macht mich stolz und glücklich."

Beim Ausbreiten der Arme hatte sich der Barhocker leicht gedreht und zwang Frau Johansen, sich mit den Armen an der Lehne festzuhalten. Fluchend drehte sie sich mit dem Stuhl in die ursprüngliche Position zurück und gab den letzten Satz erneut von sich, dieses Mal mit einer weniger theatralischen Geste.

„Dorothee ist großartig." Sie zupfte an ihrer tief ausgeschnittenen Seidenbluse. „Sie hat ein Riesenpotenzial, und ich werde sie dabei unterstützen. Mutter und Tochter im Duett, na, das wäre ja mal etwas." In ihren Augen blitzte es, und die Kamera hielt das verheißungsvolle Lächeln fest, bis sie elegant vom Hocker rutschte und aus dem Sichtfeld schritt.

Jona starrte auf die dunkelblaue Stoffblende, die die Kamera noch immer aufzeichnete.

„Sie hat ihre eigene Tochter benutzt."

„Und Vesna Ikanovic ausgeschaltet", fügte Steiner an und wandte ihr sein Gesicht zu, in dem Bedauern über die menschliche Natur und Freude über ihren Anblick sich gleichermaßen widerspiegelten. Eine Handymelodie zerriss den intimen Moment.

„Ja?", ertönte es gleich darauf unwirsch aus dem Monitor. Das Stoffrascheln im Hintergrund verriet, dass Frau Johansen außerhalb des Aufnahmebereichs auf und ab lief. „Das weiß ich. Na und? ... Ach, kommen Sie, niemand bringt es zu was, ohne Lehrgeld zu zahlen, das können Sie sich merken."

Wieder ertönten Schritte im Off, dann ein lauter, theatralischer Seufzer. „Ach, Gott, mir kommen die Tränen."

Es wurde still. Die kalte Verachtung, die in dem Schweigen lag, übertrug sich bis ins Dienstzimmer.

„Das hält unsere serbische Prinzessin schon aus."

Die Stimme aus dem Off klang, als habe man die menschlichen Frequenzen herausgefiltert, dann stoppte die Aufnahme. Jona hielt den Atem an. Lange Zeit sahen sie schweigend auf den Monitor.

„Lass uns eine rauchen gehen", sagte Steiner schließlich und schloss den Computer mit einem behutsamen Klicken.

EPILOG

Majestätisch spannte sich die Honsellbrücke über den Main. Von ihrer Höhe aus die Welt zu betrachten, hatte etwas Erhabenes. Jona stützte sich auf den Handlauf des Brückengeländers und spürte die leichten Erschütterungen, die den nächsten Jogger ankündigten.

Bäume säumten das linke Ufer, ein Dickicht satter Grüntöne, beruhigend und schön. Auf der gegenüberliegenden Seite spross die EZB wie ein exotischer Pilz aus dem Boden und bohrte ihren gläsernen Körper in die Landschaft.

Der Fluss zog an all dem unbeeindruckt vorüber, ehrlich und unaufhaltsam. So viele Geschichten, die er mit sich trug. Nun auch die eines talentierten, verzweifelten Mädchens, die allzu früh ihren Abschluss gefunden hatte. Damit mussten Melanie, Kim und Dorothee leben lernen. Jona wusste, sie würde ihrer Nichte nur bedingt helfen können.

Ihre Gedanken glitten zu dem, was Melanie ihr erzählt hatte. Gemeinsam hatten die drei Freundinnen einen Song für Vesna geschrieben und ihn als Flaschenpost dem Main übergeben. Ob sie auf ein Zeichen gewartet hatten? Vielleicht darauf, dass die Flasche noch eine Zeitlang gegen jede Gesetzmäßigkeit auf der Stelle trieb oder sogar ihre Richtung wechselte und zu ihnen zurückkehrte? Gegen den Strom. So wie die Mädchen auch ihren eigenen Weg hatten gehen wollen, um sich so zu zeigen, wie sie gesehen werden, sich durchs Leben bewegen wollten.

Nicht stromab-, sondern stromaufwärts.

Wenn du aufsteigst, geht deine Welt unter. Jedem Aufstieg folgt unweigerlich ein Abstieg.

Eine kleine Silbe konnte die Welt auf den Kopf stellen.

Jona löste sich vom Geländer und lief zum Ufer, an dem ihre Vespa im Sonnenlicht schillerte. Trotz der Schwere ihrer Gedanken musste sie lächeln. In einer halben Stunde würde sie zu Steiner in den Wagen steigen und den vertrauten Geruch seines Mercedes einatmen.

Wieder eine neue Geschichte, dachte sie, während sie ihre Schritte beschleunigte.

Die Autorin dankt:

André Hecker, Stefanie Köhler, Tom Bartels, Corina und Rena Friedrich, Nina Rudorf, Christine Kramer, Pete Smith, Michael Kohlbecker und Reinhard Bok zusammen mit der Klasse der Einführungsphase der Gymnasialen Oberstufe des Friedrich-Dessauer-Gymnasiums in Frankfurt am Main.

AUTORIN

Sonja Rudorf wurde 1966 in Frankfurt am Main geboren. Ihr Germanistikstudium hat sie 1991 mit dem Magister abgeschlossen. Seither arbeitet sie als Schriftstellerin. 1997 erhielt sie das renommierte Werkstattstipendium des Literarischen Colloquiums Berlin, 2000 erschien ihr erster Roman *Die zweite Haut*, dem weitere Erzählungen und Romane folgten, zuletzt 2016 *Alleingang*. Sonja Rudorf lebt als Autorin, Lektorin und Dozentin für Kreatives Schreiben in Frankfurt am Main.

Sonja Rudorf
Alleingang

Therapeutin Jona Hagen findet ihren Kollegen Alexander Tesch schwer verletzt in ihrer Praxis. Bei Durchsicht seiner Unterlagen muss sie entsetzt feststellen, dass er sie schwer getäuscht hat. Doch erst ein heimlicher Besuch in seiner Wohnung offenbart ihr das ganze Ausmaß seiner Persönlichkeit. Ein packender Thriller über die Abgründe der menschlichen Psyche.

288 Seiten · Broschur
ISBN 978-3-95542-216-5
12,80 Euro

ERHÄLTLICH IM BUCHHANDEL ODER

Anne Riebel

Dunkelfelder

Nach einem furiosen Vortrag in einem kleinen Weingut wird der charismatische Experte für ganzheitliches Zeitmanagement, Dr. Thiel, tot aufgefunden. Manche Klienten verehrten ihn wie einen Guru, andere beschreiben den Toten als manipulativ und einschüchternd. Keine leichte Aufgabe für Kommissar Hilzendegen, zumal fast alle, die mit dem Opfer in Verbindung standen, in gleich mehreren Realitäten zu leben scheinen.

304 Seiten · Broschur
ISBN 978-3-95542-333-9
14,– Euro

AUF WWW.SOCIETAETS-VERLAG.DE